KB268794

시크릿 보디가드

Secret Bodyguard

국립중앙도서관 출판시도서목록(CIP)

시크릿 보디가드 = Secret bodyguard / 지은이: 김수미 —
고양 : 위즈덤하우스 : 겹, 2017
    p. ; cm

ISBN 978-89-97414-63-5 03810 : ₩12800

한국 현대 소설 [韓國現代小說]
813.7-KDC6
895.735-DDC23   CIP2017005333

시크릿 보디가드

초판 1쇄 인쇄 2017년 3월 10일
초판 1쇄 발행 2017년 3월 17일

지은이 김수미
펴낸이 연준혁

멀티콘텐츠사업분사 분사장 정은선
책임편집 오가진
기획 자원스토리스튜디오

디지털콘텐츠 전효원, 홍지현
이러닝기획 김수명

펴낸곳 ㈜위즈덤하우스 | 출판등록 2000년 5월 23일 제13-1071호
주소 경기도 고양시 일산동구 장항동 846번지 센트럴프라자 6층
전화 031-936-4000 | 팩스 031-903-3893
홈페이지 www.wisdomhouse.co.kr

© 김수미, 2017

값 12,800원
ISBN 978-89-97414-63-5 03810

시크릿 보디가드

Secret Bodyguard

김수미 지음

결 BESIDE

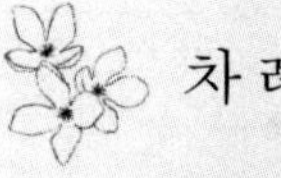 차 례

Secret   Bodyguard

1

기연을 얻다

"저 가시나가. 니 내한테 무슨 감정 있나? 암말도 없이 가네?"

들켰다!

조용히 빠져나갈 수 있을 줄 알았는데…. 역시 사천면을 주름잡는 정 씨 아줌마답다. 날카로운 눈썰미는 첩보 요원 저리 가라야.

'암, 그렇지. 쳇, 이제 어쩔 수 없이 이 집에 귀하신 약재들을 거의 헐값에 넘겨야 할 판이구나.'

아랑은 입이 썼다. 최근 읍내에 있다는 장에 내다 팔면 돈이 더 된다는 특급 정보를 알아냈기에 오늘은 모험을 해 보고 싶었다. 하지만 역시 딱 들킨 것이다.

왜 하필 깊은 산골 옹달샘도 아니고 이 허름하고 볼품없는, 슈퍼를 가장한 구멍가게를 지나야 마을로 들어설 수 있는 것인지.

"아니에요. 언제 제가 감정이 있겠어요. 항상 고맙게 생각하죠."

재빨리 등 뒤로 손을 모으고 배시시 웃어 보지만, 약초 보따리가 덩치보다 큰데 숨겨질 리가 없었다. 오늘따라 약초는 또 왜 이리 많았던가?

"니 뒤에 숨긴 건 뭐꼬? 약초고마. 얼릉 일로 넘겨뿌라. 그잖아도 니 할

뱅 줄라코 약 얻어다 났다 안 했나. 글고 의사쌤이 읍에 새로 왔다는데 안 가 볼라는기가?"

정 씨 아줌마는 이미 모든 게 정해졌다는 듯 등 뒤에 있는 보따리를 휙 낚아채더니 마당 가득 펼쳐 놓기 시작했다.

'아이씨, 이번에는 돈 좀 더 받아 보려고 했더니…'

아랑은 투덜거리면서도 정 씨에게 질세라 약초를 셈하기 바빴다. 그러게 할아버지가 말하는 장풍 쏘는 내공은 왜 안 생기는 건지 모르겠다. 이런 상황에 경공만 할 줄 알아도 순식간에 이 집 앞을 지났을 거다.

그러면 정 씨 아줌마의 특수 레이저쯤은 가뿐히 통과했을 텐데… 억울하지만 어쩌겠는가? 이 동네 터줏대감 정 씨 아줌마의 눈 밖에 나면 이제 곧 다가올 겨울나기가 힘들어진다.

"이번에는 얼마나 쳐주실 거예요?"

아랑은 이왕 이렇게 된 거 제대로 받아 낼 심산으로 한쪽 발을 빼서 짝 다리를 만들어 건들거리며 쏘아봤다. 뭐 그런다고 이제 겨우 스무 살이 된 자신의 패기란 거기까지다. 아직 소녀 딱지도 못 뗀 아랑이 오십 년은 족히 묵은 능구렁이를 이겨 내기에는 역부족이다.

결국, 울며 겨자 먹기로 받은 약간의 돈에 쌀과 반찬을 들고 산을 올랐다.

'쳇, 어쩔 수 없지.'

곧 겨울인데 약초며 나물을 캐다 파는 것도 한계에 달할 것이었다. 그러면 정 씨 아줌마의 인심에 기대어 살아야 한다. 아랑은 투덜거리며 험한 산길을 계속 올랐다.

정아랑, 그녀는 올해 스무 살이다. 한창 꾸밀 나이지만, 그녀의 외모는 아무렇게나 자른 짧은 머리에 다 낡아 떨어진 트레이닝복 차림으로 볼품

없었다.

뭐, 대한민국을 살아가는 그 흔한 신파 스토리의 주인공과 다를 바 없는 인생이었다. 엄마는 네 살 때 돌아가셔서 기억에도 거의 없고, 아빠는 누군지 알지도 못했다. 그나마 그녀를 거둬 키우던 외할아버지는 지금 누워 골골하고 있다.

정말 소녀 가장이나 다름없잖아?

매일 산과 들로 다니며 약초와 나물을 캐서 삶을 연명했다. 그래도 삼 년 전까지 살아 계셨던 이모 덕에 사람 모양새는 하고 살아가는 게다. 이모 생각을 하자 또다시 눈물이 핑 돌았다.

"절대 사투리는 쓰지 말고, 어떻게든 배워야 해. 고등학교까지는 마치는 거야. 기회 되면 대학에도 꼭 가고. 알겠지? 그리고 가시나는 예뻐야 하는 거야. 머리를 곱게 길러서 항상 정성스럽게…"

말은 그렇게 해도 이모 본인도 사투리를 다 버리지 못한 처지였으면서도, 나중에 좋은 신랑감 만나려면 꼭 그래야 한다고 누누이 강조했었다.

하긴 기억에만 없다뿐이지 아랑의 고향은 서울이란다. 그렇지만 그동안 할아버지를 따라 충청도에서 전라도까지, 살아 보지 않은 지역이 없었다. 전국 팔도가 집인 셈이라고 해야 하나?

다만 이모가 그렇게 하늘나라로 슝~ 가 버리고 할아버지마저 몸져누우면서 이놈의 경상도 끄트머리에서 몇 년째 뭉그적대는 중이었다.

졸졸졸.

시원한 물소리가 들려와 아랑의 상념을 깼다. 이모에 대한 생각을 더 하면 또 눈물을 질질 짤 게 틀림없었다.

목도 마르고 잠시 쉬었다 갈까 싶어 길옆의 계곡으로 향했다. 투명하리

만치 맑은 물이 작은 폭포들과 하얀 포말을 만들며 흘러내렸다.

"앗! 차가워."

목을 넘기는 물에 살짝 이가 시렸다. 그래도 시원한데….

'이 맛이지.'

목을 축이고 나자 손을 물에 넣고 싹싹 비빈 다음 대충 세수를 했다. 깊은 산중이라 그런지 초가을인데도 벌써 물이 얼음장같이 차갑다. 잠시 하늘을 올려다보니 높고 파란 하늘에 구름 한 점 없이 청명하다.

'이모 나 잘살게. 걱정 마.'

하늘 어딘가에서 보고 있을 그녀에게 말을 걸었다. 엄마에 대한 기억이 없어서인지 아랑의 맘속에는 수년을 같이 살았던 이모의 존재가 더 컸다.

다시 힘을 내서 험한 길을 걸어 오르니 낡은 싸리나무 울타리가 눈에 들어왔다. 담장 구실은 하지도 못하는, 폼으로 세워 둔 것이나 다름없었다.

'대문도 없는데 뭐.'

"할아버지, 저 왔어요."

툇마루를 밟고 올라가 문을 열어젖혔다. 여전히 확 끼쳐 오는 한약 냄새와 병마의 어두운 기운에 없던 힘마저 쑥 빠지는 듯했다.

"할아버지. 할아버지."

몇 번을 부르자 그제야 어두운 방구석의 이부자리에서 작은 소리가 들려온다.

"쿨럭쿨럭, 왔구나. 그래, 오늘은 좋은 거라도 캤느냐?"

쿨럭거리며 이불을 내리는 정운몽의 얼굴은 거죽 껍데기만 남은 것이나 다름없었다.

정운몽, 정아랑의 외할아버지이자 대한민국 유일의 정통 택견 전수자로, 그 역사는 과거 고조선으로 거슬러 올라간다.

조선 시대까지만 해도 사대문 안에 떵떵거리는 큰 집을 가진 뼈대 있는 양반 가문이었다고 한다. 물론 이건 모두 그만의 주장이다. 그렇게 대단한 집안이었다면 진작 팔자 피고 살지 않았을까?

물론 정운몽의 이야기에 의하면, 택견도 무슨 종파가 갈리고 여러 문제가 있었던 모양이다. 더욱이 일제강점기에 매국노질을 하지 못한 눈치 없던 조상을 둔 탓이기도 했다. 그는 그것을 자랑스러워했지만, 현재 그 결과물은 너무 초라했다.

'독립투사 좋아하시네. 먹고는 살아야지. 이게 뭐야?'

나이 칠십 줄이 다 되도록 찾아오는 인척 하나 없는 것이 그의 지독한 현실이었다.

'으구~! 똥고집 할아범!'

그래도 아랑에게는 둘도 없는 가족이다.

"좋은 걸 캐긴 캤는데, 정 씨 아줌마가 값을 제대로 안 쳐 줬어요. 쳇."

"그럴 리가 있느냐? 그분은 항상 우리를 도와주시는 분인데. 너무 허물을 탓하지 말거라. 사람의 도리에는…. 쿨럭쿨럭."

'에고~. 또 도리 찾으시다가 돌아가시겠네.'

"그만 말씀하세요. 여기 약 가져온 것 금세 달여드릴 테니까. 식사랑 같이 드세요. 아! 그리고 읍내에 의사가 왔다나 봐요. 제가 찾아가서 부탁해 볼게요."

이 조막만 한 동네에 보건소나 의사는 꿈에도 어려운 일이었다. 그런데 새로 보건소가 생기고 의사도 나왔다니 할아버지를 꼭 진료받게 하고 싶었다.

왕진해 주면 좋을 텐데. 시로 나가서 큰 병원에 가야 제대로 치료를 받을 것이 분명했지만 그럴 여유가 없었다. 이 집에서 돈을 버는 사람은 아랑이 유일했고, 할아버지의 자식들은 도움이 될 사람이 없었다.

이런저런 상념이 가득했지만, 몸은 그 와중에도 재빨리 움직였다. 가마솥에 얻어 온 쌀을 안치고 약탕기를 끼고 앉았다.

둘째 삼촌이라도 들러 주면 좋으련만 벌써 삼 년째 무소식이다. 또 새로운 별이라도 달려 빵에 들어간 것은 아닌지 모르겠다. 말하기 뭐하지만, 그는 전문금고털이범이다. 그래도 이 집안에 몇 안 되는 귀한 가족이다.

그는 빵에 들어가지 않는 이상 어떻게든 일 년에 한 번씩은 들리곤 했다. 큰돈은 아니었지만, 선물을 사 가지고 와 며칠씩 머물며 세상에 대한 이야기를 늘어놓고는 했었다.

물론 그 돈이 어디에서 난 것인지는 묻지 않았다. 아랑은 철이 들 무렵 이미 쓸모없는 도덕보다는 생계가 더 중요하다고 결론 낸 몸이었다.

'암, 타인에게 심각한 피해를 주는 일만 아니라면야.'

약이 거의 다 되어가자 특유의 한약 냄새가 진동했다. 할아버지의 폐병은 다년간의 과로로 인한 노환이라는데, 사실 이런 약으로는 별 효험이 없을 것이 분명했다. 하지만 이렇게라도 하지 않는다면 마음의 짐을 조금이라도 덜어낼 방법이 없었다.

"할아버지, 식사랑 약 다 됐어요."

작은 소반에 갓 지어낸 밥과 김치, 얻어온 장아찌 등을 올리고, 약을 준비했다. 이걸로 조금이라도 그의 생명줄을 붙잡기를 소망했다. 안 그러면 정말 이 세상에 혼자가 되어 버릴 테니까….

"고맙구나. 쿨럭쿨럭. 우리 아랑이가 이렇게 고생하면 안 되는데. 할아버지가 면목이 없구나…."

'면목이 없으시면 빨리 벌떡 일어나시라고요. 벌써 몇 년인데….'

목구멍까지 투정부리고 싶은 말이 올라왔지만, 그냥 꾹 눌렀다. 혹시라도 부담될까 싶어서다.

"아니에요. 고생은 무슨. 할아버지, 어서 식기 전에 드세요."

몸을 일으켜 세우는 것도 힘겨워하는 그를 도와 이불을 걷어 내고 자리에 앉혀 드렸다. 그리고 옆에서 식사하는 내내 수저로 떠 드리는 것도 아랑의 일이었다. 그렇게 식사가 끝날 때쯤이었다.

"지난번에 적어 준 번호는 잘 가지고 있느냐?"

"네에? 아~ 그 번호요. 잘 가지고 있어요."

잠시 무슨 소린가 싶었다. 그건 큰 삼촌의 전화번호였다. 얼굴이라고는 딱 한 번 본 타인보다 더 먼 친척이다.

"그래. 아랑아. 지난번에도 말했지만. 이 할아버지가… 쿨럭쿨럭."

무슨 이야기를 하려는지 안 들어도 뻔~했다.

혹시라도 자신이 죽걸랑 그 전화번호로 연락하라는 것이겠지. 그래도 핏줄이라고 혼자된 하나뿐인 조카를 봐주지 않을까 싶은 생각이겠지만…. 아랑의 짐작에는 어림도 없을 것 같았다. 몇 년에 한 번 찾아올까 말까 한 의절한 사이에 무슨.

"아이고. 그만 말씀하세요. 벌써 몇 번째인데요. 그 말씀 하실 기운으로 오래~오래~ 사세요. 그럼 이만 누우세요. 전 나가서 장작이나 더 해다 놓을 테니까요."

겨울 오기 전에 땔감을 든든하게 쟁여 둬야 했다. 아랑은 채비를 단단히 하고 다시 산을 올랐다. 이제 웬만한 심마니도 울고 갈 약초 찾는 실력에 등산가들도 혀를 내두를 속력으로 산을 탄다. 진짜 할아버지마저 세상을 떠나면 이걸로 먹고 살아야 할지도 모른다.

진짜 하고 싶은 것은 남들처럼 평범하게 살아가는 것이었지만, 언감생심 그런 날이 올 리 없었다. TV라는 것도 실컷 보고, 학교도 다니고, 연애도 하고, 여행도 가고…. 하고 싶은 것은 너무나 많았다. 하다못해 아이스크림도 실컷 먹고, 케이크라는 것도 한번 먹어 보고 싶었다. 이모가 돌아가신 이후로 아이스크림은 구경도 못 했지만….

'내 신세에 무슨…. 에휴.'

나무를 낫으로 확 후려쳐서 꺾으면서 그런 상념을 깼다. 이미 죽어 있는 나무다. 고사로 죽었거나 말라가는 나무는 불에 잘 탔다. 그리고 법에 걸리지도 않으니 말이야. 실상 지리산의 수많은 갈래 중 하나인 이곳 또한 아무리 깊은 산 속이라 해도 법망을 피할 수는 없었다.

나물이나 약초, 나무를 함부로 채집하는 것은 모두 불법이라고, 그나마 학식이 있다는 마을의 김 씨 아저씨가 최근 전한 말에 의하면 그랬다. 그렇지만 이렇게 생계를 위해서 소량 하는 것은 눈감아 주는 모양이었다.

그렇게 땔감이 될 만한 나무를 모아 등에 지고 있는 망태에 모았다. 그리고 점점 더 깊은 산중으로 들어섰다.

그때였다. 상큼한 냄새가 훅~ 코로 들어왔다.

'오호~이게 뭐야?'

특급 후각을 갖춘 아랑의 레이더망에 삼 냄새가 들어왔다.

'앗~싸! 심 봤다!'

우선 고함을 지르기 전에 재빨리 향기의 근원을 향해 내달렸다. 누가 빼앗아 갈까 싶은 마음에 몸이 더 빨라졌다. 이런 산중에 누가 있겠느냐만 그래도 모르는 일이다.

그렇게 조금 옆의 계곡 쪽으로 이동하자 냄새의 근원이 절벽처럼 생긴 곳의 중간쯤에 있는 작은 공간에서 시작된 것을 알아챘다. 절벽 아래에는 소용돌이치며 흐르는 계곡물이 눈에 들어왔다. 그리 높은 곳은 아니었지만 물은 꽤 깊어 보였다.

'흠, 딱 중간에 있네.'

사람 하나 겨우 누울 수 있을 법한 공간에 삼이 자라고 있었다. 저 정도면 내려가서 계곡물로 뛰어도 괜찮을 거리인 듯싶었다.

'그래, 저거면 돈이 얼마냐?'

아프신 할아버지의 병원비는 물론이거니와 당장 시나 읍내로 이사를 할 수 있을지도 몰랐다.

아랑은 그런 마음으로 조심스럽게 발을 내디뎠다. 그러나 계곡 위쪽이라 물기로 이끼가 잔뜩 끼었던지라 미끄러웠다.

"!"

자신의 발이 허공을 딛는 것을 알아차렸을 때, 아무리 벽을 손으로 잡으려고 해 봐야 소용없었다.

"악! 아악-!"

쿵!

비명을 지르며 눈을 질끈 감았다. 머리에 큰 충격이 느껴졌다. 그 뒤 혼절한 상태로 한동안 정신을 차릴 수 없었다.

"으… 으음…."

너무 아팠다.

'아이씨! 떨어질 때 머리를 제대로 부딪친 모양이네.'

터질 듯한 통증에 머리를 움켜잡고 슬슬 눈을 떠 보니 아까 위에서 보았던 삼이 있던 작은 공간이었다. 바로 눈앞에 영롱한 잎사귀의 자태가 빛을 뿌리는 듯 보였다.

'앗싸! 이 귀한 것. 헤헤헤.'

신나서 벌떡 일어나려 했다. 그런데 그 순간이었다.

"으악!"

곡소리가 절로 나왔다. 아래쪽에서 올라오는 통증이 짜릿짜릿한 것이 심하게 다친 게 분명했다. 이대로는 이곳에서 빠져나가는 것은 고사하고 걷는 것도 무리다.

다시 자리를 잡고 앉아서 발목을 자세히 살펴봤다. 퉁퉁 부은 모양새가 접질린 거 같다.

'뼈는 무사한 것 같고. 역시 삔 건가?'

주변을 두리번거려 보니 아까 기절한 동안 시간이 후딱 지난 모양이다. 벌써 어둑어둑 밤이 내려앉기 시작했다.

'이걸 어쩌지?'

여기까지 올라오는 사람이 있을 리 만무했다. 산속 깊은 곳에 있는 계곡이다. 관광객은커녕 마을 사람 중 여기까지 들어오는 사람은 아무도 없는 형편인데. 더욱이 밤이라니. 고함을 지른다고 해도 누가 들을 수도 없는 곳이었다.

막막한 마음에 없는 짱구를 이리저리 굴려 봤지만 뾰족한 수가 떠오르지 않았다.

'에잇! 그래. 언제 내가 생각을 했다고.'

그런 결론에 이르자 그저 하릴없는 사람처럼 멍하니 밤하늘을 보다 아래쪽의 계곡을 내려다보는 동작을 반복했다. 그렇지만 아무리 가늠을 해 봐도 깊은 계곡물에 이 다리로 떨어지면 살아남지 못할 게 분명했다.

'설마 이렇게 죽는 건가?'

꼬르륵. 꼬륵 꼬륵.

이런 상황에도 배는 고프다는 것이 아마 살아 있다는 방증이리라. 괜히 히죽히죽 웃음이 나왔다.

그러고 보니 옆에 있는 귀한 녀석을 아직 안 캤네. 손으로 땅을 천천히 파헤치기 시작했다. 낫과 망태는 이미 저 계곡 아래로 떨어져 물살에 휩쓸려 간 지 오래였다.

삼은 자고로 절대 상하지 않게 주변의 흙까지 같이 보관해야 하는 법이라고 배웠다. 더욱이 진짜 산삼이라면 그 실뿌리까지 효능이 크다고 하니 주변에서부터 널찍하게 파고 들어가야 하겠지?

한참을 그렇게 조용히 작업했다. 실상 그렇게라도 무언가에 집중하지 않으면, 다리와 머리의 상처에서 밀려오는 통증에 미쳐 버릴 지경이었다.

조금 더 파내자 드디어 탐스러운 몸체가 눈에 들어왔다. 그 아름다운 자태가 드러남과 함께 향기는 더욱 진해졌다.

'이야~ 이거 냄새가 정말 죽이네!'

아직 장뇌삼 정도만 직접 만져 본 것이 전부였는데….

이 녀석은 진짜 확실한 물건임이 틀림없다. 예사롭지 않은 향기와 자태로도 충분히 증명되겠지만, 조금 이상한 점이 있다. 원래 삼이란 옆에 무리로 여러 개가 자라나는 것이 보통인데, 어째 여기는 이 녀석 딱 하나뿐이다. 그리고 그 외형 또한 범상치 않았으니.

'무슨 삼이 옥처럼 빛까지 나는 것이더냐?'

신기하게도 은은하게 빛을 내고 있었다. 나이테를 세려면 한쪽을 꺾어 봐야 하겠지만 그러면 상품 가치가 떨어질까 싶어 엄두가 나지 않았다.

꼬르륵꼬르륵.

향기로운 냄새를 맡으니 뱃속이 더욱 요동을 친다. 그렇다고 이걸 먹으면 지금까지 고생한 보람이 사라지는 셈이었다. 하지만 여기에서 이대로 죽으면 뭔 소용이람? 계곡 아래로 몸을 던져 자살하지 않는 한, 꼼짝없이 여기에서 굶어 죽을 팔자인데 말이야.

'먹고 죽은 귀신이 때깔도 좋다는데. 그래, 먹자! 먹어야 살지. 암! 하긴 먹어도 죽을지 모르지만….'

배는 고픈데 먹을 것이 삼뿐이라는 현실이 조금 우스웠다. 그래도 인생의 마지막은 이렇게 근사한 것을 먹고 가는구나. 겨우 스무 살에 끝나는 인생이라니. 아랑은 그동안 왜 그렇게 아등바등 살았나 싶기도 했다.

꿀꺽.

입에 침이 절로 고였다. 삼에 있는 흙을 털어 내고 쓱쓱 대충 옷에 닦아서 입으로 구겨 넣었다.

'캬~! 맛이 죽이네!'

삼은 보통 맛이 쓰게 마련인데 이건 달았다.

'역시 몸에 좋은 약은 입에 쓰다는 말은 거짓이었던 게야! 헤헤.'

우걱우걱 씹어서 삼키고 나자 역시 턱없이 양이 부족했다. 그런데 이상했다!

'윽! 이게 뭐야?'

갑자기 배꼽에서부터 몸 전체로 뜨겁다 못해 태울 듯한 열기가 퍼져나 갔다. 뜨거워 견딜 수가 없었다. 심지어 갑자기 온몸이 가렵기까지 하니.

아랑은 미칠 듯한 고통에 바닥을 데굴데굴 구르기 시작했다.

"아이고! 나 죽네!"

머리와 다리에 있던 상처의 통증은 이미 잊은 지 오래였다.

"아악! 악! 사람 살려! 아악! 악—!"

절로 터져 나오는 비명은 계속해서 메아리처럼 계곡을 울려 댔다. 그렇게 고래고래 고함을 지르다 어느새 정신 줄을 놓았다.

짹짹짹. 짹짹짹.

'시끄럿! 아…함……. 좀 더 잘 거야. 잉?'

너무 곤하게 자는데 시끄럽다는 생각에 팔을 휘휘 젓다가 벌떡 잠에서 깼다. 평소라면 있어야 할 이불도 베개도 손에 잡히지 않았다.

'여긴 어…! 맞다. 어제 절벽에서 떨어져서 삼을 캐서 먹고 지랄 발광을 했지!'

그렇게 적절한 표현이 없을 거다. 온몸이 가렵고 아프고 열나고. 그러다 통증에 지쳐 정신을 잃다니.

그런데 이건!

벌떡 일어나 서 있는 게 다리가 멀쩡해 보인다. 발을 몇 번 굴러보니 통증은 어느새 모두 사라진 상태다. 확인하려고 급히 바짓가랑이를 휘휘 걷어 봤다.

"헉!"

놀란 나머지 아랑은 헛바람이 새어 나왔다.

'그간 아무리 조금 씻는 것을 게을리했기로서니 이렇게 온몸에 때가 가득할 수 있나?'

팔과 배때기의 옷을 올려보니 더 가관이었다. 거무튀튀한 때가 잔뜩 보였다. 밤새 어디 잿더미에서라도 구른 모양새다.

더욱이 코가 막힌 사람이라도 단번에 맡을 수 있는 누린내!

"크악!"

할아버지가 이불에 지린 오줌보다 독하네. 온몸에서 풍기는 냄새가 코를 찔렀다.

'당장 씻어야겠어!'

마침 아래쪽 계곡물이 시원하니 딱이었다. 깊이 생각하지 않고 그쪽을 향해 텀벙! 뛰어들었다. 사지 멀쩡하니 물에 뛰어드는 건 일도 아니었다.

텀벙!

아랑은 물에 들어가자마자 미친 듯이 옷을 벗고 벅벅 씻어 댔다. 한동안 그렇게 씻어 내자 주변의 물이 다 시커메질 정도였다.

'우와~신기하네.'

목욕하는 동안 살펴보니 어제 다친 머리와 다리는 모두 깨끗하게 나은 상태였다. 더욱이 씻어낸 피부는 윤기까지 좌르르 흘렀다.

'이야~! 산삼 덕인가?'

아무래도 그것 외에는 이유를 생각할 수 없었다.

'아항~ 산삼이 이리 몸에 좋은 것이라서 다들 산삼~산삼~하는구나.'

씻고 대충 빤 젖은 옷을 걸치자 콧노래가 절로 나왔다.

"으응~~룰루~~룰루~."

상쾌한 마음으로 걸음을 옮기다 보니 더 놀라운 일이 일어났다. 아랑은 그저 살짝 걸은 것뿐인데 한걸음에 몇십 미터를 이동한 것이다. 그리고 그때마다 배꼽 아래에서 묘한 기운이 일어나 다리 쪽으로 움직였다.

‘이게 뭐지?’

이번에는 일부러 더 빨리 뛰어 보자 주변 숲이 순식간에 지나갔다. 놀란 나머지 자리에 멈춰서 잠시 이게 뭔가 싶어 다리를 내려다봤다.

‘흠, 내 다리는 별 탈 없이 다 잘 붙어 있는데….’

잠시 멀뚱한 표정으로 턱을 만지작거리며 고민에 빠졌다. 그러다 갑자기 ‘탁’ 하고 떠오른 생각에 눈을 번뜩였다.

‘설…, 설마? 이게 내공?’

할아버지가 평생을 그토록 가지고 싶어 했던! 귀에 못이 박이도록 들었던 그 녀석일지도 몰랐다. 아랑은 우선 두근거리는 심장을 가라앉혔다.

‘침착해야 해.’

“후우~후우~~”

심호흡을 몇 번 하고 마음의 평정을 되찾았다.

‘그럼 진짜인가 한번 시험해 볼까?’

그런 생각이 들자마자 손을 뻗어 택견 동작으로 옆의 나무를 때려 봤다. 순간 아까와 마찬가지로 배꼽 아래 있던 녀석의 움직임이 감지되었다.

콰쾅! 우지끈!

‘헉! 나…, 나무가 부러졌어!’

“끼얏호! 하하하! 할아버지! 할아버지!”

남들이 보면 미친년이라고 하겠지만, 낄낄대면서 집을 향해 나는 듯이 달렸다. 실제 타인이 그 장면을 봤다면 달리는 것이 아니라 나는 것과 다름없다 했을 거다. 달리는데 쉭쉭- 소리가 날 정도였다.

“할아버지~!”

언제 이렇게 목소리는 우렁차진 건지 자신의 고함에 주변의 산과 나무들이 쩌렁쩌렁 울렸다. 집으로 들어와서도 속도를 늦추지 않고 방문을 급하게 꽉! 열었다.

"할아버지! 할아버지! 있잖아요! 드디어 제가…."

신이 나서 이 기쁜 소식을 전하고 싶었지만, 아랑은 더는 말을 이을 수 없었다. 방 안 구석의 이부자리에서 뭔가 음침하고 음습한 기운이 느껴졌다. 순간 과거에 몇 번 경험했던 어두운 기억이 떠올랐다. 그건 몇 번을 경험한다고 해도 절대 익숙해질 수 없는 느낌이었다.

'아니야! 아닐 거야!'

이미 무언가를 크게 부정하고 있었지만, 차마 입 밖으로 크게 말하지는 못했다. 할아버지는 이런 큰 소란 속에서도 조용히 미동도 하지 않았다.

평소라면 벌써 쿨럭거리며 한소리를 하셨어야 할 타이밍인데….

아랑은 두려운 나머지 거의 기어들어가는 목소리로 힘들게 입을 뗐다.

"할아버지. 주무세요? 할…, 할아버지…."

나쁜 예감 같은 건 틀렸으면 좋겠다는 생각만 멍한 머릿속에 떠오를 뿐이었다.

'이런…, 이런 좋은 날. 왜 이렇게 조용하신 걸까?'

이미 눈에 가득 고여지는 뜨거운 걸 느꼈다.

'바보같이! 왜 울어! 야! 정아랑! 울지 마! 할아버지는… 그… 그냥…, 그냥 잠시 쉬는 거란 말이야.'

천천히 비척거리며 이부자리 앞까지 다가가는 내내 숨을 죽였다. 그렇지만 가까이 다가갈수록 울컥하는 뭔가와 함께 코끝이 찡해졌다. 조심스럽게 덜덜 떨리는 손을 올려 이불을 내리자 평온하게 웃으며 눈을 감고 있는 할아버지의 모습이 눈에 들어왔다. 순간 숨이 턱 막혀 내쉴 수가 없었다. 초조하고 긴장한 마음으로 슬며시 손을 할아버지의 얼굴에 가져가 대자 서늘할 정도로 차가웠다.

"하… 할아버지!"

이불을 밀쳐 어깨를 부여잡고 고함을 쳤다. 하지만 깨어날 줄 몰랐다.

"할아버지…. 흐흐흐. 흑흑흑. 흑흑흑. 흐흐흑."

아랑은 할아버지의 가슴팍에 얼굴을 파묻고 한없이 대성통곡했다.

울고 또 울어 어느새 눈물 콧물이 범벅된 흉한 몰골로 할아버지가 그렇게 자신의 이름을 불러 주길 간절히 원했지만, 그는 여전히 빙그레 웃는 낯으로 잠자코 누워있을 뿐이었다.

훌쩍.

"뭐가 그렇게 좋으세요? 저 혼자 두고 가시면서 그렇게 웃어도 되는 거예요? 반칙이에요! 반칙! 시집가는 것까지 보신다 하셨잖아요? 증손주도 보고 싶으시다면서요…."

중얼중얼 미친 사람처럼 말을 걸었지만, 할아버지의 미소는 끝내 지워지지 않았다. 아마 산삼을 혼자서 먹었다고 화가 나서서 먼저 가셨나 보다. 아니면 하늘에 있는 엄마와 이모가 너무 그리워서 따라가신 것인지도…. 아랑은 한참을 그렇게 떠오르는 생각들을 흘려보내며 멍하니 있었다.

몇 시간 후. 정신이 돌아오자 마을로 후다닥 내려갔다. 장례식을 준비해야 했다. 이미 이모 때도 경험한 일이라서 그런지 그리 어렵지 않았다. 가슴을 후벼 파는 슬픔이 자신을 잠식해 버릴 것 같았지만, 그럴수록 바쁘게 움직였다. 잠시라도 멈추면 죽을 사람처럼 애를 썼다.

‘이제 정말 혼자서 살아남아야 하는 거다.’

기억도 나지 않는 엄마도, 먼저 간 이모도, 그리고 할아버지도… 잘 살기를 바라셨다. 그들의 못다 한 몫까지, 이 세상에서 떵떵거리며 잘 살아 줘야 하는 의무가 있는 거다.

‘그래, 정아랑! 살아 보자! 보란 듯이 잘 살 거야!’

2

서울아! 내가 왔다

할아버지의 장례식은 조촐하게 치러졌다. 마을 분들과 친지라고는 아랑뿐인 빈소였다. 며칠 정리를 해, 그나마 돈이 될 만한 것은 전부 내다 팔았다. 그렇게 서울행 버스비와 얼마간의 돈을 손에 쥘 수 있었다.

"어이, 청년. 다 왔어. 어이."

누가 고함치는 소리에 무거운 눈꺼풀을 힘겹게 올렸다.

'아이씨, 누가 시끄럽게….'

아랑은 오만상을 쓰고 한바탕 욕을 퍼부어 주려다 벌떡 일어났다. 서울로 향하는 버스에서 잠이 들었다는 게 떠올랐다. 몇 시간은 족히 되는 긴 여정이라 자신도 모르게 쿨쿨 단잠을 잔 모양이다.

"아, 아저씨 감사합니다."

차 안을 정리하던 직원에게 꾸벅 인사를 건넸다. 그리고 짐을 꺼내 들고 바삐 밖으로 향했다. 짐이라고 해 봐야 가방 하나에 들어 있는 잡다한 게 전부였다.

"!"

'이야~~~'

상가 입구에서 아랑은 잠시 말문을 잃었다. 화려한 고속 터미널 상가 모습에 눈이 휘둥그레졌다. 아직 이른 새벽인데 이곳은 별천지였다. 말로만 들어 본 롯데리아니 무슨 도넛이니 하는 간판이 눈에 들어왔다.

쿵쿵.

어딘가에서 흘러나오는 맛있는 냄새에 자신도 모르게 코를 벌름거렸다. 그러고 보니 배가 고팠다. 꼬박 하루 가까이 굶은 상태니 당연했다. 눈에 들어오는 음식들의 향연에 황홀했지만, 가격표를 보고는 깜짝 놀랐다.

'뭔 놈의 음식값이 이리 비싸. 에잇!'

수중에 몇만 원이 전 재산인데, 밥 한 끼에 날릴 여유가 없었다.

우선 큰외삼촌댁을 찾아가는 일이 먼저였다. 급작스러운 할아버지 장례에 미처 오지는 못했지만, 다행히 연락은 되었다. 정리되면 서울로 올라오란 당부가 유일한 희망이었다. 그래도 갈 곳이 있다는 게 얼마나 다행인가.

쇼윈도 안에 보이는 비빔밥과 국밥의 먹음직한 자태에 침을 꼴깍꼴깍 삼키며 떨어지지 않는 발걸음을 옮겼다.

'그나저나 이놈의 동네는 왜 이리 복잡한 거야.'

터미널에서 지하철 찾는 게 무슨 미로 속을 뺑뺑이 도는 것이나 다름없었다. 겨우 찾은 지하철도 그나마 아직 운행되지를 않으니.

아랑은 괜히 옆에 튀어나온 시멘트 블록을 툭툭 발로 찼다. 사방은 온통 시멘트로 된 빌딩 숲과 도로들, 쌩쌩 달리는 차들. 눈이 튀어나올 것 같은 세상이다.

그 말로만 듣던 지하철이라는 걸 타고 이동할 생각이었는데 아직 몇 시간이나 남았다. 큰외삼촌댁은 여기에서 한 시간은 족히 걸리는 거리였다.

다시 터미널 상가로 들어가자니 있을 곳이 마땅치 않고, 지하철 입구에서 가까운 곳에 공원이 보여 그쪽으로 발걸음을 옮겼다.

벤치에 털썩 앉아 주변을 둘러보니 여기저기 상자나 신문지를 덮고 누워 있는 이들이 눈에 들어왔다.

'저게 말로만 듣던 노숙자겠지? 그러고 보니 내 신세도 다를 게 없네.'

아랑은 씁쓸한 기분이 들었다. 하지만 앞으로 열심히 일해서 먹고 살 생각이니 저들과는 다르다고 생각하며 고개를 저었다. 그렇게 잠시 있으려던 게 어느새 꾸벅꾸벅 졸음이 몰려왔다.

◆◆◆

"도련님, 여깁니다."
건우는 김 비서의 말에 밖을 둘러봤다.
"확실한 거지?"
"네, 서경 그룹 사모님이 매주 여기에서 밥 차를 운영하는데, 오늘은 자제분도 직접 나오시는 거로 알고 있습니다."
김 비서의 확실하다는 말에 건우는 미소 지었다.
'그녀가 알면 깜짝 놀라겠지?'
서경 그룹은 10대 그룹에 들어가는 대기업이다. 최근 사회사업 홍보에 굉장히 심혈을 기울이고 있는 것으로 봐서는, 앞으로 정치 쪽으로 행보를 옮겨갈 것이라는 소문이 돌았다. 이미 은퇴하고 뒷선으로 물러난 회장의 와이프가 여기저기서 사회사업을 벌이고, 그걸 같은 그룹 소속의 매스컴을 통해 대대적으로 홍보하는 게 심상치 않기는 했다. 하지만 건우의 목적은 오로지 그 집안의 둘째 딸인 이서희였다.
"저기 옵니다."
김 비서의 말에 건우는 차창 밖으로 시선을 돌렸다. 큰 트럭 몇 대가 공원 안쪽으로 들어서는 것이 보였다. 그리고 이내 차량 주변에 간이 식탁과 의자들이 놓이기 시작했다. 그렇게 바쁘게 밥차 준비가 다 되자 고급 세단이 한 대 미끄러지듯 들어왔다.

"그럼 갔다 올 테니까 기다려."

건우는 급하게 차 문을 열고 내렸다. 멀리 차에서 내리는 서희가 확인되자 절로 발걸음이 빨라졌다. 가까이 다가가 제일 먼저 서경 그룹의 안주인에게 인사를 올렸다.

"안녕하세요. 차건우입니다."

건우는 최대한 예의 바른 태도로 공손하게 고개를 숙였다.

"어머, 어서 오세요."

혜란은 갑자기 인사를 건넨 젊은 청년을 위아래로 훑어봤다. 그리고 이내 그가 누군지 알아봤다. 상대는 오성 그룹의 하나뿐인 독자다. 말이 그룹이지 역사가 삼십 년도 안 되는 신생기업이었다.

'더욱이 그 실질적 내력은 조폭 집안이지….'

혜란은 속으로 혀를 찼다. 그렇다고 겉으로 싫다는 걸 표시할 수는 없는 법이다. 박혜란, 그녀는 은퇴했다지만 서경 그룹의 실세라고 할 수 있는 회장의 안주인이었다.

"오늘 여기에서 좋은 일을 하신다고 들어서 조금이라도 도움이 되려고 찾아왔습니다."

건우는 미리 준비했던 말을 최대한 자연스럽게 포장했다. 그렇지만 시선은 뒤쪽에서 차가운 표정으로 서 있는 서희를 향해 있었다.

"젊은 사람이 생각이 깊어서 좋네요. 그러잖아도 지난번에 재단에 많은 기부금을 냈다고 해서 한번 얼굴을 봐야겠다 싶었어요."

혜란은 속마음과 달리 겉으로는 화사하게 웃었다.

오성 그룹의 독자인 저 애송이가 딸에게 마음이 있다는 건 예전부터 잘 알고 있었다. 물론 저런 같잖은 집안에 딸을 내줄 마음은 추호도 없었다.

"그럼 오늘 수고 좀 해 주세요."

혜란은 건우에게 건성으로 말을 건네고는 손짓으로 사람들을 불러 신호했다.

"여기 오성 그룹 도련님에게도 앞치마 좀 부탁해요. 그리고…."

오늘은 혜란과 서희가 직접 밥차에서 밥을 퍼 주고 봉사하는 장면을 신문과 방송을 통해 내보낼 예정이었다. 그렇게 부산하게 준비가 끝나자 얼마 되지 않아 차량 앞으로 노숙자들이 줄을 길게 서기 시작했다.

"흠… 흠냐…. 킁킁."

아랑은 어디선가 나는 구수한 미역국 냄새에 눈을 떴다. 공원 벤치에서 깜빡 잠이 들었던 모양이다. 입가의 침을 대충 닦아 내고 일어나 주변을 둘러보니 날이 훤히 밝았다. 이제 지하철도 다닐 시간이겠지 싶다.

'그런데 왜 노숙자들이 죄다 저기에 줄을 서 있지?'

언제 왔는지 공원 안쪽에는 두어 대의 큰 트럭 주변으로 사람들이 분주하게 움직였다. 맛있는 냄새는 그 트럭을 중심으로 퍼지고 있었다.

꼬르륵 꼬륵.

뱃속에서는 밥을 달라고 아우성이었다. 너무 배가 고파 속이 약간 쓰린 느낌까지 들었다.

뭔 일인가 궁금하기도 하고 냄새가 진동하니 자신도 모르게 트럭 쪽으로 걸음을 옮겼다. 가까이 가 보니 간이 부엌처럼 개조된 트럭에서 식판에 밥을 나눠 주는 것이 눈에 들어왔다.

'소고기미역국이다!'

고기가 들어간 미역국은 아랑에게 아직 상상 속의 음식이나 다름없었다. 맛깔스러운 겉절이에 시선이 고정되었다.

꿀꺽. 침이 절로 고였다.

"어디서 새치기야?"

"어이, 청년 순서를 지켜."

뒤쪽에 줄을 선 이들의 야유 소리에 움찔했다. 그런데 청년? 청년이면 젊은 남자를 보고 하는 소리가 아닌가? 아랑은 주위를 두리번거렸다.

"저기, 뒤쪽으로 가서 줄부터 서세요."

"네?"

자신을 향해 말을 건네는 젊은 남자의 말에 고개를 돌렸다. 쫙 빼입은 양복에 앞치마라니 꽤 안 어울리는 복장이다.

그런데 무슨 남자가 이리 잘생겼단 말인가? 읍내 장터에서 지나다가 본 화장품 포스터에서나 보던 얼굴이다.

"청년, 뒤쪽으로 가서 줄 서세요."

'젊은 나이에 노숙자라니….'

건우는 한심해 보이는 상대를 훑어봤다.

"이거 공짜예요?"

아랑은 상대가 청년이라고 부르든 말든 가장 중요한 것부터 질문했다.

"네, 공짜니까 줄부터 서 주세요."

건우는 인내심을 발휘해서 최대한 친절하게 답했다. 그러나 속은 달랐다. 덥수룩한 떡이 진 머리와 입가에 남아 있는 허연 침 자국, 눈가에 거대하게 달린 눈곱, 거기에 70년대에서 건너온 듯한 파란색 추리닝. 가장 완벽한 마무리는 헤져서 발가락이 다 보이는 낡은 단화였다. 장기노숙자의 포스다. 건우는 한시라도 상대를 멀리 떨어트리고 싶었다.

"고맙습니다."

아랑은 신이 나서 넙죽 감사의 인사를 하고는 줄 끝으로 갔다. 상대방의 표정이나 태도가 뭔가 미묘하게 불쾌하긴 했지만 크게 신경 쓰지 않았다. 서울이 눈 뜨고 있는데 코 베가는 세상이라고 하더니 꼭 그런 것만은 아닌 모양이다. 이렇게 공짜 밥도 마구 퍼 주다니. 더욱이 고깃국이다! 설레는 마음으로 줄을 서서 기다렸다.

한편 서희는 밥 차 안에서 억지웃음을 지어 보이며 계속 음식을 식판에 퍼 주는 중이었다. 더욱이 여기까지 쫓아온 건우를 보니 속이 더 불편했다.

'저치는 유학에서 돌아왔다고 하더니 할 일도 없나 봐?'

서희는 속으로 투덜거리며 건우를 흘끔거렸다. 그는 최근 한 달 동안 내내 자신의 뒤를 쫓아다녔다. 어떻게 알아낸 건지 서희가 가는 모든 행사나 모임에는 귀신같이 모습을 드러냈다.

'저게 스토커지 뭐야?'

서희는 속이 부글부글 대는 걸 애써 눌렀다. 성격 같아서는 이미 폭발했을 테지만, 지금 이 자리에는 엄격하기 그지없는 엄마와 매스컴이 있다.

건우는 어릴 때부터 그랬다. 오성 그룹은 그 같잖은 이름으로 상류사회에 들어오려고 부단히도 애를 썼다. 물론 실질적으로는 국내 30대 기업에 들어가는 꽤 큰 규모의 그룹이지만, 어차피 역사로 보나 뭐로 보나 서경 그룹과는 비교할 수 없었다.

건우와 서희는 유치원 때부터 동기 동창이나 다름없었다. 심지어 유학을 가서도 그 얼굴을 봐야 했다. 그 넓은 해외에서 왜 하필 같은 동네에 살았어야 했는지. 서희가 먼저 유학을 마치고 들어왔지만, 그 질긴 인연은

끊어지지도 않았나 보다. 대놓고 몇 번 거절도 했지만, 그걸로 불충분했던 모양이다.

"서희야, 여기 이건 어디로 가져갈까?"

건우가 싱글싱글 웃으며 말을 건네 오자 서희는 현실로 돌아왔다.

"저쪽에 알아서 두세요."

서희는 남은 식판을 들고 우왕좌왕하는 건우를 째려봤다. 어떻게 여기까지 쫓아와서는….

마지막으로 더벅머리 총각이 밥을 타 가는 것으로 배식이 끝났다. 저렇게 젊은 나이에 노숙자라니 한심하기 그지없었다. 그래도 겉으로는 웃는 낯을 버리지 않았다. 이 세계에서 필요한 가장 중요한 스킬은 바로 이런 위장술이었다.

"잘 먹겠습니다."

아랑은 천사같이 예쁜 아가씨가 퍼 주는 반찬을 받아 들고 황송한 표정을 지었다.

밥 차에서 밥과 반찬을 내어 주는 아줌마와 아가씨가 어쩌면 그렇게 우아하고 예뻐 보이는지. 역시 착한 일을 하는 이들은 다 천사인가 보다. 특히 지금 마지막으로 반찬을 퍼 주던 아가씨는 태어나서 직접 만났던 여자 중에서 최고로 예뻤다. 아랑은 씩 웃으며 천사 아가씨를 바라봤다.

한쪽에서 이를 지켜보던 건우는 인상을 썼다. 노숙자 녀석이 서희를 향해 씩 웃는 모습이 불쾌하기 그지없었다. 어디서 굴러먹던 개뼈다귀 같은 녀석이 감히 그녀에게 저런 눈길을 보낸단 말인가?

"자, 그럼 이걸로 촬영을 마칩니다. 수고들 하셨습니다."

한참 카메라로 찍어 대던 PD의 끝났다는 소리가 들리자마자 다들 앞치마를 벗어 던졌다. 그리고 혜란과 서희는 떠날 채비로 바빴다. 건우는 뭔가 더 말을 붙여 보려고 했지만 우물쭈물하다 기회를 놓쳤다.

그렇게 서경 그룹의 모녀와 촬영팀이 썰물 빠지듯 떠나고 나자 건우는 맥이 탁 풀렸다. 오늘도 허탕이었다. 물론 조금이라도 좋은 인상을 남겼을지 모른다는 생각을 해 보지만. 아닐 것이 뻔했다.

"잘 먹었습니다."

아랑은 마지막까지 싹싹 긁어먹은 식판을 반납하면서 큰 소리로 인사했다. 지난 이십 년 평생 가장 맛있던 식사라 할 만했다. 더욱이 공짜라니 부른 배를 어루만지며 뿌듯한 느낌이 들었다. 그런데 갑자기 후드득 빗방울이 떨어지기 시작했다. 때늦은 소나기인지 비가 금세 거세졌다.

'어! 우산 없는데….'

황급히 나무 밑으로 비를 피했다. 지금 이대로 지하철 입구까지 가려다가는 비를 쫄딱 맞을 것이다. 그때 아까의 잘생긴 젊은 청년이 거대한 우산을 쓰고 있는 게 눈에 들어왔다. 한눈에 봐도 특대형 사이즈의 우산이다. 재빨리 그 우산을 향해 뛰어갔다.

"실례합니다."

아랑은 최대한 예의 바르게 웃었다. 잠시 지하철 입구까지만 얻어 쓸 요량이었다. 밥도 공짜로 나눠 준 사람이 설마 이 정도 부탁을 거절할까 싶었다.

"어딜 감히!"

우산 밑으로 들어서자마자 험한 말과 함께 노려보는 시선이 느껴졌다.

"아, 죄송한데요. 지하철 입구까지만 부탁드려요. 우산이 없어서요."

아무리 사나운 말투라 해도 설마 웃는 낯에 침은 못 뱉겠지. 씩 웃어 주는 걸 잊지 않았다. 그러나 그건 오히려 역효과였다. 건우는 입 냄새와 함께 각종 안 좋은 냄새를 풍기며 웃는 아랑의 모습에 혐오감을 느꼈다.

"거지새끼가 어딜! 빨리 꺼져!"

건우는 고함을 치며 훌쩍 옆으로 물러났다. 그러자 자동으로 아랑은 거센 장대비에 그대로 노출됐다.

쏴아아아ー

'아니, 우산 좀 잠깐 같이 쓰면 어디 덧나? 이런 나쁜 놈을 봤나? 그리고 막말하네?'

오기가 발동한 아랑은 다시 조르륵 재빨리 우산 밑으로 들어갔다.

"거 말 참 험하게 하시네요. 거지새끼라뇨? 그리고 언제 봤다고 반말이에요? 잠시 지하철 입구까지만 신세 좀 지자는데, 그런다고 그 우산이 닳아요? 어차피 그쪽으로 가시는 것 같은데…."

아랑은 화가 나 항의는 했지만, 우산을 빌려 써야 하는 처지다 보니 말 끝에는 힘이 풀렸다. 반면 건우는 어이가 없었다. 젊은 노숙자가 뭐가 믿는 구석이 있다고 이리 함부로 들이댄단 말인가? 더욱이 아까 서희에게 재수 없는 시선을 보내던 그놈이었다.

"어이, 나가. 당장 우산 밖으로 나가라고! 그쪽 같은 노숙자 씌워 주려고 만든 우산이 아니거든."

"야! 보자 보자 하니까 사람이 보자기로 보이냐? 나 노숙자 아니거든! 우산 하나 가지고 되게 치사하게 구네. 아까 공짜로 밥 퍼 줄 때는 언제고…. 그 말 할 시간에 빨리 걸었으면 벌써 다 갔겠네."

아랑은 상대가 계속 무례하게 굴자 똑같이 해 주기로 했다.

'사내자식이 허우대만 멀쩡해 가지고…. 쯧쯧 그림같이 잘생겼으면 뭐 하나? 성격이 완전히 개차반인데! 잠시 지하철까지 그 넓은 우산 좀 씌워 준다고 닳는 것도 아닌데. 우산 하나로 사람 거지에 노숙자 취급이라니. 뭐, 좀 사는 집 자식인가 본데, 그렇다고 이 정아랑 기죽을 일은 없다. 암, 그렇고말고.'

건우는 적반하장도 유분수지 되레 큰소리를 치는 노숙자 녀석의 행태에 기가 막혔다. 건우는 다시 녀석을 위아래로 살피며 노려봤다. 몇 년은 안 자른 것 같은 덥수룩한 머리, 낡아 빠진 옷과 신발, 아무리 봐도 거지새끼에 노숙잔데 뭐가 아니라는 건지.

"거지새끼보고 거지새끼라고 하는데 뭐가 문제지? 그만 꺼져!"

건우는 우산을 휙- 하고 쳐들고 놈의 옆으로 빠져나와 빠르게 걸음을 옮겼다. 그렇다고 뛰어가면 괜히 모양 빠지는 일이라 차마 그럴 수는 없었다. 그런데 언제 움직였는지 우산 밑으로 들어온 아랑이 거머리처럼 달라붙었다. 결국, 지하철 입구가 보이는 곳까지 씩씩거리며 이동할 수밖에 없었다. 뭔 거지새끼가 행동이 눈에 보이지 않고 혀를 내두를 만큼 재빨랐다.

"형씨, 우산 잘 빌려 썼어. 그런데 앞으로 말은 좀 가려서 해."

아랑은 지하철 입구가 보이자 휙 몸을 날렸다. 이런 같잖은 일에 내공을 써 가면서 움직인 게 우스웠다. 녀석의 발에 바퀴가 달렸다고 해도 피할 수 없었으리라. 마지막으로 혀를 길게 뽑아서 메롱 하는 표정을 만들어 보이는 것을 잊지 않았다.

"저 자식이!"

건우는 욕설이 나오는 걸 참았다.

"도련님, 제가 마중을 나가야 했는데, 어서 타세요."

건우가 다가오는 걸 본 김 비서가 차에서 뛰어나와 차 문을 열었다.

"저 청년은 누굽니까? 아시는 분입니까?"

건우가 차에 타자마자 김 비서의 질문이 날아왔다.

"아니야. 웬 거지새끼가 달라붙어서는…."

건우가 구시렁거리자 김 비서는 흘끗 백미러를 통해 뒤쪽을 바라보며 눈치를 살피더니 조심스럽게 입을 열었다.

"경호원을 데리고 다니시는 편이 어떨까요? 지난번 사고도 있고."

"그건 이미 이야기 끝났잖아."

김 비서는 건우의 단호한 대답에 입을 닫았다. 하지만 조만간 하나뿐인 오성 그룹의 후계자에게 경호원을 붙일 거라는 건 불 보듯 뻔했다.

"집으로 돌아가자."

건우의 말에 김 비서는 차에 시동을 걸었다. 아직 장대비는 쉽게 그칠 줄 모르고 쉼 없이 내렸다.

"에잇, 재수가 없으려니까. 공짜 밥 먹었다고 좋아했더니, 이상한 샌님 같은 녀석 때문에 괜히 심력만 낭비했네. 그런데 정말 허우대는 멀쩡했는데 말이야."

아랑은 곰곰이 아까 그놈을 떠올려 봤다. 그렇게 잘생긴 얼굴을 볼 기회가 없긴 없었다. 피부는 계집애처럼 뽀얘 가지고, 선명하게 날이 선 콧날, 진한 눈썹과 그윽한 눈, 약간 도톰하고 길게 빠진 입술. 그 포스터에 나온 연예인이 누군지 모르지만, 많이 닮았다. 키도 꽤 컸는지 한참을 위로 올려다봐야 했다. 하긴 TV를 제대로 본 적이 있어야 누군지 알지. 읍내 화장품 가게나 길거리에 붙어 있던 광고 전단이 연예인들을 보는 유일한 수단이었다. 놈을 생각하니 아까 들은 안 좋은 말이 떠올랐다.

'거지새끼라고?'

아랑은 잠시 지하철 출입문 유리를 거울삼아 가만히 들여다봤다. 그리고 주변 사람들을 두리번거리며 살폈다. 자신의 몰골이 유난히 튀기는 했다. 첩첩산중 깡촌에서야 비교할 대상도 없었지만, 이곳의 여자들은 하나같이 예쁘게 화장을 하고, 깨끗하고 화려한 옷을 입고 있었다.

여기저기 구멍이 뚫리고 낡은 추리닝과 회색으로 보일 만큼 바래진 단화는 초라하기 그지없었다. 머리도 직접 가위로 대충 자른 것이라 쥐 파먹은 꼴이고…. 제대로 먹지 못해서 그런지 발육이 부진한 탓에 앞뒤가 구분 안 되는 판판한 몸매다.

'흠흠, 어느 정도 인정은 되지만 그래도 용서할 수 없는 놈이다. 그깟 우산 좀 잠깐 같이 쓰는 게 뭐 그리 대수라고.'

"다음 역은 길음…, 길음역입니다. 내리실 문은…."

안내방송 소리에 현실로 돌아왔다. 이제 곧 내릴 장소인 모양이다. 다시 볼일도 없는 그런 녀석을 신경 쓸 여유는 없었다. 큰외삼촌댁에 찾아가서 몸을 의탁하게 되면 일자리도 찾아야 할 테고. 아랑은 여러모로 마음이 바빴다.

3

취업 전쟁

"아무리 조카라지만 얼굴 한번 제대로 본 적 없는 애잖아요. 왜 그런 애를 우리가 맡아야 한다는 거예요?"

"쉿! 언성 좀 낮춰. 애들이 들으면 어쩌려고!"

"여기에서 말하는 게 들릴 리가 있어요? 당신은 괜히 할 말이 없으니까…."

'숙모님, 죄송하지만 너무 잘 들리네요.'

아랑은 내공이 생긴 뒤로 집중하면 백 리 밖에서 떨어지는 나뭇잎 소리도 들을 수 있었다. 그러니 거실 건너편 안방에서 나는 소리쯤이야 생생하게 들리는 것이 당연했다.

"하나뿐인 조카야. 그리고 희수는 당신도 알지만 가까운 사이였잖아. 그때 그 일만 아니었어도…."

상수는 희수의 이야기에 말끝을 흐렸다.

정상수. 정운몽의 첫째 아들이자 정씨 집안의 장손이다. 그는 택견이니 뭐니 하며 가정보다는 꿈을 좇던 아버지를 뒤로하고, 일찌감치 서울로 상경했다. 그리고 열심히 노력해 공무원이 되었고, 작지만 자신 소유의 단독주택도 가지게 됐으니 성공한 셈이었다. 과거 서울로 올라올 때 유난히 자신을 따르던 여동생 정희수도 함께였다.

"어차피 큰 애가 군대에서 돌아오려면 일 년 반은 더 있어야 하니 그때까지만이라도 여기 머물게 합시다."

상수는 이미 결정을 내린 것이라 물릴 생각이 없었다. 아내의 마음을 이해 못 하는 건 아니지만, 젊은 나이에 아랑 하나만을 남겨 두고 가버린 동생을 생각하면 이렇게라도 해 주고 싶었다. 더욱이 이제 조카를 돌볼 사람도 없는 상황이다.

"그게 단순히 집에 머물게 한다고 되는 문제예요?"

상수의 아내는 답답한지 계속 투덜거렸다. 객식구가 하나 더 늘어난다는 게 밥숟가락 하나 더 없는다고 되는 문제가 아닌 거다. 물론 시아버지도 없는 상황에 어린 조카가 홀로 남았으니 그 처지가 딱하기는 했지만. 그렇다고 자신이 뒷바라지하는 일만은 사양하고 싶은 것이 당연지사.

'휴~ 되도록 빨리 일자리를 구해서 나가야겠구나.'

아랑은 큰외삼촌 부부의 대화를 들으며 한숨을 크게 내쉬었다.

삼촌의 큰아들이 쓰던 방은 넓고 깨끗했다.

'평생 이런 방 하나 가져 보는 게 소원이었는데….'

원목으로 된 책상과 책장, 한쪽에는 혼자 누워도 충분한 침대까지 모든 게 빛나 보였다. 침대라는 물건은 태어나서 처음 누워 보는 거였다. 뒤로 벌렁 눕자 매트리스가 출렁거리며 폭신한 이불이 느껴졌다.

'이야~ 좋긴 좋구나.'

그리고 몸에서는 계속 향기로운 냄새가 폴폴 흘러나왔다.

킁킁.

숙모가 내어 준 깔끔한 옷에서 나는 향기다. 빨래할 때 뭔가를 넣은 모양이다. 처음 먹어보는 기름진 음식, 따듯한 물이 콸콸 나오는 욕실, 좋은 향이 나는 샴푸와 비누…. 아랑은 이 모든 것이 익숙지 않았다.

'내일은 일찍부터 일자리를 찾으러 나가야겠어.'

외삼촌은 서울에 처음 올라왔으니 한 일주일 쉬면서 여기저기 둘러보라고 하셨지만 그럴 여유가 없었다.

'하긴 삼촌이 안내를 맡긴 이 집 둘째 딸의 표정이 그리 좋지 못했지?'

겉으로 말은 안 했지만, 싫은 표정이 역력했다. 뭐 씹은 것처럼 인상을 팍 썼으니까….

군식구라는 게 원래 그런 거겠지만. 큰외삼촌 식구들의 환대(?)에도 불구하고 눈치가 보였다. 한시라도 빨리 일자리를 찾고 독립을 해야지. 마음을 다시 단단히 먹었다. 하지만 그런 오기도 잠시 자꾸 스르륵 눈이 감겨 왔다. 역시 이 침대라는 게 요물은 요물인가 보다. 피곤하기도 했겠지만. 어느새 깊은 잠에 빠져들었다.

◆◆◆

"일자리를 찾으려면 인터넷으로 무슨 사이트를 들어가 보라고 했는데…."

아랑은 벌써 한 시간째 컴퓨터라는 요물과 씨름 중이었다. 세상은 온통 스마트한 시대라서 손에 들고 다니는 휴대전화라는 것으로도 인터넷을 한다는데, 문제는 그 인터넷이 뭔지도 모른다는 거다. 더욱이 사용법이라고 알려준 게 그리 녹록하지만은 않았다. 마우스라는 물건은 왜 이리 다루기 어려운지 원하는 대로 눌러지지가 않고, 키보드라는 녀석은 작게 써진 철자를 찾아서 힘겹게 눌러야 했다.

'에잇! 씨-!'

또 뭔가 이상한 녀석이 작동됐다. 절로 욕이 나오는 상황이다. 마우스를 나름 재빠르게 움직여 보지만 이미 늦었다.

"아-진짜!"

아랑은 키보드를 두 손으로 내려치고 싶은 걸 참고 대신 머리를 쥐어뜯었다. 사촌인 이 집 딸내미의 물건을 고장 낼 수는 없는 법. 더욱이 얹혀사는 처지가 아니던가. 그러나 이대로라면 해결이 되지 않을 것 같다.

'일자리를 찾기 전에 혈압이 올라 돌아가시겠네. 쩝. 뭔가 방법이 없을까? 하지만 뾰족한 방법이 없으니….'

그 후로도 몇 시간 동안 컴퓨터와 씨름을 해야 했다.

◆◆◆

"경호원이요? 필요 없다고 했잖아요!"

건우는 건너편에 있는 아버지를 노려봤다.

"안 된다! 지난번 그 사고도 있었고. 아무래도 경호원이 있어야 해."

"아버지! 그 사고는 다 그쪽에서 만든 거잖아요. 우리 집안이 더는 그런 쪽과 관련이 없다는 걸 보여 주기 위해서라도 같은 무력을 사용하는 일은 없어야 한다고 생각해요."

건우는 차마 입에 담기도 싫어 오만상을 찌푸리며 그쪽이라는 표현을 썼다.

"경호원과 그게 무슨 상관이냐? 그리고 상대가 그런 식으로 나오니까 더 조심해야지."

"하여튼 저는 싫습니다! 시커먼 녀석들을 줄줄이 달고 다니면 이마에 떡 하니 써 붙인 거와 같다고요."

건우는 정말 진저리치게 싫었다. 그러잖아도 다들 겉으로만 쉬쉬할 뿐 뒤에서는 시끄럽게 떠들었다. 오성 그룹 차씨 집안 하면 과거 조폭으로 유명했다고…. 뭐 그게 진실이기는 했다. 오성 그룹이라는 이름을 달고 양지바른 곳에서 사업하게 된 건 겨우 삼십 년이 될까 말까다. 지금이야 번듯한 대기업에 IT분야까지 손을 대고 있지만, 과거 주류업과 건설업을 시작으로 돈세탁을 목적으로 운영하던 사업체들이 이제는 주력이 된 것이라 할 수 있었다. 물론 그 대신 어두운 일에서는 거의 손을 뗀 상태였다. 그렇지만 아무리 손을 씻고 대를 이어 다른 기업으로 거듭나려 한들 그 뿌리가 없어지는 것은 아니니 문제였다.

"시커멓지 않은 녀석들로 붙여 주마. 조심해야 해. 우리 집안에 후계자라고는 너뿐이지 않더냐?"

차 회장은 걱정이 가득 담긴 눈으로 아들을 바라봤다. 조폭이라면 학을 떼는 건 익히 알고 있었지만, 가끔 그런 아들이 섭섭했다. 그래도 선대부터 내려온 가업인데 그걸 통째로 거부당한 느낌이다. 한편으로는 차 회장도 나름 답답했다. 번듯한 기업으로 거듭나기 위해서 과거와는 결별한다고 했지만, 아직 깨끗이 털어내지 못한 것이 현실이었다.

"그리고 이번 돌아오는 이사회 때 널 사장으로 임명하는 안건을 올릴 예정이니 그리 알아라."

"벌써요?"

"뭐가 벌써야? 그 하버든가 뭔가 하는 대학까지 다녀왔으면 하루라도 빨리 그걸 활용해야지."

차 회장은 혀를 찼다. 하나뿐인 아들은 패기가 부족했다. 그 대단하다는 공부까지 시켰는데도 나아진 것이 별로 없어 보였다.

왕년에 이 차노형이라고 하면 다들 벌벌 떨었는데, 아들놈은 전형적인 샌님 스타일이라니. 쯧쯧. 그래도 두뇌가 명석하고 외모가 아내를 닮아 잘난 것이 봐줄 만했다.

"이만 나가 보겠습니다."

건우는 입을 삐죽이며 인사를 건성으로 하고 밖으로 나갔다.

◆◆◆

"자격증은 없어요?"

"없는데요."

아랑은 당당하게 대답했지만, 점점 마음이 움츠러들었다. 질문하는 사람의 태도도 점점 어이없다는 표정으로 변해가는 중이었다. 그렇지만 일자리를 찾기 위해서라면 이 정도쯤은 감수해야 하리라. 여긴 동네에서 우연히 찾아 들어온 용역 사무실이었다. 인터넷으로는 도저히 원하는 걸 찾기 힘들어서 무작정 밖으로 나와서 돌아다녔다. 그 결과 일자리를 찾아준다는 광고판이 눈에 확 들어온 거다.

"아니 학력은 고졸에 그것도 검정고시. 외국어도 못하고. 자격증도 하나 없으면 뭐로 취업하겠다는 건지…."

사내는 급기야 대놓고 혼잣말을 하며 혀를 찼다. 아무리 여기가 허접스러워 보이는 용역 사무소라지만 이런 수준의 젊은 사람은 처음이었다. 그는 건너편에 앉아 있는 터무니없는 경력의 아가씨를 위아래로 훑어봤다. 낡은 티셔츠에 청바지 차림이라 잘 알 수는 없지만, 몸매도 영 아닌 것 같았다. 더욱이 손질이 안 된 머리와 민낯은 아무리 잘 봐줘도 시골에서 갓 상경한 몰골이니.

"요리나 청소는 잘해요?"

"네, 어느 정도 합니다."

열심히 고개까지 끄덕여 가면서 무한 긍정의 신호를 보냈다. 할아버지랑 살면서 밥하고 빨래는 혼자 다 했으니까 거짓말은 아닌 거다. 물론 대단한 요리를 하라면 할 수 있는 건 없겠지만.

"흠…, 그럼 가정부 일자리는 찾아보면 있을 법하네요."

그때였다! 갑자기 사무실 문이 쾅! 하고 열리면서 몇 명의 무리가 우르르 들어왔다.

"야! 무슨…!"

아랑과 대화를 하던 아저씨가 자리에서 벌떡 일어났다.

"오랜만이야. 쌍칼."

양복을 잘 차려입은 사내가 비릿한 웃음을 지으며 사무실 입구로 걸어 들어왔다. 현재 이곳에는 직원으로 보이는 세 사람이 전부였다.

"그렇게 부르지 말랬지. 이미 그 이름은 버린 지 오래야. 그래 무슨 일로 여기까지 행차를 하셨나?"

쌍칼이라고 불린 이는 무척 긴장한 표정이다. 바로 좀 전까지만 해도 아랑의 면접을 보던 평범한 아저씨였다. 그러나 이상한 무리의 등장으로 그의 분위기가 뭔가 확 달라져 보였다.

"일자리를 구하러 온 거라면 환영하지만 그렇지 않다면 조용히 나가 줘. 이제 그쪽과 얽힐 일은 없으니까."

"무슨 섭섭한 소리야. 칠성파 쌍칼이 그렇게 나오면 싱겁잖아. 뭐 이런 감상적인 이야기보다는 직접 몸으로 나누는 대화가 더 좋지 않겠어?"

상대는 시비를 걸러 온 이상 순순히 나가 줄 것으로 보이지 않았다. 놈은 말이 끝나자마자 뒤쪽에 서 있는 시커먼 사내들을 향해 턱짓했다.

우당탕! 쾅!

사내들은 갑자기 주변의 집기들을 집어 던지며 난동을 부리기 시작했다.

"이놈이!"

쌍칼이라 불린 아저씨를 포함 사무실 직원들은 잽싸게 몸을 피하며 맞섰다. 아랑은 어찌해야 할 바를 몰라 한쪽에 어정쩡하게 서 있었다. 상황으로 봐서는 여기 용역사무소 쪽이 쪽수로 밀릴 게 뻔했다.

'하나 둘 셋…. 이건 삼대 팔이잖아? 조금 불공평한데.'

시커먼 놈들을 세어 보니 여덟 명이나 되었다.

'!'

휙-! 콰쾅!

아랑은 반사적으로 손을 뻗어 날아온 의자를 내쳤다. 그러자 의자는 산산이 부서지면서 파편이 사방으로 튀었다. 팔짱을 끼고 그들의 다툼을 감상하려 했는데, 그럴 수 없는 모양이다. 순간 아랑이 일으킨 작은 소동에 사내들의 시선이 이쪽으로 쏠렸다.

"저놈은 뭐야?"

시커먼 사내 중 하나가 잽싸게 다가와 대뜸 팔을 휘둘렀다.

'어쭈? 어딜 감히!'

아랑은 여유롭게 상대의 팔을 잡아서 비틀어 버렸다.

"악! 아악!"

사내는 비명을 지르며 쩔쩔맸다. 아랑은 가소롭다는 듯이 피식 웃으며 녀석을 발로 뻥! 차서 벽으로 날렸다.

쿵! 콰쾅!

“….”

“….”

좌중의 사내들은 모두 이제 동작을 멈추고 아랑에게 시선을 모았다. 어디서 나타난 이상한 젊은 녀석이 한 방에 덩치가 산만 한 사내를 벽으로 차 버린 거다. 잡아 던진 것도 아니고 발로 찼을 뿐인데 시멘트로 된 벽이 파이고, 쓰러진 놈은 충격으로 기절한 눈치다. 뼈가 몇 개는 부러졌을 거다. 잠시 긴장된 정적이 흘렀다.

“넌 누구냐?”

아까부터 쌍칼이라는 아저씨와 싸우던 사내가 험악한 표정으로 질문을 던졌다.

“일자리 구하러 온 사람인데요.”

아랑은 태연하게 대답했다. 사실인데 뭐 꿀릴 게 없었다. 일자리 구하러 왔다가 이런 험한 꼴을 구경하게 되기는 했지만 말이다. 내공을 써서 상대하니 모든 게 어린아이 손목 비틀기처럼 쉬웠다.

“이 새끼가! 어디서 거짓말이야!”

상대는 대답이 마음에 안 들었던 건지 괜히 쌍심지를 켜고 열불을 냈다.

“거짓말 아닌데요. 일자리 구하러 왔어요. 어이~ 저기~ 아저씨. 저 일자리 구하러 온 것 맞지요?”

아까 면접을 봐 준 쌍칼이라 불린 이를 향해 답을 구했다. 그러나 그 또한 뭔가 미심쩍은 눈으로 아랑을 뜯어보는 중이었다. 하지만 이내 아랑의 째려보는 눈길에 괜히 급하게 답했다.

"마… 맞아. 여기 일자리를 구하러 온 손님이야."

"아, 그런데 여기 아주 소란스러워서 제가 일자리를 못 구하겠네요. 아무래도 조용하게 만들어야겠어요. 우선 경찰서에 신고부터 해 줄까요? 아니면 그 전에 본때를 좀….”

‘그래, 이런 일은 당연히 경찰서에 신고부터 해야지.’

하지만 상대가 무력으로 나온다면 가만히 있을 이유가 없었다. 할아버지의 가르침에 의하면 함부로 힘을 쓰는 건 안 되지만, 그렇다고 당하고 살란 말은 아니었으니까 말이다. 더욱이 이제는 그럴 만한 능력이 있다고!

"흠흠, 손님이 계시다니 다음에 이야기하지.”

아랑의 말에 아까까지 기세등등했던 사내는 어디로 사라졌는지, 급작스럽게 뒤로 물러났다. 그리고 잽싸게 사무실 입구로 내빼기 시작했다. 동시에 나머지 놈들도 벽에 파묻힌 녀석을 둘러업고 황급히 빠져나갔다.

"쌍칼! 네가 무서워서 간다고 생각하지 마!”

입구를 통해 이미 보이지도 않는 녀석의 마지막 항변이 들려왔다. 아랑은 헛웃음이 나왔다. 그럼 이제 다시 일자리를 위한 면접을 볼 수 있겠지. 그런데 주변의 분위기가 왠지 싸하다. 다들 이상한 눈초리를 보내오니 괜히 겸연쩍었다.

"여…, 여기 앉으시죠. 허허허.”

아까까지 고까운 시선을 보내던 아저씨의 태도가 180도 달라졌다. 의자를 하나 가져와 공손한 태도로 자리를 마련해 주었다.

"박 대리, 여기 차 내와. 그리고 다들 빨리 정리해.”

그의 우렁찬 목소리에 뒤쪽에 어정쩡한 포즈로 서 있던 직원들이 바삐 움직이기 시작했다. 그리고 잠시 후 시원한 아이스커피 한 잔이 아랑 앞에 놓였다.

"자, 그럼 일자리를 구하신다라…. 마침 좋은 자리가 있습니다."

쌍칼이라 불린 머리가 희끗희끗한 아저씨가 바로 이곳의 사장이었다. 그리고 아랑은 운이 좋게도 이상한 녀석들의 난입으로 일자리를 쉽게 구할 수 있게 되었다. 물론 신원보증을 위해서 큰외삼촌의 도움이 살짝 필요했다. 그래도 이렇게 빨리 일자리를 구하다니 행운이었다. 더욱이 숙식이 보장되는 자리라니!

◆◆◆

"아랑아, 아무리 일자리를 구했다고 하지만 그런 일을 여자가 해도 괜찮은 거냐?"

상수는 아랑이 며칠 만에 일자리를 구했다는 소리에 반갑고 대견했다. 하지만 경호원이라니 걱정이 되는 게 당연했다. 아무리 어린 시절 내내 산중에서 험하게 자라고 택견을 배웠다고는 하나 여자의 몸이 아닌가?

"괜찮아요. 너무 걱정하지 마세요. 이래 봬도 몸 튼튼한 게 전 재산인걸요. 그리고 할아버지의 모든 걸 전수한 몸이라고요."

아랑은 가슴을 탕탕 쳐 가면서 큰소리쳤다.

'걱정하시는 게 당연하지 뭐.'

나이도 어리고 여잔데 경호원을 한다니, 아무리 군식구라지만 가족인데 그런 걱정은 당연했다. 하지만 그건 하나는 알고 둘은 몰라서다. 아랑이 내공을 얻어 숨겨진 힘이 대단하다는 걸 알면 놀라 자빠질지도 모른다. 그러나 그건 되도록 비밀로 해 두는 편이 좋으리라. 할아버지의 가르침에 의하면 매사에 능력의 삼 푼은 감추라고 했다.

"일하게 돼도 자주 찾아올게요. 무슨 일 생기면 바로바로 연락드리고
요."

아직 정확하지는 않지만, 쉬는 날도 있다 했었다.

"그래도 걱정이 되는구나. 혹시 문제가 생기면 바로 그만두거라. 알았
지?"

"당신도 너무 걱정하는 거 아니에요? 그래도 오성 그룹이면 알아주는
곳인데. 그쪽 직계 가족 경호라니 괜찮지 않겠어요?"

숙모 또한 아랑이 여자의 몸으로 경호한다는 걸 마음에 걸려 하기는 했
지만, 그래도 붙인 혹을 하루라도 빨리 뗄 수 있다는 생각에 반기는 눈치
였다. 하여튼 그리하여 아랑의 생애 첫 일자리가 결정되었다. 이틀 후에
용역사무소로 나가면 그 쌍칼이라 불렸던 아저씨가 친히 일할 곳으로 데
려다준다니 여러모로 편리했다.

"아랑아, 그럼 내일 저녁에 삼촌이 퇴근하면 같이 마트에 가자."

상수는 하나뿐인 어린 조카가 일하러 떠난다니 생필품이라도 챙겨 줄
요량이었다. 아내에게 맡기면 될 일이겠지만, 직접 챙겨 주고 싶었다. 그
속내는 겨우 며칠 머물고 내보내는 것이 못내 미안한 마음이 컸다.

◆◆◆

"이런 놈은 안 된다니까!"

건우는 벌써 몇 번째 퇴짜를 놓는 중이었다.

"그래도 매우 엄선하여 고른…."

김 비서는 쩔쩔매면서 말끝을 흐렸다.

"내가 몇 번을 말해야 해? 경호원이라고 해도 조금 얌전하고 정숙해 보이는 타입 없어? 이건 딱 봐도…!"

건우는 서류를 테이블 위에 집어 던졌다. 덩치가 산만 한 놈이나 한눈에 딱 봐도 각두기 냄새 물씬 풍기는 녀석들은 죄다 아웃이다. 처음에는 십여 명을 붙여 준다는 걸 그나마 합의를 봐서 대여섯 명으로 줄이기는 했지만, 그래도 경호원이랍시고 근육질의 떡대 좋은 사내들이 줄줄이 따라다니는 건 사양하고 싶었다.

삐-.

"사장님, 서경 그룹 이민호 이사님 오셨습니다."

"들어오라 해."

호출 소리가 나더니 민호가 왔다는 소식이다. 잠시 후 노크 소리가 들렸다.

똑똑.

"들어와."

"여어~ 차 사장."

민호는 문을 열고 들어서자마자 과장된 제스처로 건우를 놀렸다.

"그만해. 장난치지 마."

건우는 민호를 노려봤다.

"왜~ 이제 차건우 님이 오성 그룹의 사장님인데, 사장을 사장이라고 부르지 그럼 뭐라고 하냐? 어때 일은 할 만해?"

민호는 너스레를 떨면서 씩 웃었다. 둘은 대학 동기에 유학도 함께한 사이였다. 나이도 동갑에 죽이 잘 맞아 서로 친했다. 그리고 민호의 여동생인 서희가 바로 건우가 지난 이십 년이 넘도록 짝사랑? 아니 외사랑을 해 온 여인이다. 물론 절친인 민호의 다양한 서포트가 있었음에도 그리 쉽지가 않았다.

"사장 자리 겨우 이틀 차인데 벌써 죽을 맛이다. 넌 어떻게 그 이사 자리를 그렇게 하고 있어?"

건우는 툴툴거렸다. 업무도 업무지만 지금은 경호원 문제로 기분이 상한 상태였다.

"자자, 고단한 너를 위해서 내가 특별한 시간을 준비했어. 퇴근 후 같이 어디 좀 가자."

민호는 윙크를 날리며 싱긋 웃었다.

"어디?"

건우는 뭐 대단한 곳인가 싶어 건성으로 되물었다.

"흠, 서희가 오늘 저녁에 친구들과 클럽에서 약속이 있다고 하더라고. 뭐 네가 가고 싶지 않다면 어쩔 수 없지. 하긴 건우 네가 클럽이나 이런 곳을 별로 안 좋아하지?"

민호는 능청스럽게 장난을 쳤다. 건우가 자신의 여동생이라면 사족을 못 쓴다는 걸 잘 알고 있으니 놀리는 거였다.

"당연히 가지!"

아니나 다를까. 건우는 갑자기 자리에서 벌떡 일어나 벌써 퇴근할 기세다.

"퇴근 벌써 해도 돼?"

"아…, 아니. 오늘까지 결정해야 할 게 남아 있어."

건우는 힘없이 털썩 다시 자리에 앉았다. 그리고 쌓여 있는 이력서를 흘끗 쳐다봤다. 오늘까지는 경호원을 결정하겠다고 약속했었다.

그때였다. 탁자 위에 올려 둔 휴대폰의 진동이 거세게 울렸다.

드르륵드르륵.

화면을 보니 아버지 연락이었다. 건우는 잽싸게 전화를 받았다.

"여보세요. 무슨 일이세요?"

"네 경호원에 딱 맞는 사람을 찾았다."

"또 경호원 이야기예요?"

건우는 짜증스러운 목소리로 말했다. 자신이 직접 알아본다고 했지만, 못 미더운 건지 계속 아버지 쪽에서 사람을 붙이겠다고 하는 거다.

"이 사람을 쓰면 딱 한 명으로 해 주마. 어떠냐?"

건우는 화를 내려다 한 명이라는 말에 멈췄다.

"한 명이요?"

"그래, 내가 추천하는 사람을 쓰는 대신 딱 한 명. 그리고 그 외 조건 은…."

차 회장은 어제 급하게 받은 서류를 몇 번이고 검토했다.

여자라고 하지만 사진 속의 얼굴은 소년 같아 보였다. 다년간 자신의 오른팔이나 다름없던 녀석의 추천이었다. 그 녀석 눈이라면 틀림없을 것 이다.

'이런 어린 여자애가 일당백이라고?'

놀랄 일이지만 그렇다면 정말 딱 적임자였다. 우선 내일 자신에게 데려 오라고 해 둔 상태였다. 추천한 이를 신뢰하는 만큼 그저 형식적인 대면인 셈이다. 어차피 아들은 경호원이 한 명이라는 말에 덥석 하겠다고 할 것이 분명했다.

"제가 있는 집에 같이 머물게 한다고요?"

"그래, 대신 한 명이고. 조금 있으면 서류가 가겠지만 네가 원하는 조건에 부합한 사람일 게다."

차 회장은 건우가 승낙할 거라 믿어 의심치 않았다. 이력서를 보게 되면 아마 100%다.

"알았어요. 서류 오면 검토해 보고 연락드릴게요."

건우는 솔깃했다. 열 명에서 대여섯 명으로 줄이는데도 몇 번을 다퉜는데 한 명이라니. 더욱이 자신의 마음에 쏙 들 거라는 아버지의 호언장담에 더 그랬다. 얼마 후 비서가 서류를 가지고 들어오자 건우는 그걸 낚아채듯이 받아 확인했다.

'!'

굉장히 앳되어 보이는 소년의 사진이 붙어 있었다. 그리고 고졸이라는 표시 외에는 아무것도 없다.

"응? 이게 누군데? 네 경호원?"

민호는 궁금증에 슬쩍 건우의 어깨너머로 서류를 훔쳐봤다.

그의 눈에 처음 들어온 건 순진해 보이는 사진 속의 얼굴이었다. 그리고 한쪽에 성별이 여자라고 된 표시. 그러나 더 자세한 것을 보기도 전에 건우가 그걸 덮어 버리더니 바삐 전화를 건다.

"아버지, 이 사람으로 할게요."

"그래, 알았다."

차 회장은 전화를 끊자마자 빙그레 웃었다. 자신이 생각한 대로 되었으니 흡족했다. 다만 내일 확인을 해 봐야 하긴 했지만 걱정할 것이 없으리라.

쌍칼은 믿음직한 녀석이었다. 오성 그룹에 남으면 큰 자리를 주겠다고 했을 때도 형님께 누가 될 수 있다면서 나갔다. 그리고 변두리에 용역사무소를 운영하며 살아갔다.

그는 차 회장에게는 가족이나 다름없는 존재였다. 물론 아들이 그쪽에서 추천을 받아서 온 경호원인 걸 알면 난리를 칠 터였다. 그러니 그런 건 묻어 두는 거다. 그냥 아는 사람 소개라고 해 두면 될 일이다.

<h1 style="text-align:center">4</h1>

<h2 style="text-align:center">참을 수 없는 존재의 무식함</h2>

"여기는 회장님 가족이 머무는 곳이고. 아랑 씨가 모시게 될 사장님 댁은 따로 있습니다."

"아, 그래요."

아랑은 고개를 끄덕이며 차창 밖을 내다보기 바빴다. 용역사무소의 쌍칼 아저씨를 따라 과천이라는 동네의 커다란 저택을 들어갔다 나온 참이었다. 지금은 실제 경호하게 될 고용주를 만나기 위해서 김 비서라는 사람의 차를 타고 이동하는 중이다. 창밖으로 낯선 풍경들이 휙휙 지나갔다.

"젊은 아가씨가 겉보기와 달리 대단한 힘을 지녔어. 마음에 들어! 하하하. 우리 차 사장을 잘 부탁해요."

늙고 노회한 사내는 뭐가 그리 기쁜지 온몸을 흔들며 호통하게 웃었다.

'흠, 그 너구리 같은 영감이 그 대단하다는 오성 그룹의 회장이라고 했지.'

아랑은 우리나라에서 손꼽히는 대기업이라는데 아는 게 없으니 실감이 나지 않았다. 그저 경호해야 할 대상의 아버지라는 인간일 뿐 그 이상도 그 이하도 아니었다. 차 회장은 아랑을 만나자마자 대뜸 시커먼 사내들을 불러다 대결을 시켰다. 물론 가볍게 그들을 제압했지만, 무슨 차력 쇼도 아니고. 쩝. 아랑은 입이 썼다. 만약 할아버지가 알게 되셨더라면 혼났으려나? 힘은 있어도 절대 함부로 쓰는 것이 아니며 옳은 일을 위해서만 쓰라고 그리 신신당부하시지 않았던가. 물론 지금 내공까지 생겨 버린 마당

이니 더욱 신경 써야 하리라. 차창 틈새로 보이는 푸른 하늘을 슬쩍 올려다봤다.

'할아버지, 그래도 먹고살려고 하는 건데 괜찮죠?'

하늘은 답이 없지만, 빙그레 웃고 계신 모습이 연상됐다.

"다 왔습니다. 내려서 저를 따라오세요."

"네? 네!"

후다닥 차에서 내렸다. 주변으로 넓은 언덕과 숲이 보였다. 그리고 작은 호수를 끼고 2층으로 된 집이 한 채 있었다.

"여기가 사장님이 머무시는 곳이고 저 아래 길을 따라가면 테니스장과 실내수영장, 그리고 작은 홀을 포함한 손님용…."

'무슨 집이 이렇게 커?'

아랑은 아까 차를 타고 거대한 철문을 지나올 때도 놀랐지만, 들어와서도 한참을 지나서야 건물이 시야에 들어오다니…. 분수대에서는 시원하게 물이 뿜어져 나오고, 하얗게 빛나는 조각상이 우뚝 솟아 내려다본다.

"말씀 편하게 하세요. 제가 한참 어린데."

아랑은 안내하는 김 비서를 향해 싱긋 웃어 보였다. 나이는 오십 대 후반쯤? 인상이 굉장히 좋아 보였다. 사장이라는 사람의 비서라니 자주 보게 될 텐데 친하게 지내는 편이 좋을 것 같았다.

"그럴 수는 없습니다. 사장님 밑에서 일하는 이상 우린 둘 다 동등한 관계죠. 그 받으신 직함에 맞게 정 대리라고 부르겠습니다."

김 비서는 웃으며 새로운 경호원을 찬찬히 뜯어봤다. 처음 봤을 때부터 신기하다 생각했다. 이런 어린 아가씨가 사장님의 경호를 맡다니. 하지만 차 회장이 오케이를 했다면 그만한 실력이 있다는 이야기다.

“그런가요? 알겠습니다.”

아랑은 괜히 멋쩍어 머릴 긁적였다. 친하게 지내보자는 이야기였는데 역시 공과 사는 구분이 되어야 하나 보다. 김 비서는 건물 입구에서 벨을 눌렀다.

“사장님, 경호원 데려왔습니다.”

“들어와.”

목소리가 들리자 동시에 문이 찡- 하고 열렸다. 안으로 들어서자 매우 깔끔한 실내가 시야에 들어왔다. 벽도 바닥도 온통 하얀색. 번쩍이는 바닥에 티끌 하나 없다. 그때 계단에서 누군가 아래로 내려왔다.

“사장님, 회장님께서 말씀하신 새 경호원이 바로….”

“됐어. 김 비서는 나가 봐.”

건우는 짜증이 역력한 표정으로 김 비서의 말을 끊었다.

“알겠습니다. 그럼.”

김 비서는 재빨리 밖으로 향했다. 문이 닫히고 나자 실내에는 잠시 정적이 흘렀다. 건우는 멀뚱멀뚱한 표정으로 서 있는 청년을 아래위로 훑어봤다. 키는 165는 되려나? 유난히 작고 깡마른 체형. 생각보다 얼굴은 꽤 예쁘장하게 생긴 꽃미남 스타일이다.

‘이런 녀석을 아버지가 추천하다니…. 뭔가 이유가 있겠지.’

건우는 아무리 생각해도 뭔가 아버지에게 꿍꿍이가 있다는 생각이 들었다.

“안녕하세요. 경호를 맡게 된 정아랑입니다. 사장님께 인사 올립니다.”

아랑은 아차 하는 생각에 급히 공손하게 고개를 숙이며 인사했다. 나타난 사람을 보고 깜짝 놀라 잠시 당황해 정신이 없었다.

‘그 재수 없는 샌님 녀석이다!’

우산 잠깐 씌워 주는 거에 난리를 쳤던 그 녀석이 분명했다. 다시 흘끔 사장이라는 작자를 훔쳐봤다.

'역시 맞네! 잘생긴 외모와 거만한 표정. 그런데 다행히 날 못 알아보는 모양이다.'

"아랑? 이름이 뭐 그래… 계집애 같네. 흠. 경호를 맡게 되었다니 어느 정도 실력이 있겠지. 여러 말 필요 없고, 딱 한 가지만 말하지."

건우는 잠시 뜸을 들인 후 근엄한 표정으로 말했다.

"절대 내 눈에 보이지 않게 해."

'?'

아니 24시간 밀착 경호를 하라는데 어떻게 눈에 안 띄게 한단 말인가? 아랑이 어리둥절한 사이 상대는 벌써 볼일을 다 봤다는 표정이었다.

"그럼 이만."

건우는 냉소를 지으며 상대를 노려봤다. 어쩌다 아버지가 저런 젊은 애를 경호원으로 발탁했는지 알 수 없었다. 아무리 뜯어봐도 순진하고 숙맥 같은 여리디여린 청년인데 말이다.

"이게 오늘 스케줄이니까. 맞춰서 행동하도록 해. 앞으로는 김 비서가 넘겨줄 거야."

건우는 서류 하나를 던졌다. 그리고 아랑이 서류를 받든 말든 신경도 쓰지 않고, 성큼성큼 1층 안쪽으로 향했다.

"따라와."

아랑은 날아온 서류를 탁 낚아채고 급하게 그의 뒤를 따랐다. 거실을 지나 주방으로 보이는 곳을 지나 더 안쪽으로 가더니 막다른 곳에 있는 문 앞에 섰다.

“오늘부터 여기를 사용하면 돼.”

건우는 이제 할 일 다 했다는 듯 몸을 획 돌렸다. 경호원 따위는 원래 필요도 없었지만, 이런 비실대는 젊은 애 하나쯤은 참아줄 수 있었다.

“감사합니다.”

아랑은 걸어가는 상대의 등 뒤로 몇 번이고 고개를 숙여 감사했다. 공짜밥에 공짜 집이라니 당연히 감사해야지. 물론 사장이라는 녀석이 조금 재수 없기는 하지만.

“우아—!”

문을 열고 방에 들어가자마자 감탄사를 연발할 수밖에 없었다. 넓고 깨끗한 방에 폭신해 보이는 침대와 붙박이로 된 옷장, 책상에는 컴퓨터까지 놓여 있었다.

‘이런 방이 내 거라니!’

이얏호! 아랑은 제일 먼저 후다닥 침대 위에 올라가 방방 뛰었다. 출렁이는 느낌이 진짜 좋았다. 물론 일을 하는 동안이라지만, 진짜 횡재다!

한동안 올라간 입꼬리가 내려올 줄 몰랐다. 그렇게 몇 분간 작은 소란을 피우다 짐을 정리하기 시작했다. 짐이라고 해 봐야 속옷 몇 벌과 양말. 그리고 편한 티셔츠와 청바지 몇 벌이 전부로 그나마 큰외삼촌이 사준 거였다.

‘조만간 연락해서 잘 지낸다고 말씀을 드려야지.’

그러나 전화를 하려면 아직 휴대폰도 없는 처지라 공중전화라도 찾아야 했다. 휴대폰이라는 게 하나 가지고 싶기는 했다.

‘그거 굉장히 편해 보이던데….’

짐 정리가 끝나자 아까 받은 스케줄이라는 서류를 봤다. 오늘 저녁에는 무슨 리셉션 홀이라는 곳에서의 파티가 예정되어 있었다.

파티…. 동화 속에서나 듣던 단어다. 그래도 검정고시랍시고 공부하면서 기본적인 영어 공부를 해둔 것이 다행이었다. 그렇잖으면 서류에 적힌 것 중 몇은 아예 뭔지 짐작할 수도 없었다.

'리셉션 홀이 뭐지? 그나마 한글로 적혀 있어서 다행이긴 하네.'

◆◆◆

"아냐. 저걸로 입어 봐."

건우는 고개를 가로저으며 턱짓으로 다른 양복을 가리켰다. 아랑은 별수 없이 점원이 건네주는 옷을 받아 들고 탈의실로 들어섰다.

'아이씨!'

파티가 있다는 시간에 맞춰 밖으로 나오자마자 바로 고용주란 녀석의 기합을 들어야 했다.

"지금 그 꼴로 따라오겠다는 거야?"

그는 손가락질 해 대며 어이가 없다는 표정으로 노려봤다. 그리고 성난 걸음으로 걸어가 옷장을 한바탕 쑤셔 놓더니 결국, 이렇게 옷가게로 끌려와 마네킹 신세가 되었다. 하긴 한 기업의 사장이란 사람의 경호에 청바지에 티셔츠가 안 어울리기는 했다. 그렇지만 왜 하필 남성 양복이지? 덥기도 하지만, 영 불편했다. 물론 만지면 미끄러질 듯 부드러운 질감에 한눈에 봐도 고급스러운 제품이었다. 그리고 옷가게란 곳이 무슨 건물을 통째로 쓰고 그 규모가 장난이 아니었다.

'그래도 그렇지 사람을 그렇게 깔아 보고. 사장만 아니면 그냥…!'

아랑은 투덜거리며 옷을 갈아입다 말고 붙어 있는 가격표를 봤다.

'0이 몇 개야? 헉!'

"엇!"

저도 모르게 큰소리가 튀어나왔다.

'여섯 개면 이거 백…, 백만 원 단위잖아?'

한 달 월급이, 수습 기간이지만 이백만 원이라는 말에 뛸 듯이 기뻤는데. 옷 한 벌이 월급을 넘어서는 가격이다.

'이런 미친!'

뛰쳐나갈까 하다가 사장이란 놈의 아까 말이 떠올랐다.

"내 밑에서 일하는 네가 그 모양 그 꼴이면 내 얼굴에 먹칠하는 거라고. 알긴 알아?"

일하는 기본자세와 품위에 대한 설교를 한동안 들어야 했다. 그러고는 아랑의 옷장을 들쑤셔 놓고 한다는 말이…

"너 그렇게 가난해? 아니 어떻게 일하러 온 놈이 양복 한 벌이 없어?"

'어이가 없어서…. 아무리 그래도 그렇지. 대놓고 가난하냐고 물어보는 건 뭐야?'

두 주먹에 힘이 들어갔다. 하지만 참아야 했다. 짙은 감청색 양복을 대충 쑤셔 입고 탈의실을 나섰다. 건우의 노려보는 듯한 시선에 아랑은 괜히 쭈뼛거렸다.

"흠. 돌아봐."

건우는 대놓고 품평하듯 뜯어봤다.

"그래, 그 정도면 괜찮네. 그런데 넌 어떻게 사내자식이 그렇게 비실비실하냐? 옷이 폼이 안 사네."

사내자식? 아랑은 잠시 어안이 벙벙했다. 저 사장이란 샌님 녀석이 날 남자로 알고 있는 모양이네? 그제야 남자 양복만 줄줄이 입으라고 시킨 게 이해됐다. 어디부터 잘못된 건지는 몰라도 성별은 제대로 알아야지….

"저… 저는….."

"이걸로 계산해 주세요. 넌 따라와."

제대로 말을 꺼내기도 전에 사장이란 놈은 뭐가 그리 바쁜지 지 할 말만 하고 저벅저벅 걸어갔다.

"어떻게 되먹은 게 직원이란 녀석 때문에 내 스케줄에서 귀한 시간을 빼 이런 걸 해야 하는 건지. 다음 달부터는 제대로 갖춰 놓도록 해."

건우는 차에 타고 나서도 계속 꾸지람했다. 하지만 말하면서도 그의 속 마음은 조금 그랬다. 경호원을 하겠다고 온 어린 녀석의 옷가지와 짐이라 고는 정말 소박하기 그지없었다. 이것저것 캐물어 보니 부모도 일찍 돌아 가시고 고아나 다름없는 녀석이었다. 이력서를 자세히 살펴보는 걸 깜박 했던 게 문제였다. 서울에 온 지 얼마 안 된 모양인데, 건우야 좋지만 도대 체 저런 녀석이 경호를 어찌한다는 건지. 아버지의 숨겨둔 계략이 더욱 궁 금해졌다.

"파티장에 들어가면 최대한 눈에 안 띄게 밖에 서 있든가 근처에 있어. 그리고 전화번호 대 봐."

"전화번호요?"

아랑은 눈을 동그랗게 뜨고 뭔 전화번호를 물어보나 싶어 건우를 바라 봤다. 고향 할아버지 집에는 전화란 게 있을 리 만무하고, 큰외삼촌댁 전 화번호를 물어보는 건가?

"휴대폰 번호 대 보라고. 그래도 경호원인데 연락처는 서로 알고 있어야 할 것 아냐. 너 휴대폰 꺼내 봐."

건우는 뭐 이렇게 한심한 녀석이 있나 싶어 아랑을 노려봤다.

"휴대폰이 없습니다."

아랑은 씩씩하게 대답했다. 그걸 물어본 거구나 싶어 이제야 이해가 되었다.

"!"

건우는 조금 당황했다. 요즘 세상에 휴대폰 없는 인간이 있단 말인가? 이미 휴대폰 보급이 인구수를 넘어선 지 오래고, 스마트폰 보급도 50%를 넘어섰다. 이놈은 외계에서 왔나? 하지만 순간 이 녀석의 가난이 생각했던 것 이상일 수 있다는 생각이 들었다.

"김 비서, 가는 길에 휴대폰 대리점이 보이면 아무 곳에나 세워."

"네, 사장님."

건우는 긴 한숨과 함께 골칫덩어리 경호원을 흘끔 쳐다봤다.

여기에서 또다시 구구절절 물어보면 자신만 모양 빠지는 고용주가 된다 싶었다. 자신에게 이런 작은 애로사항쯤은 감내하고 너그러이 받아줄 수 있는 아량이 있다 믿고 싶었다. 그래도 궁금한 건 참을 수가 없어 입을 뗐다.

"휴대폰이 원래 없어?"

"네, 원래 없습니다."

아랑은 대답을 하면서 조금 위축되는 느낌이 들었다. 휴대폰이 없다는 말에 저 샌님 녀석이 지은 표정이나 긴 한숨으로 봐선 휴대폰쯤은 누구나 가지고 있는 세상인가 보다.

"휴대폰 대리점입니다. 사장님."

"어, 내려."

건우는 아랑을 뒤에 달고 대리점으로 성큼성큼 걸어갔다. 그리고 들어가자마자 호박이 저절로 굴러들어왔다고 환대하는 점원들에게 스마트폰 하나를 개통하라고 시켰다.

"자, 여기. 앞으로 이걸로 연락하도록 해. 요금은 네 월급에서 깔 테니까 그리 알아."

아무리 직원의 복리후생을 위한다지만, 아까 자신이 즐겨 찾는 고급 양복점에서 옷 한 벌 해줬으면 할 만큼 한 거였다. 전화 요금까지 매달 고용주가 내줄 의무는 없었다. 그런데 차에 올라타고 잠시 후 건우는 더 놀라운 광경을 보게 되었다. 녀석은 건네준 휴대폰을 어떻게 사용할 줄 몰라 쩔쩔매고 있었다.

'화면조차 제대로 켜지 못하다니….'

아랑은 샌님에게서 건네받은 번쩍이고 뭔가 대단해 보이는 문명의 이기와 씨름 중이었다. 여길 누르면 되려나 싶어 뭔가 아래쪽에 단추로 보이는 걸 꾹 눌렀더니 화면이 들어왔다.

"와-!"

자신도 모르게 감탄사를 연발하며 파란 화면에 감탄하는 것도 잠시, 이제 뭘 어떻게 해야 할지 몰랐다. 화면에 작은 그림과 함께 써진 글씨를 읽어 봤다. 그러나 화면은 잠시 후 다시 꺼졌다.

"야, 넌 어디 아프리카 깊은 정글에서 살다 왔냐?"

건우는 조금 더 지켜보려다 답답함에 고함을 쳤다.

"이리 와 봐."

건우는 녀석의 손에서 휴대폰을 획 뺏어 들었다. 그리고 설명을 시작했다.

"이건 화면을 터치해서 작동하는 방식이야."

"터치요?"

아랑은 잠시 터치라는 영어 단어를 생각해 봤다.

'뜻이 뭐더라? '만지다' 였나?'

"…."

건우는 이런 원시인을 봤나 싶은 생각에 화를 내려다 어이가 없어서 웃음이 터졌다. 이 녀석은 진짜 모르는 거였다. 평생 휴대폰도 못 보고 살 만큼 가난한 집이란 어떤 건지 상상이 되지 않았다. 잠시 마음을 가라앉히고 천천히 설명을 시작했다. 이게 다 선행을 해서 공덕을 쌓는 것이라고 스스로 세뇌했다.

"그러니까 화면을 이렇게 손으로 눌러서 작동시키는 거야. 여기 전화 수화기 같은 그림 있지? 이걸 누르면 이렇게 번호를 입력하는 창이…."

샌님 사장의 친절한 설명에 스마트폰의 기본적인 설명을 익혔다. 물론 그사이 넘나드는 꿀밤과 구박이 있었지만, 뜻밖에도 그는 자상했다. 샌님 녀석, 생각보다 착한 구석도 있었네. 만날 고함이나 지르는 거만한 놈이라 봤는데, 생각보다 좋은 고용주일 수 있겠구나 싶었다.

"사장님, 다 왔습니다."

김 비서의 도착했다는 소리에 건우의 스마트폰 강의는 끝났다.

"흠흠, 사용법이 더 궁금하면 김 비서에게 물어봐."

건우는 갑자기 쑥스러운 느낌에 헛기침했다. 오늘 처음 만난 녀석이지만 귀엽다는 생각도 들고 안쓰럽기도 했다. 저 어린 녀석이 돈을 벌겠다고 몸으로 때우는 경호 일을 한다는 것부터가 마음에 걸렸다. 그리고 형제가 없어서 그런지 뭔가 동생 같은 느낌이었다.

"자, 그럼 아까 말했지만 들어가서 최대한 눈에 띄지 않도록 해. 알았지?"

"네."

아랑은 재빨리 대답하며 건우의 빠른 걸음을 뒤쫓았다.

"어서 와."

인사하는 목소리에 입구에 나타난 잘생긴 사내를 바라봤다.

'샌님 사장도 꽤 미남이지만 거의 막상막한데? 눈이 호강하네.'

아랑은 민호의 외모에서 시선을 뗄 수 없었다.

"초대해 줘서 고맙다."

건우는 민호를 향해 씩 웃으며 어깨를 툭 쳤다. 오늘 파티는 서경 그룹의 행사였다. 당연히 서희의 참석도 예정돼 있었다.

"친구 좋다는 게 뭐겠어."

민호는 건우의 어깨에 손을 올리며 거들먹거렸다. 동생을 좋아하는 그를 위해 물심양면으로 많은 애를 쓰는 중이었다. 그런데 뒤에 선 아담한 키에 똘망똘망하게 생긴 꼬맹이가 눈에 들어왔다.

"어, 뒤쪽이 새로 오신 경호원이야?"

민호는 터져 나오는 웃음을 애써 참았다. 설마 컨셉인가? 남성 양복을 쫙 빼입은 모양이 귀엽게 보였다. 분명 이력서에 여자라고 쓰여 있었는데…. 뭔가 이상하다는 생각이 들었다.

"인사해. 서경 그룹 이사님이야."

"이사는 무슨, 건우 친구예요."

민호는 건우의 겉치레 말을 무시하고 직접 상대에게 악수를 건넸다.

"아…, 안녕하세요."

아랑은 꾸벅 고개를 숙였다. 무슨 그룹 이사라는 걸 봐서는 높은 신분의 사람인 듯싶었다.

"앞으로 친하게 지내요."

민호는 살짝 당황한 표정의 그녀가 왠지 마음에 들었다.

"뭘 친하게 지내. 경호원 나부랭이에게 별 신경을 다 쓴다."

건우는 민호를 홀 쪽으로 밀어내며 아랑을 노려봤다.

"넌 여기 있어."

건우는 경고하듯 작게 말하더니 민호를 끌고 인파 속으로 성큼성큼 걸어갔다. 그는 지금 멀리 홀 반대편에 있는 서희를 향해 가는 중이었다. 아까부터 작동한 특수 레이더에 그녀의 위치가 감지된 것이다. 그렇게 건우와 민호가 인파 속으로 들어가자 아랑은 심호흡을 하고 벽으로 다가가 섰다. 눈앞에 보이는 모든 게 생경했다. 화려한 복장의 사람들과 그 사이를 누비며 음식을 나르는 이들.

'이런 걸 꿔다 놓은 보릿자루라고 하는구나.'

물론 경호를 맡은 만큼 건우의 종적을 눈으로 좇는 것도 잊지 않았다. 민호와 나란히 걸어가는 건우의 모습은 단연코 군계일학이었다. 기실 아랑뿐만 아니라 많은 이들의 시선이 둘에게 머물러 있었다. 홀에 있는 여자란 여자는 죄다 둘을 쳐다보는 것이 역력했다. 대놓고 보지 못하는 이들은 곁눈질로라도 흘끔거리기 바빴다.

우선 눈에 띄는 건 긴 기럭지. 둘 다 키가 185는 훌쩍 넘어 보였다. 그리고 딱 달라붙은 슈트에서 드러나는 몸매, 짧게 잘 넘겨진 머리와 매끄러운 피부. 차이가 있다면 건우가 서글서글하고 남자답게 잘생긴 얼굴이라면, 민호는 귀엽고 예쁘게 잘생긴 얼굴이라는 거. 건우의 눈썹과 눈동자 색이 상대적으로 더 진하고 숱이 많고, 모든 선이 더 굵었다.

"모델 같네. 저 남자가 그 유명한 서경 그룹의 후계자라면서? 진짜 잘생겼다."

"그래, 난 그보다 그 옆에 있는 오성 그룹 후계자인 건우가 더 마음에 들더라. 야성미가 있어 보이지 않아?"

"둘이 친하다던데…."

사람들은 둘에 대한 이야기로 쑥덕거리기 바빴다. 특히 지금 혼기가 가득 찬 여자들의 관심은 거의 폭발적이라고 할 수 있었다.

'다들 눈들이 삐었나? 샌님 같은 놈이 뭐가 멋있다고? 야성미는 무슨…. 야성적인 사람이 다 죽었나 보네.'

아랑은 좋은 청력으로 여기저기 건우를 칭찬하는 말을 훔쳐 들으며 투덜댔다. 그에 비해 민호에 대한 말에는 자신도 모르게 고개를 끄덕여 가며 동의를 하곤 했다.

'그래, 그렇지. 잘생겼지. 딱 봐도 성격 좋아 보이지. 저런 사람을 그 흔히 말하는 동화 속 왕자님이라고 해야겠지.'

"저거 건우 아냐?"

"그래, 안 봐도 뻔하지. 건우가 서경 그룹 이서희를 좋아하는 건 유학 시절에도 유명했잖아. 여기도 아마 그래서 온 거 아니겠어?"

여자들의 수다 중에서 정보를 하나 얻을 수 있었다. 그러니까 거만한 샌님께서 아까 그 멋지고 잘난 오라버니의 여동생을 짝사랑하는 거였다. 뭔가 건우의 약점을 손에 쥐게 된 것 같아서 흐뭇해졌다.

'그나저나 사내자식이 얼마나 못났으면 여태 짝사랑을 한단 말인가? 이야기들을 종합해 보면 이십 년은 족히 된 거 같은데 말이야.'

건우는 아까부터 피아노를 연주하는 어떤 여자를 뚫어지라 쳐다보며 그 주위를 맴도는 중이었다.

'오~ 저 여자가 이서희인가 보네.'

아랑은 속으로 감탄하며 상사의 짝사랑 대상을 자세히 뜯어봤다. 귀족적으로 생겼다는 게 있다면 저 여자가 바로 그거다 싶었다. 뭔가 기품이 흘러넘치고 우아한 느낌으로, 웃을 때마다 살짝 벌어지는 입술 사이로 희고 고르게 드러나는 치열, 손짓 하나도 단아한 멋이 있었다.

'흠, 뭔가 다른 세상의 사람 같네.'

자신과 크게 나이 차이도 나지 않아 보이는 여자인데 너무 다르다는 생각이 들자 약간 침울해졌다. 아까 건우에게 들은 구박들이나 오늘 당황했던 모든 일이 뭔가 속상했다.

'나도 엄마 아빠가 제대로 있었다면 달랐을까?'

울적한 생각이 떠오르자 머리를 거세게 흔들었다.

"일해야지. 일!"

작게 혼잣말을 중얼대며 주먹을 손바닥에 팍팍 쳐 댔다. 가지지 못한 것들 부러워해 봐야 쓸데없는 짓이다. 이미 어린 시절부터 늘 경험하던 일 아닌가. 아랑은 괜히 쓸모없는 생각으로 시간 낭비하지 말고 하루하루 주어진 일에 충실할 수밖에 없다고 생각했다. 자신이 가진 건 그게 전부니까.

"이거라도 들고 일해요."

다정한 목소리에 고개를 벌떡 들었다. 아까 그 민호라는 남자였다.

"경호한다고 심심하죠? 저녁도 아직 일 텐데. 건우가 그런데 배려가 조금 없죠?"

민호는 아랑의 손을 잡고 가져온 접시를 넘겨줬다. 이것저것 음식이 담

거 있었다.

"어, 감사합니다."

갑작스러운 민호의 행동에 당황했다. 잠시지만 한눈을 팔고 제대로 경호를 못 선 터라 찔렸는데. 성질 더러운 사장 건우였다면 날벼락이 떨어졌을 거였다.

'역시 사람 제대로 봤다니까.'

아랑은 괜히 뿌듯한 마음에 기분이 좋아졌다. 마주 보고 웃어주는 민호의 얼굴에는 친절함이 가득했다.

"내가 잠시 망봐 줄 테니까. 빨리 먹어요."

민호는 건우의 새 경호원에게 흥미가 일었다. 작고 여린 여자의 몸으로 경호 일을 한다는 것도 신기했지만, 그녀에게는 뭔가가 있었다. 평소 여자에게 별 호기심을 가져 보지 못했던 그에게 매우 흥미로운 일이었다. 자꾸 시선이 가고 관심이 간달까?

"감사합니다."

아랑은 넙죽 대답하고는 받아 든 음식을 우적우적 입으로 쑤셔 넣었다. 친절하게 포크까지 가져다줘서 먹는 데는 불편함이 전혀 없었다. 그런데 이 음식들은 한 번도 먹어본 적이 없는 것들이었다. 먹는 내내 그 맛과 향에 감탄 또 감탄했다. 아마 천상의 음식이 있다면 이런 것들이리라. 특히 구석에 놓인 작고 네모난 층층으로 된 빵 같은 것이 압권이었다.

"이… 이게 머… 뭐엥여?"

자동으로 질문이 튀어나왔다. 하지만 입에 가득 음식이 든 상태라 우물거리다 발음이 이상해졌다. 아차, 하는 생각에 입을 가려 봤지만 이미 상대는 웃음을 참는 표정이 역력했다.

"그거요? 티라미수예요. 음식이 맛이 괜찮나요?"

아랑은 입에 든 음식 때문에 열심히 고개만 끄덕였다. 확실하게 맛이 있다는 걸 보여 주기 위해서 열성적으로 고개를 끄덕여 주는 걸 잊지 않았다.

'티라미수! 기억해 둬야지.'

아랑은 재빨리 나머지 음식을 마저 입 안으로 쓸어 넣기 바빴다.

민호는 살면서 이렇게 웃긴 여자는 처음이었다. 아무리 배가 고팠다지만 남자 앞에서 이렇게 대놓고 마구 먹는 여자가 어디 있단 말인가? 그것도 자신이 누군가? 잘나가는 서경 그룹의 후계자 아닌가? 그게 아니라고 해도 나름 외모에 자신이 있는데, 이 여자는 그걸 신경 쓰지 않는 것 같다. 물론 그녀의 먹는 행동과 표정으로 봤을 때, 음식이야 당연히 맛이 있었겠지만. 그래도 예의상 물어봤다.

'흠, 나도 취향이 변했나?'

민호는 턱을 괴고 아랑을 찬찬히 뜯어봤다. 아구아구 짐승처럼 먹어 대는 여자를 좋아할 리가 없는데, 지금 민호의 눈에는 그녀가 귀엽게만 보였다. 아니면 처음 보는 낯선 광경이라 관심이 쏠리는 건지도 모르겠다 싶었다.

은은하게 들리는 클래식 음악과 수많은 인파. 민호가 음식을 전해 주고 사람들 속으로 사라지자 아랑은 다시 주변을 호기심 넘치는 시선으로 둘러봤다.

'아따~ 사람 많기도 하네.'

갑갑한 느낌에 목의 넥타이를 조금 느슨하게 했다. 태어나서 한 장소에 사람이 이렇게 많은 건 처음 봤다. 큰외삼촌과 함께 갔던 마트도 한산할 때였는지 모르지만, 여기보다는 적었다. 다양한 연령대의 사람들이 동화 속에서나 있을 법한 복장을 하고, 잘 꾸민 차림새다. 그때 사람들이 다들 조용해지고 오늘의 주인공이자 주최자인 서경 그룹의 회장과 안주인이 등장했다.

"안녕하십니까. 오늘 이 자리를 빛내 주신 여러분께 감사의 말을 전하며, 서경 그룹이 새로운 분야에서 첫발을 내딛는 경사스러운…."

이철호 회장의 인사가 끝나자 다들 다시 좀 전의 파티 분위기로 돌아갔다. 결론은 서경 그룹이라는 대기업이 호텔리조트사업 분야에도 뛰어들게 되었다는 것이었다.

"애들은 다 왔어?"

사람들과 한참 인사를 나누던 철호는 옆의 아내 혜란에게 작게 속삭였다.

"네, 둘 다 일찍 왔으니 있을 거예요. 저기 보이네요."

혜란은 아들 민호와 딸 서희가 서 있는 쪽을 바라봤다. 그런데 누군가 눈에 걸렸다.

"또 오성 그룹 아들이 왔네요. 그렇게 말했는데…."

실상 오성 그룹의 후계자라는 건우를 모르는 것이 아니다. 되도록 딸에게서 멀리 두고 마주치지 않으려 했지만, 모든 게 다 성격 좋은 아들 민호 탓이었다. 혜란은 말을 하다 말고 멀리 떨어진 아들을 째려봤다.

"녀석들은 어릴 때부터 친한 친구가 아니오. 그냥 두시오."

철호는 이런 아내를 볼 때마다 마음이 더 서늘해졌다. 둘 또한 감정 없이 조건만을 보고 집안에서 시킨 정략결혼을 한 사이였다. 아이들만은 그렇게 하고 싶지 않았지만, 그건 뜻대로 되는 일이 아니었다. 이제 자신이 곧 회장 자리에서 은퇴하게 되면 공식적으로 민호가 그 자리에 오를 것이다. 그렇게 되면 모든 걸 다 떠나서 자유롭게 살아갈 생각이었다.

'그래, 이번에는 꼭 찾아야지….'

철호는 속으로 거듭 다짐을 굳혔다. 애타게 찾는 그녀를 꼭 만날 수 있기를 바랐다. 서경 그룹의 회장이라는 무거운 짐을 벗어 버리게 된다면, 더는 막아설 그 무엇이 없으리라. 과거 그렇게 방해를 했던 부모님도 이제는 없다. 그리고 아내 또한 이대로 모든 것이 민호와 서희의 손에 쥐어진다면 더는 상관하지 않을 것이다.

멀리서 부부를 발견한 딸과 아들은 빠른 걸음으로 다가왔다. 그리고 그 뒤를 놓치지 않고 건우도 따라왔다.

"안녕하세요. 차건우라고 합니다."

건우는 서경 그룹의 실질적인 주인을 보자마자 예의 바르게 인사를 건넸다. 물론 속은 긴장으로 타들어 갔다. 서희의 부모님이니 좌불안석이 되는 게 당연했다. 그간 여러 번 마주쳤지만 한 번도 인정한 적이 없었다. 그도 그럴 것이 민호와 오랜 친구인데 그 부모님을 볼 기회가 없었을 리가 없잖은가. 특히 장모님 되실 분이 문제였다.

"아, 여보. 오성 그룹의 하나뿐인 후계자가 왔구려. 오랜만이네. 반가워."

철호는 일부러 아내를 툭 치며 건우에게 인사를 건넸다. 자신은 이 성실하고 참한 청년의 마음을 응원해 주고 싶었다. 오성 그룹의 태생이 좋지 못하다는 건 알지만, 그렇다고 건우라는 이 젊은이가 이상한 사람은 아니었다. 더욱이 그 마음 하나는 정말 진실해 보였다.

"아…, 네. 어서 오세요. 전 이만 저쪽에 가서 박 여사와 대화를 좀 할게요. 서희야, 너도 가자. 박 여사께서 오늘 꼭 너와 같이 할 이야기가 있다고 하셨단다."

혜란은 누가 봐도 싫은 내색을 하며 서희를 데리고 자리를 피했다. 그렇게 모녀가 멀찍이 떨어진 인파 속으로 재빨리 사라져 버리자 남은 세 사내는 괜히 뻘쭘해졌다.

"허허, 우리 아내와 딸이 바쁜 일이 있나 보네. 민호야 다음에 네가 정식으로 언제 한번 친구를 데리고 와."

철호는 헛웃음을 했다. 그리고 무안한 마음에 빈말이라도 건우를 데려오라는 말을 건넸다. 물론 아내가 있는 이상 어림도 없는 이야기다.

"네, 아버지."

민호는 건우를 향해 눈을 찡긋거렸다. 이와 같은 상황을 예상 못 한 것도 아니었다.

"감사합니다. 꼭 찾아뵙겠습니다."

건우는 활짝 웃으며 씩씩하게 대답했다. 그렇지만 속으로는 쓴웃음이 나왔다. 민호와 이십 년이 넘는 친구인데 단 한 번도 그 집조차 구경하러 가보지 못했으니 말 다한 거다.

그 후로 파티 내내 건우는 서희의 근처에도 갈 수 없었다. 기가 팍 죽은 그는 결국 일찍 돌아가기로 했다.

"이만 가 볼게."

어깨가 축 처진 건우의 말에 민호는 등을 팍 때렸다.

"힘내라! 짜식. 그리고 조만간 기대해. 이번에 호텔리조트 새로 개관하는 거 알지? 거긴 우리의 대왕 마마님은 안 오신다니까."

"그래?"

건우는 민호의 말에 다시 금세 밝아졌다.

"그래. 그러니까 그때 시간이나 비워 둬. 제주도까지 가서 하루 만에 돌아올 건 아니지?"

"알았어. 언제든지 말해."

건우는 의욕적으로 대답했다. 그리고 파티장 입구에 도착하자 벽 앞에 석상처럼 서 있는 아랑을 손짓으로 불렀다.

"가자."

아랑은 마침 계속 나오는 하품을 참느라 혼이 난 참이었다. 재수 없는 샌님 고용주라 해도 얼마나 반갑던지…. 그때였다. 갑자기 나타난 민호가 어깨를 두드렸다.

"조심해서 가요. 그리고 자주 봐요."

"네, 아까 식사 고마웠습니다.

아랑은 미소를 짓는 민호에게 씩씩하게 대답했다. 그리고 넙죽 고개를 숙이고 건우에게 뛰어갔다.

"오라는데 뭘 그렇게 꼼지락거려?"

건우는 민호가 뭐라 하자 입을 헤~ 벌린 녀석의 얼굴이 마음에 안 들었다. 경호원 놈에게 뭐라고 했길래 저리 존경스러운 표정이란 말인가? 자신을 볼 때면 지렁이라도 보듯 하는 녀석이 단숨에 왕자님이라도 바라보는 것처럼 행동했다. 민호와는 오늘 처음 만났을 게 분명한데 고용주인 자신보다 더 친한 것 같이 보이니 괜히 심통이 났다.

"죄송합니다."

'아씨, 부르자마자 뛰어왔는데 지랄이야.'

아랑은 겉으로는 죄송하다며 고개를 숙였지만, 속으로는 욕설을 퍼부어 줬다.

'물 한 잔 안 챙겨 주고 네 시간을 벽에 세워 두고선 말이야. 돈만 아니면…. 진짜 더럽지만 참는다.'

물론 원래 경호 일이라는 게 제대로 먹고 자는 것과는 별개라는 이야기는 많이 들었다. 그래도 꼴에 누굴 경호한다는데 기본적인 소양은 있어야 한다고 용역사무소의 쌍칼이라는 아저씨의 가르침이 있었다. 그리고 원래 남의 주머니에 있는 돈을 받는 게 가장 힘든 법이라는 걸 모르는 것도 아니고.

"가자."

건우는 거만한 표정으로 획 돌아서 성큼성큼 걷기 시작했다. 그리고 혼자 씩 웃었다. 그래도 녀석이 말은 잘 듣는다 싶었다.

5

내 밥통이 따듯했던 나날

"넌 또 먹냐?"

건우는 어이없다는 표정이었다.

"그…. 그게."

아랑은 입 안 가득 들어 있는 밥 때문에 말을 잇기 힘들었다.

'배고픈 걸 어쩌란 거냐? 그리고 이것들 안 먹으면 아깝게 버려질 건데….'

"네 뱃속에는 거지가 한 열 명은 사나 보다. 아니면 진짜 심각한 병 있는 거 아니야? 병원에 데려가야 하나."

건우는 나무라다 말끝을 흐렸다. 밥솥을 끼고 앉아 있는 녀석을 보자니 불쌍한 마음도 없잖아 있었다. 시골 깡촌에서 자랐다더니 제대로 먹지도 못한 게 분명했다. 그 가난이라는 게 끼니를 제대로 못 채울 정도였나 보다. 하긴 유난히 깡마르고 작은 체구를 봐도 그렇다. 그런데 저런 녀석이 어찌 경호를 한다는 건지. 아직 그 실력을 볼 기회가 없어서 실감이 안 났다.

"먹고 깨끗하게 치워 놔."

건우는 냉장고에서 물을 꺼내 마시고 이 층으로 향하던 발걸음을 멈췄다. 그리고 잠시 잊을 뻔했던 말을 전했다.

"그리고 그 얼굴에 밥풀 좀 떼라. 칠칠찮기는."

아랑은 당황해 재빨리 입가에 손을 가져갔다. 건우가 완전히 시야에서 사라지자 털썩 의자에 앉았다. 벽시계를 흘끔 보니 새벽 2시였다. 아마 잠시 잠이 깨서 내려온 모양이었다.

'먹는 걸 가지고 구박하는 게 제일 추잡한 건데. 쳇!'

기분이 상했다. 앞에 놓인 밥솥을 내려다봤다. 저녁때 먹고 남은 온갖 반찬과 밥을 한데 넣고 마구 비빈 거였다.

'아무래도 잘못 보면 개밥 같아 보이는 면이 없잖아 있지?… 있구나. 그래 조금 추하다는 건 인정한다. 하지만 한 번 먹은 건 한동안 절대 안 먹는다는 저 미친놈 때문에 전부 버리게 될 건데, 대의를 위하는 마음으로 '이 한 몸 희생해서' 먹어 준 거란 말이다.'

물론 그렇게 위안하면서도 속으로 약간 찔리는 감이 없잖아 있었다. 태어나서 이렇게 먹을 복 터진 적이 있었던가? 이름도 못 들어 본 음식들도 그렇고 정말 세상에는 맛있는 게 많았다.

'그래, 먹고 죽은 귀신이 때깔도 좋다잖아!'

아랑은 다시 숟가락을 들고 전투적으로 밥을 퍼먹기 시작했다.

◆◆◆

사장이 산다는 집의 규모는 매우 커서 아랑 외에도 경호 인력이 상당했다. 공원이나 다름없는 넓은 부지에 무슨 수영장에 테니스장에 용도에 따른 건물도 여럿이니 그에 따른 경비 인력이 적을 리 만무했다.

다만 24시간 수행하는 이가 여럿인 걸 싫어하는 누구 때문에 자신 하나만 직속으로 배정된 거였다. 그런데 그 중요한 일이 고작 이런 거였다.

"좀 더 잘 살펴보라니까. 뭐라고 하는지. 상대는 어떤 사람인지. 알았지?"

"네, 알겠습니다."

아랑은 기어들어가는 목소리로 말했다. 여긴 대형 호텔 안에 위치한 커피숍이다.

‘에잇-써!’

커피라는 꺼먼색의 탄 맛 나는 물은 왜 그리 마셔대는지. 맛도 없는데 만 원이 훌쩍 넘는 가격에 기겁했다. 하지만 아까운 마음에 안 먹을 수도 없고 어쩔 수 없이 홀짝거리며 마셨다. 물론 건너편에 앉은 남녀의 대화에 모든 신경을 기울이는 걸 잊지 않았다. 내공을 이용해 귀의 청력을 최대한 돋아 놓은 상태였다. 실제 둘의 대화가 바로 옆에서처럼 생생하게 들렸다.

‘내공을 이런 데 사용할 줄이야…’

아랑은 한심하다는 생각이 들었지만, 일이라고 생각하고 열심히 남녀의 대화에 귀를 기울였다.

“아시다시피 제가 앞으로 정계에 진출할 생각입니다. 물론 더 큰 그림은…”

서희는 상대의 말을 흘려들었다. 그는 서경 그룹과 쌍벽을 이루는 한결 그룹의 아들이었다. 그런데 아까부터 정치 이야기 일색이라 지겹기 짝이 없었다. 물론 그녀의 어머니는 그런 면에서 최고라고 생각할 것이었다. 서경 그룹도 정치 쪽으로 제대로 된 줄은 하나 있어야 한다고 누누이 강조했다. 더욱이 한결 그룹은 재계에서도 알아주는 집안이니 부족할 게 없었다.

그나저나 오늘은 찰거머리가 안 보인다. 서희는 머리를 쓸어 올리는 척하며 주변을 흘끔 살폈다. 자신이 선을 보는 자리라면 빼놓지 않고 등장하던 건우의 모습이 보이지 않자 왠지 조금 허전했다. 뭐 그렇다고 마음이 있는 건 아니었지만 그래도 그 정성이 대단하긴 했다.

“결혼은 빨리하는 게 좋을 것 같은데, 서희 씨는 어떻게 생각해요?”

갑작스럽게 들려온 결혼 이야기에 서희는 급히 정신을 차렸다. 그렇지만 겉으로는 아무렇지 않은 듯 도도한 표정을 만들었다. 그리고 일부러 커피잔을 들어 한 모금 삼키며 뜸을 들였다.

"결혼 이야기는 너무 이른 것 같네요. 아직 서로에 대한 것도 잘 알지 못하는데 말이죠."

"아, 그런가요? 그래도 서로에 대해 알아볼 시간이 필요하다는 그 말. 앞으로 더 만날 생각은 있다는 대답으로 알겠습니다."

상대는 생각보다 고수였다. 말만 번드르르하고 뺀질뺀질한 남자라 생각했는데 이제 보니 서희에게서 애프터를 확답받으려는 수작이었나 보다.

그때 아랑은 열심히 스마트폰의 자판을 두드렸다.

　- 둘이 앞으로 계속 만나기로 함

건너편에 있는 남녀의 대화를 실시간으로 보고하는 중이었다. 그러나 아직 익숙하지 않은 손가락 타법 때문에 힘들었다.

　- 자세한 걸 적어서 보내란 말이야! 그리고 왜 이렇게 느려 터져!

또 난리다. 그래도 이 카톡이라는 걸 알려준 게 사장 놈이다. 세상 참 편리해졌다. 이렇게 손가락 몇 번이면 멀리 떨어진 사람에게도 말을 전할 수 있다니.

　- 분위기가 좋아 보여? 좋아하는 거 같아?

꼴을 보아하니 궁금해 죽겠는 모양이다. 하지만 조금 전 전화를 두 번이나 했는데 또 전화하기는 그랬다. 들킬 수 있으니 전화는 자제하는 게 맞다.

'그런데 분위기? 글쎄…? 건너편 남녀의 분위기는 참 모호해서 그걸 뭐라고 해야 할까? 속에 미끈거리는 징그러운 구렁이를 잔뜩 감춘 것 같은 느글거리는 남자는 여자에게 잘 보이려고 갖은 애를 쓰며 사탕발림을 하는 모양새고, 여우가 그것도 꼬리가 아홉은 달렸을 구미호의 화신 같은 여자는 그걸 지켜보며 웃고 있는 것 같은데? 이걸 뭐라고 전해?'

- 나름 좋아 보임

단어 선택이 맞는지 모르지만, 뭐 둘이 잘 어울린다면 어울렸다. 저게 사장이 말하는 좋은 분위기인지는 모르겠지만 말이다. 그때 그 커플이 막 자리에서 일어나 여길 떠나려는 게 시야에 들어왔다.

- 둘이 밖으로 나감
- 그럼 둘이 나가고 나면 자연스럽게 나와서 최대한 빨리 와
- 네

우선 여기 임무는 끝이 난 모양이었다. 아마 차로 돌아가면 거의 심문에 가까운 질문 공세가 이어질 게 뻔했다. 아랑은 테이블에 남아 있는 커피를 입에 털어 넣었다.

'이 아까운 걸 다 마시고 가야지.'

그리고 그 두 남녀가 커피숍 밖으로 사라지자 자리에서 일어났다.

"넌 메시지가 왜 그 모양이야. 아까는 업무 중이니까 말 안 했는데. 왜 말이 짧아?"

"아직 그 타자라는 게 익숙하지 않아서요."

아랑은 기가 죽은 목소리로 대답했다. 뭐 반은 진실이었다. 익숙하지 않으니 짧게 쓰는 게 편하기도 했고, 한편으로는 거기까지 존댓말을 쓰고 싶지 않은 기분이랄까?

"그리고 대화를 더 자세히 보고하라니까 그게 뭐야?"

"최대한 자세히 적었는데요."

사장이 이렇게 열을 내는 건 사실 이유가 다른 데 있었다. 그 서희인가 뭔가 하는 아가씨를 정말 좋아하는 게 분명했다. 최근 아랑이 맡은 일들은 주로 경호와는 거리가 먼 특정 인물의 스토킹에 가까웠다. 이 스토킹이라는 단어는 가끔 보는 민호가 알려준 단어였다.

◆◆◆

"건우가 내 여동생을 스토킹한 역사가 거의 이십 년이 되어 가거든."

민호는 건우의 사무실에 자주 찾아왔다. 그리고 여러 행사에 참석하는 자리면 꼭 마주치고는 했다. 그는 매우 친절하고 좋은 사람이었다. 그리고 분명 아랑이 한낱 경호원에 불과함에도 매우 잘해 주는 것으로 봐서는 인간성도 훌륭했다.

'그럼, 우리 그 성질 더러운 사장 놈하고는 비교가 안 되지.'

"오늘 사 주기로 한 갈비는 없다."

"네? 그럼 안 되죠! 이건 분명 업무 외 일이었으니까 그 수당을 확실하게 챙겨 주셔야죠."

아랑은 화들짝 놀라 언성을 높였다.

'갈비를 안 사 주겠다니! 경호원을 사적인 업무에 부려 먹어 놓고선.'

"풋."

건우는 쌍심지를 켜고 대드는 녀석의 모습에 웃음이 터졌다. 서희가 상대와 계속 만나기로 했다는 보고에 마음이 살짝 상하긴 했다. 그렇지만 녀석의 항의는 분명 틀린 말이 아니었다. 사실 수당을 따로 더 챙겨 줄 생각이었다. 당연히 그 노동의 대가는 월급에 추가로 더 계산될 것이다. 건우는 집안의 과거를 생각해서라도 매사에 최대한 투명하고 공정하게 살려고 노력하는 타입이었다.

"넌 어떻게 모든 게 먹는 거로 해결이 되냐? 김 비서, 태릉으로 출발해."

아랑은 더 뭐라 하려다 '태릉'이라는 말에 재빨리 입을 닫았다. 헤헤. 절로 웃음이 나왔다. 분명 갈빗집으로 가는 거다. 아랑은 지난번 보수로 갈비를 한번 맛본 뒤로 완전히 꽂혔다. 그건 천상의 음식이었다. 인간이라면 누구나 반할만한 맛! 아랑은 벌써 입 안 가득 군침이 고였다.

◆◆◆

"생각보다 추적이 어렵습니다. 다만 서울에 있다는 큰오빠는 아직 구청에 근무 중이었습니다. 그쪽에 연락해 보시는 게 어떨까요?"

"…"

철호는 잠시 침묵했다. 역시 쉬운 일이 아니었다. 이십 년이 넘어 뒤늦게 그녀를 찾는다는 게 쉬운 일은 아니리라.

"알았어. 계속해서 찾아보도록 해. 그리고 알고 있겠지만, 절대 누구도 눈치채지 못하게 하고. 나가 봐."

철호의 나가라는 손짓에 사내는 재빨리 밖으로 나갔다.

'큰오빠라면 그때….'

과거 딱 한 번 찾아간 적이 있었다. 책임질 생각도 힘도 없었던 시절이었지만, 그렇다고 그녀를 그렇게 보낼 수는 없었다.

평생 남녀 간의 애정이란 건 다른 세계의 이야기라 생각했었다. 그녀를 만나기 전까지는….

철호는 회상에 잠겼다. 젊은 시절 불장난으로 여겼던 부모님의 반대나 당시 아내가 있는 유부남이라는 신분. 어떻게 보면 한 젊은 여자의 인생을 망쳐 놓은 꼴밖에는 안되었다. 분명 아내가 그녀를 찾아가 뭔가를 했던 게 분명했다. 그녀는 연락조차 없이 사라져 버린 후로 다시는 볼 수 없었다.

철호는 의자에서 일어나 큰 통창으로 다가섰다. 어둠이 내리는 도시는 희뿌연 스모그가 가득했다. 꼭 지금 자신의 삶과 비슷해 보였다. 겉보기엔 화려하게 빛나는 네온사인들이 가득하지만, 실제는 더럽혀진 공기로 가득한…. 아마 아내는 지금 자신이 다시 그녀를 찾는다는 걸 알고 있으리라. 하지만 이제 더는 막지 않을 거다. 그렇게 약속했으니까. 공식적으로 이번 리조트 사업이 시작되면서 모든 실권은 아내에게 넘어간 것이나 다름없었다. 물론 대외적으로는 아들 민호가 후계자이지만 그건 눈가림이었다.

"후…."

긴 한숨이 나왔다. 아들 또한 자신과 비슷한 삶을 살게 되는 건 아닌가 싶어 안타까운 마음이 들었다. 거대한 권력과 돈을 가진 것처럼 보이지만, 실상 가진 건 아무것도 없는 거나 다름없는 삶. 과연 행복할까? 그래서 아들이 혹시 하고 싶은 일이 있다고 말한다면, 또는 사랑하는 누군가가 생겼다고 말한다면 모든 걸 희생해서라도 도와줄 생각이다. 철호는 이제 다른 것들을 다 잃는다 하더라도 사랑하는 사람과 여생을 보낼 수 있다면 바랄 것이 없었다.

‘그녀가 용서해 줄까?’

어쩌면 자신만의 이기심일지도 몰랐다. 이제야 그녀를 찾는 게 젊은 날 모든 걸 버리지 못했던 자의 비겁한 변명에 불과할지도…. 철호는 착잡한 마음에 쉽게 창밖에서 시선을 떼지 못했다.

◆ ◆ ◆

“악-!”

“조용히 안 해!”

아랑은 낮은 목소리로 협박했다. 샌님 고용주가 알면 시끄럽단 말이다. 그 결벽증 같은 성격에 무슨 난리를 칠지 모른다. 힘을 쓰는 건 다 무식한 일이라 생각하는 가치관에, 칼 들고 설치는 적이 나타나도 아마 대화로 풀 수 있다고 할 사람이었다.

“자, 경찰서로 갈까? 아니면 더 쓴맛을 보여 줄까? 누가 시킨 거야?”

아랑은 한쪽 입꼬리를 올리며 씩 웃었다. 그러나 답이 없자 사내의 팔을 비틀고 등을 지근지근 밟아 댔다.

“윽! 아악!”

“조용히 하랬지! 이걸 확! 그냥!”

“…네.”

사내는 죽어 가는 목소리로 겨우 답했다

“묻는 말에 대답이나 제대로 하란 말이야!”

아랑은 지금 경호를 서다 발견한 수상한 놈을 붙잡고 협박하는 중이었다. 겉으로 표를 내지 않아서 그렇지, 최근 이런 사건이 자주 발생했다. 건우가 외출해서 어디를 갈 때면 귀신같이 알고 시커먼 놈들이 등장했다. 물론 그 귀하신 샌님에게 손을 대기 전에 항상 들키는 것이 문제였지만 말이다.

지금 건우는 클럽인가 뭔가 하는 요란스러운 곳에 행차 중이었다. 안으로 같이 들어가려는 찰나 낯익은 얼굴들을 보고 잠시 화장실에 다녀온다고 핑계를 댔다. 그리고 드디어 한 놈을 잡는 데 성공했다. 어차피 경찰에 넘길 생각이지만, 그래도 분명 이런 일에는 뒤에서 사주한 사람이 있게 마련이다. 특히 이렇게 대놓고 ‘나 조폭이요’ 하고 이마에 써 붙이고 다니는 녀석들이라면.

‘안 되면 경찰에 신고해서 그쪽에서 알아보라 하지. 뭐.’

속으로 그렇게 결론을 내리자 재빨리 손을 들어 올렸다. 픽! 사내의 뒷덜미를 후려쳐 기절시켰다. 그리고 묶을 만한 끈을 구해서 사내를 꽁꽁 쌌다. 경찰서가 112지? 전화로 신고를 마치고 건우에게 연락을 넣었지만 묵묵부답이다.

‘에잇! 무슨 놈의 사장은 지 필요할 때만 연락하고….’

아랑은 투덜거리며 샌님에게 온갖 욕을 퍼부어 줬다. 경찰이 올 때까지는 사내를 지켜야 해서 연락한 건데. 잠시지만 저 현란한 불빛이 반짝이고 시끌벅적한 곳에서는 아무 일이 없기만을 바랄 뿐.

'그나저나 대단한 지극정성이라니까.'

여기도 그 이서흰가 서희인가 하는 여자 때문에 온 거였다. 무슨 사장이라는 게 일은 제대로 하는 건지, 여자 뒤꽁무니를 지독하게 쫓아다녔다.

'하긴 나라도 싫겠다. 샌님에 성격 더럽고, 거만하고, 매사에 잘난 척에….'

아랑은 속으로 사장의 나쁜 점을 다 꼽아 봤다. 그래도 뭐, 조금 잘생기고 키가 크기는 했다. 인정할 건 인정해야 하는 법. 건우가 못생긴 건 분명 아니었다. 그리고 최근 TV라는 걸 자주 보게 되면서 알게 된 거지만, 저 정도면 배우 뺨치게 생긴 거였다.

'물론 우리 민호느님이 더 뽀샤시~ 하지만 말이야.'

아랑은 민호 생각에 괜히 배시시 웃음이 나왔다.

"넌 왜 실실 쪼개고 여기 서 있냐?"

갑자기 들린 목소리에 뒤를 보니 사장 놈이다.

"아, 여기 이놈을 경찰에 넘기려고 기다리는 중이에요."

"경찰?"

건우는 뜨악한 표정으로 길바닥에 쓰러져 있는 덩치 큰 사내를 내려다 봤다. 밀착 경호원이라는 녀석이 화장실에 간다고 사라져 몇 분째 들어오지 않길래 직접 찾아 나선 참이었다. 화장실에는 없고 밖에 나오니 혼자 뭐가 좋은지 웃고 있었다.

"최근 사장님 모실 때마다 접근하던 사람 중 하나예요."

건우는 쓰러진 사내의 팔에 새겨진 문신, 그리고 옆에 떨어져 있는 칼을 보자 대강의 상황이 파악됐다.

"이런 걸 왜 이제 말해!"

건우는 대뜸 아랑의 이마에 꿀밤을 세게 날렸다.

"윽! 왜 때려요?"

아랑은 씩씩거리며 괜히 더 열을 내는 시늉을 했다.

'아이씨! 툭하면 때려!'

사실 충분히 막을 수 있었지만 맞아 준 거였다. 그래도 고용주인데 팰 수는 없지 않은가?

"그동안 이런 사람들을 봤으면 말을 해야지. 왜 이제 말해? 그리고 이 사람은 왜 쓰러져 있어? 네가 그런 거야?"

건우는 조막막한 키에 아무리 봐도 이런 거구를 쓰러트릴 힘이 어디서 나왔을지 궁금했다. 하지만 그보다 걱정이 앞섰다.

"어디 다친 덴 없어? 괜찮은 거냐?"

녀석의 옷깃을 잡고 휘휘 둘러봤다. 다행히 멀쩡해 보였다. 진짜 이 꼬맹이에게 뭔가 있기는 있나 보다.

"이런 상황이 발생하면 고용주인 내게 꼬박꼬박 보고를 제대로 해야지. 지켜야 할 사항에 추가해야겠어. 앞으로는…"

건우의 잔소리가 계속 이어지자 아랑은 귀를 틀어막고 싶었다.

'번번이 그놈의 지켜야 할 것들은 뭐 그리 많은지. 무슨 십계명도 아니고 백계명은 되겠다. 그리고 아까 전화는 지가 안 받았지. 분명 보고를 하려고 했다고…'

그때 시끄러운 사이렌 소리와 함께 경찰차가 등장했다. 아랑이 나서서 정황을 설명하고 사내를 넘겼지만, 경찰서에 동행해 진술해야 한다는 바람에 건우는 오늘 서희를 포기할 수밖에 없었다.

"은성파 놈입니다. 혹시 아시는지 모르겠는데, 조폭 쪽에서는 유명한 일파입니다. 그쪽과 얽힌 일이라도 있으신가요?"

경찰의 질문에 건우는 예상했던 답이라는 생각을 했다. 하지만 당황스러운 건 마찬가지였다.

"아, 아닙니다."

"이상하네요. 평범한 사람들과 얽힐 일이 별로 없는데…."

경찰은 못 미더운 표정이었다. 그때 갑자기 나이가 지긋한 신사가 빠르게 다가왔다. 그는 양복을 말끔하게 차려입고 서류 가방을 들고 있었다.

"도련님, 제가 왔습니다."

"한 변호사님."

건우는 반색했지만, 한편으로는 마음이 씁쓸했다. 아마 김 비서가 연락을 취한 것이리라.

"도련님은 이만 돌아가시죠. 제가 다 처리하도록 하겠습니다."

"네, 알겠습니다. 수고해 주세요."

건우는 괜히 미안한 마음이 들었다. 하지만 자신이 할 수 있는 건 아무것도 없었다. 은성파라는 놈들은 과거 아버지 이전 대부터 집안끼리 사이가 좋지 못한 일파였다. 아무리 건우네 집안이 이제 다 손을 털고 기업가로 변신했다고 하지만 쉽게 받아들여지지 않으리라. 더욱이 사업 쪽으로 상대와 얽힐 일들이 항상 있었다.

'최근 공장부지 문제 때문인가? 겨우 그 땅 때문에 저럴 일은 없을 텐데….'

건우의 머릿속은 복잡해졌다. 그쪽과의 일은 일부러라도 피하고 싶은 게 솔직한 마음이었다. 아버지에게 물어보지 않는 이상 자세한 내막을 알기는 어려울 것이다. 그렇지만 건우는 자신의 입으로는 죽어도 이 이야기를 꺼내기 싫었다.

6

별을 세는 밤

"고작 작은놈 하나가 뭐가 무섭다고 근처에 접근도 못 해?"

쾅!

양 사장은 고함을 치며 책상을 내리쳤다. 그렇지만 건너편에 벌서듯 서 있는 사내들은 고개를 숙인 상태로 얼굴을 들지 못했다.

"도대체 뭐가 문제야?"

"그…, 그게….."

몇 번이나 차건우라는 녀석의 납치를 시도했지만 그게 쉽지가 않았다. 경호를 서는 인력이라고 해 봐야 고작 한 명이었다. 그런데 번번이 실패했다. 그것도 손도 못 써 보고 당하는 상황이다 보니 뭐라 변명할 여지가 없었다.

"그 차 씨 놈을 직접 납치하라고 한 게 언젠데 어쩌자는 거야?"

양성혁. 그는 은성파의 2대 보스이자 현재 서울 밤거리의 일인자나 다름없었다. 나란히 어깨를 겨루던 칠성파가 사라지고 나서 밤은 그들의 세상이 되었다. 하지만 그렇다고 원한까지 잊어 줄 수 있는 건 아니었다.

"너희는 그놈들이 선대의 원수란 걸 잊었냐?"

양 사장은 화가 머리 꼭대기까지 난 것이 분명했지만, 오히려 목소리는 점점 냉정해졌다. 그러자 고개를 숙이고 서 있던 사내들은 바들바들 떨기 시작했다. 그들은 양성혁의 무서움을 알았다.

"한 번만 더 기회를 주십쇼. 이번엔 확실하게 처리하겠습니다."

사내들은 두려움에 다시 기회를 달라는 말을 복창하며 고개를 더욱 깊이 조아렸다. 그들의 얼굴에서 굵은 땀이 뚝뚝 떨어졌다. 양성혁은 날카로운 눈초리로 자신의 부하들을 훑어봤다. 차건우라는 놈이 한국에 들어온 지 두 달. 이제 결과가 나올 때였다.

'쓸모없는 놈들!'

하지만 자신이 데리고 있는 이들 중 가장 실력이 좋은 애들을 뽑은 거니 대놓고 뭐라 하는 건 스스로 얼굴에 침을 뱉는 꼴이나 다름없으니. 지금까지는 차노형을 직접 노렸지만, 아무래도 대기업 회장님쯤 되시다 보니 경호가 장난이 아니었다. 아무리 밤거리를 날고 기는 그들이라 해도 한계가 있었다. 그래서 그 아들로 목표를 수정한 것이었다. 마침 이번에 한국에 들어오는 때를 노려 명령을 내렸다. 물론 어느 정도 경호가 있으리라 예상했지만, 뜻밖에도 녀석에게는 고작 한 명이 붙었을 뿐이었다. 그런데 좋은 기회를 다 놓치고 실패라니!

"앞으로 보름의 시간을 더 주겠어."

"네, 보스. 감사합니다."

사내들은 일제히 대답하고 안도의 숨을 내쉬었다. 살았다는 생각이 동시에 그들의 머릿속을 스쳤다. 아무리 아끼는 부하라도 인정사정이 없는 양 사장이었다. 오늘 한 놈이 경찰서까지 가 있는 상태라 뭔 사달이 나도 날 것이라 긴장했던 차였다. 그들은 재빨리 밖으로 빠져나왔다.

◆◆◆

"야, 꼬맹이. 이리 와 봐."

저놈의 꼬맹이 소리는! 아랑은 구시렁거리며 거실로 향했다. 경호 일을 맡은 지 이제 2주. 사장 놈은 아예 대놓고 꼬맹이란다.

'저 꼬맹이 아니거든요. 이름이 있습니다. 이름!'

하지만 이런 말은 결국 꾹 눌렀다.

'그놈의 돈이 뭔지. 그래도 이렇게 등 따시고 배부른 일이 어디 있단 말인가? 조금이라도 철이 든 이쪽이 참아야지.'

"네, 왔습니다."

통창으로 밖을 보며 서 있는 건우의 뒤로 가 재빨리 섰다.

"이야기 좀 하자."

건우가 잠시 뜸을 들이고 꺼낸 말에 뭔 일인가 싶었다. 평소에도 잘만 대화하는 사이인데, 새삼 이야기라니?

"따라와."

건우는 따라오라는 말을 하더니 다짜고짜 문을 열고 정원으로 걸어나갔다. 갑자기 웬 달밤에 산책인가 싶었지만, 고용인의 몸으로 할 수 있는 거라고는 조르륵 그 뒤를 쫓는 거뿐이었다.

"여긴 어릴 때부터 내가 살던 곳이 아니야."

건우는 무심한 듯 이야기를 시작했다. 그리고 작은 호수가 내다보이는 나무 의자에 도착하자 털썩 앉았다.

"네가 경호를 맡게 된 이상 아무래도 제대로 배경을 알고 있어야 맞을 듯싶어서…."

건우는 솔직히 내키지 않는 일이었지만, 그래도 경호를 한다는 녀석은 제대로 알고 있어야 옳다는 생각이 들었다. 상대가 누군지 그리고 뭔 일인지도 모르고 일을 하란 건 말이 안 되었다. 처음에는 아버지를 통해 온 사람이니 알고 있지 않았을까 싶었는데, 전혀 하나도 모르는 눈치니.

"네가 잡은 녀석은 은성파라는 조폭 집단 놈이야. 우리 집안과는 오랜 원한이 있는 관계라서…."

건우는 씁쓸한 말투로 과거에 대한 말을 늘어놓았다. 손을 털었다고는 하나 지워지지 않는 과거는, 자신의 일이 아닌 선대의 일이라고 해도 늘 화상 자국처럼 눌어붙어 놔 주질 않았다. 어린 시절부터 주변에서 받은 손가락질과 멸시의 시선. 유달리 학업에 열중하고 착실한 스타일이 되어간 건 그런 것들 때문이었다. 그리고 서희를 좋아하게 된 것 또한…. 그녀는 때 묻지 않은 천사와 같아 보였다. 최상류층으로 엄중한 보호 아래 살아온 서희는 건우에게는 그런 존재였다.

한동안 이어진 건우의 이야기에, 아랑은 내심 놀랐다. 그 용역사무소의 쌍칼이라는 아저씨의 소개부터가 수상하긴 했지만, 알고 보니 대기업이라고 알려진 오성 그룹인가 뭔가 하는 이곳의 뿌리가 과거에는 조폭이라니….

"물론 그런 일들은 벌써 수십 년 전 이야기야. 하지만 그쪽에서는 그렇게 생각하지 않는 모양인지…."

건우의 말대로 처음 건설업으로 시작해 주류사업을 할 때까지만 해도 어두운 일면이 있었지만, 지금은 아니었다. 최근 IT까지 아우르는 명실상부한 대기업이 되면서 그쪽 일은 아예 손을 뗀 지 오래였다.

"그러니까 앞으로도 그들과 많이 마주치게 될 거야."

건우는 사실 그러지 않기를 소망했지만, 귀국과 동시에 역시 이런 일들이 연달아 터지니 부정할 수 없었다. 아버지가 경호를 두라고 난리를 친 것도 이 때문이리라.

"야, 꼬맹이. 알아들은 거냐?"

건우는 무거운 분위기를 털어 내고자 옆에서 이야기를 듣는 녀석의 어깨를 툭 쳤다.

"네, 알겠습니다."

그의 이야기를 통해서 아랑은 건우가 왜 그렇게 폭력이라면 치를 떨고 샌님 같은 사람이 되었는지 조금은 짐작이 되었다. 그리고 과거 사고들 속에서 어머니를 잃었다는 부분에서는 약간이지만 그의 슬픔도 읽어 낼 수 있었다. 자신 또한 얼굴 한 번 제대로 보지 못한 엄마에 대한 기억이 떠올라 괜히 코끝이 시큰해졌다.

"여기 밤에 이렇게 앉아 보는 건 오랜만인데, 경치 좋네."

건우는 이제 화제를 다른 쪽으로 돌리고자 주변을 둘러봤다. 늦가을의 밤은 시원하고 청명했다. 그리고 문득 올려다본 하늘에는 별이 쏟아질 것처럼 보였다.

"웬일로 별도 잔뜩 보이고 말이야."

아랑은 시큰둥한 표정으로 하늘을 올려다봤다. 별이라면 자신이 살던 시골집이 더 기가 막히게 보인다.

'하긴 여긴 공해가 심해서 저 정도도 잘 보이는 건가?'

그때 별똥별 하나가 떨어지며 긴 선을 그렸다.

"!"

아랑은 재빨리 두 손을 모아 소원을 빌었다. 이모가 그랬다. 떨어지는 별똥별에 소원을 빌면 이루어진다고….

"뭐하는 거냐?"

건우는 아랑이 갑자기 손을 모으고 눈을 감자 뭐하는 건가 싶어 질문을 던졌다.

"아, 지금 별똥별이 떨어져서요."

아랑은 당연한 걸 왜 물어보는지 이해가 안 되었다. 이 허술한 샌님은 별똥별이 떨어질 때 소원을 비는 것도 모르나?

"하하. 넌 그걸 믿어? 그래, 하긴…."

건우는 호탕하게 웃었다. 그리고 녀석을 빤히 쳐다봤다. 신기한 구석이 많은 놈이었다. 세상 물정 하나 모르고 순진한 거 같다가도 그 무서운 조폭을 때려눕힌 걸 보면 그건 또 아닌 것도 같고. 아랑이 초롱초롱한 눈으로 당연한 걸 가지고 왜 그러냐는 표정을 보이자 건우는 절로 손이 올라갔다. 어느새 그는 녀석의 머리를 쓰다듬고 있었다. 꼭 강아지 같은 느낌이기도 하고, 어른 손바닥만 한 얼굴에 눈은 커다래 가지고 이목구비도 뚜렷했다. 가만히 보면 참 예쁘게 생겼다.

'?'

거기까지 생각하자 갑자기 이상한 느낌이 들었다. 건우는 확 녀석의 머리에서 손을 뗐다.

"흠흠, 소원은 뭘 빌었나?"

"소원은 비밀입니다."

'당연히 비밀이지. 남의 소원은 부정 타게 왜 물어봐?'

아랑은 건우가 어린애 다루듯 머리를 쓰다듬는 순간, 어색해서 쥐구멍에라도 들어가 숨고 싶었다. 그래도 여잔데… 가끔 보면 그는 너무 편하게 대했다.

'아, 맞다. 아직 날 남자로 아나?'

하지만 지금 이야기하는 건 타이밍이 좀 그랬다. 기회를 봐서 말해야지 하면서도 그렇게 벌써 2주가 흘러 버렸다. 그게 참 말하기도 뭐했다. 다짜고짜 '저 여잡니다!'라고 하는 것도 웃길 테고. 그래도 아랑은 언제인가 제대로 말을 꺼내긴 해야겠다고 생각했다.

"들어가자."

건우는 뭐가 또 꼬였는지 벌떡 일어나서는 성큼성큼 집으로 향했다. 하여튼 제멋대로다. 아마 비밀이라고 해서 삐쳤나 보다.

'뭐, 속이 좁쌀만 한 샌님이니 마음 넓은 이 몸이 이해해야지.'

다음 날, 아랑은 백화점이란 곳을 종횡무진 누비는 중이었다.

'마트보다 더 복잡한 곳도 있구나. 눈 돌아가겠네.'

건우는 정신없이 복잡한 건물을 여기저기 잘도 쑤시고 다녔다. 에스컬레이터에서 내리자마자 건우가 빠른 발걸음으로 한 매장으로 들어가 버렸다.

'에이-씨! 양손에 든 쇼핑백만으로도 터질 것 같은데 또 어딜 들어가?'

이제 더 사면 입에 물고라도 따라가야 할 판이었다.

"너도 이리 와서 골라."

"네?"

건우의 목소리에 아랑은 퍼뜩 고개를 들어 매장을 둘러봤다.

'여긴 뭘 파는 곳인데 온통 옷이라고는…! 설마 속옷?'

남성의 팬티로 추정되는 물품들이 주르륵 걸려 있었다. 삼각이나 사각으로 된 형태에 알록달록한 무늬들. 아랑은 낯이 뜨거워졌다.

'지금 여기서 고르라고?'

"너 수영복 없지?"

건우는 뒤쪽에 서 있는 녀석을 흘끔 쳐다봤다. 변변찮은 옷 몇 벌과 얼마 안 되는 생필품이 전부였던 게 기억났다. 분명 수영복 같은 건 가지고 있지도 않을 거다. 내일은 민호의 초대로 리조트에 가는 날이다. 건우는 이왕 쇼핑을 나온 김에 녀석에게도 몇 개 챙겨 줄 요량이었다.

"수영복이요?"

"그래, 한 벌 골라. 가면 쉬는 시간도 있을 텐데. 너도 놀아야지. 이게 좋겠다."

건우는 역시 자신은 맘씨 좋은 고용주라는 생각에 턱을 치키며 거드름을 피웠다. 그리고 손에 든 시원해 보이는 파란색 삼각 수영복을 녀석에게 가져다 대보았다.

"보시는 안목이 있으시네요. 요즘은 다들 이런 디자인을 선호하거든요. 특히 젊은 층에서 인기가 있답니다."

언제 다가왔는지 매장 직원이 찰싹 달라붙어 주절주절 상품의 장점에 대해 떠들기 바빴다.

"입어 볼래? 사이즈 이거면 되지?"

건우는 녀석의 작은 체구를 훑어보며 사이즈를 가늠해 보려 했다.

"됐어요."

아랑은 당황스러운 나머지 어찌해야 할 바를 몰랐다.

'삼각팬티를 입어 보라니! 진짜 바보 같은 사장이라니까!'

"되긴 뭐가 돼? 입어 보지 않아도 되겠어? 짜식. 별걸 다 부끄러워하네."

건우는 괜히 쑥스러워 저런다 싶었다.

"이걸로 하나 주세요. 그리고 아까 고른 붉은색은 사이즈를…"

건우는 골라 둔 제품과 함께 계산했다. 막상 수영복을 고르려고 보니 아랑이 정말 작은 체구라는 생각이 들었다. 시골에서 자랐다고 하더니 먹는 걸 유난히 밝히는 걸 봐도 그렇고, 제대로 못 먹고 자라서 저리 부실한 것이겠지. 비실대는 꼬맹이 녀석은 아무래도 보약이든 뭐든 많이 먹여야 할 것 같다는 생각이 들었다.

"자 이제 점심 먹으러 가자."

건우는 밥 이야기를 꺼내자마자 녀석의 얼굴에 화색이 도는 걸 보며 미소를 지었다.

'맛있는 거라면 간이고 쓸개고 다 팔아먹을 놈 같으니라고.'

"너 맛있는 걸 준다면 사장인 나도 넘기는 거 아니야?"

"그럴 리 없습니다."

아랑은 세차게 고개를 가로저었다.

"그래? 믿어 보지."

건우는 장난스럽게 녀석의 머리를 툭 쳤다.

'짜식 귀엽기는.'

건우는 자신도 모르게 아찔한 미소를 짓고 있었다. 앞의 점원은 이미 그의 외모에 반쯤 넋이 나간 상태나 다름없었다. 아랑 또한 순간 그 미소에 당황했다. 그리고 그가 그리 나쁜 사장만은 아니라는 생각이 들었다. 그리고 최근 부쩍 편해진 면도 있었다. 하지만 자신을 남자로 착각한 게 조금 문제라면 문제였고, 매사에 힘은 쥐뿔도 없으면서 힘쓰는 건 무조건 나쁜 거라고 하는 게 조금 걸리고, 거만하고 잘난 척하는 거에, 유난한 결벽증, 거기에 여자 꽁무니만 쫓아다니는 꼴도 조금 보기 싫다.

'아, 막상 하나씩 따져 보니 재수탱이가 맞구나.'

아랑은 건우를 잠시나마 좋게 생각했던 자신이 바보라는 생각이 들었다. 뭐, 그래도 월급 제때 주고 끼니 걱정 없으니 좋은 직장인 셈이다.

'그러고 보니 큰외삼촌에게 연락도 해야겠네.'

원래 내일이 월급날이라 아랑은 시간 나면 찾아뵐 생각이었다. 그런데 리조트인가 뭔가를 쫓아가야 하는 입장이라 전화를 드려야 할 것 같았다.

"빨리 안 와!"

아랑은 건우가 부르는 소리에 정신이 번쩍 들어 날렵하게 움직였다.

"받아."

"네?"

갑자기 건넨 물건을 받아 들고 아랑은 당황했다. 집에 와 물품들을 내리고 짐을 정리하려는 참이었다. 방에 들어가려는 걸 붙잡더니 쇼핑백을 내미는 거였다.

"아까 하나씩 더 샀어. 물론 임무 중에야 제대로 챙겨 입어야겠지만, 그래도 쉴 때는 제대로 편하게 입어 줘라."

건우는 그렇게 말하고 돌아서서 이 층으로 향했다. 녀석이 휴양지에서 입을 옷도 분명히 없을 거 같아 아까 살 때 추가로 구매한 거였다. 물론 사이즈는 작은 거로 챙겨 넣었다.

"감사합니다."

아랑은 이미 성큼성큼 계단을 오르고 있는 건우의 뒤에 대고 넙죽 고개를 숙였다.

"짐이나 잘 챙겨 둬. 내일 공항 가서 뭐 빠트렸다고 하지 말고."

"네."

건우는 뒤도 돌아보지 않고 안으로 들어가 버렸다. 뜻밖에 자상한 면이 있지만 그게 또 대놓고 말하는 건 쑥스러운가 보다.

'아까 남성용이긴 하지만 수영복을 사 준 것도 충분히 고마운데 이런 걸

또 챙겨 주네. 이제 착한 사장님이라고 불러야겠어.'

아랑은 입이 찢어지려는 걸 애써 감추고 후다닥 방으로 들어왔다. 지금까지 속으로지만 나쁜 말 한 걸 다 지워 줄까 싶은 마음도 들었다. 쇼핑백을 열어 보니 밝은 연두색에 가까운 꽃무늬 셔츠와 베이지색 반바지였다. 자세히 살펴보니 이것도 남성용이다. 그렇지만 공짜로 이런 걸 받은 건 처음이었다. 옷이라고는 실용적인 게 전부라 아랑은 기분이 째졌다. 그나저나 아까 사준 수영복이라는 걸 꺼내 보니 웃음이 나왔다. 쫙 붙는 재질에 삼각팬티 모양. 아랑은 절대 입을 일도 없겠지만, 남자들은 그런 걸 입고 어떻게 수영을 하나 싶었다. 물속에서는 그냥 놀면 되지. 아랑은 계곡이나 강에서는 놀아봤지만, 수영장이라는 곳을 가 본 역사가 없으니 알 수가 없었다. 하긴 태어나서 아직 바다도 제대로 본 적이 없었다.

'근데 이게 남자용이면 여자용은 어떻게 생긴 거야?'

상상의 나래를 펼치다 짐을 싸야 한다는 게 떠올랐다. 아랑은 징그러운 삼각팬티는 옷장 구석에 던져 놓고 짐을 챙기기 시작했다. 내일은 드디어 비행기를 타 보는 역사적인 날이었다. 하늘을 날 수 있다니! 아랑은 심장이 두근두근 흥분이 몰려왔다. 마치 초등학교 시절 소풍 가기 전날의 기분과 흡사했다.

◆◆◆

"무슨 일이신가요?"

상수는 미간을 찌푸렸다. 직장까지 찾아온 상대를 차마 거절할 수 없어 이렇게 마주 앉았다. 다시 보고 싶지 않은 인물이었다. 아무리 상대가 세상을 쥐락펴락하고 하늘의 나는 새도 떨어트릴 위인이라 해도 말이다.

"저를 기억하시고 계시는군요. 그때 일은 죄송하게 생각하고 있습니다."

철호는 조심스럽게 입을 열었다. 이십 년 만의 만남이니 이미 자신을 잊었을지도 모른다 생각했다. 하지만 다행히 기억하는 모양이었다.

'잊을 수가 없지요. 우리 희수가…'

상수는 테이블 밑으로 양 주먹을 꽉 쥐었다. 앞의 사내만 아니었더라도 멀쩡하게 살아 있을 여동생이었다. 남매는 서울로 상경해 그야말로 열심히 살았었다. 특히 동생인 희수는 장학금까지 받아 가며 대학까지 나온 참이었다.

'저런 썩을 놈을 만나지만 않았더라면…. 하필 인연이라는 게 그렇게 엮인 건지.'

"동생이 있는 곳을 알고 싶습니다. 그때는 제가 사정이 여의치 않아서…."

철호는 자신이 꺼낸 동생이라는 말에 상대가 인상을 쓰는 게 보였지만, 천천히 말을 이어 갔다. 상대방의 저런 태도는 당연했다. 과거 아무리 사정이 나빴다고는 하나 자신은 사랑하는 여자를 저버린 사람이었다. 그것도 분명 무참히 버려졌으리라. 그러니 용서해 주지 않더라도 이해할 수 있었다.

"과거 제 아내 되는 사람이나 어머니께서 실례되는 행동이나 말을 했다면 그건 모두 제 불찰입니다."

분명 그러고도 남았을 이들이다. 아마 어머니와 아내는 그녀를 찾아가 수단과 방법을 가리지 않고 모욕감과 멸시를 주었으리라.

철호는 솔직히 모든 일을 털어놓고 사죄를 구하는 중이었다. 물론 늦었다는 걸 알지만, 그래도 이게 지금 최선이었다. 이철호는 지금 서경 그룹의 회장이라는 직함이 아닌 그냥 평범한 한 남자로 이 자리에서 말하고 있었다. 그러나 갑작스럽게 들려온 냉랭한 말 한마디에 철호는 더는 말을 이을 수 없었다.

"희수는 세상을 떠난 지 오래입니다."

철호는 희수가 이미 죽었다는 말에 모든 것이 무의미하게 느껴졌다. 그것도 이미 이십 년이 다 된 이야기라니…. 언젠가 되돌릴 수 있다고 생각했던 모든 것이 무의미해졌다.

"회장님, 어디로 모실까요?"

한참을 멍하니 앉아 있는 그를 지켜보던 비서가 조심스럽게 질문을 해 왔다. 정상수와의 대화는 이미 한 시간 전에 다 끝난 상황.

"집으로 가지."

철호는 무겁게 입을 열었다. 이제 무엇을 목표로 살아야 하는지, 자신에게 남아 있는 게 아무것도 없었다. 갑자기 어머니와 아내에 대한 불같은 증오가 일었다. 물론 나약하기 그지없었던 자기 자신에 대한 혐오가 가장 컸다.

'모든 건 나 때문이야….'

그래, 무덤이라도 찾아가 직접 확인해야 했다. 끝까지 좋은 기억이라고는 남겨 주지 못하고 못난 사람이 되어 버렸지만. 철호는 휴대폰을 켰다.

"오늘 정상수를 만났네. 그녀는 이미 세상을 떠났다고 하더군. 하지만 조사는 계속해 주게. 부모와 직계 가족들을 찾아…."

차마 자세한 주소나 그러한 걸 물어볼 수 없었다. 그래도 찾아볼 생각이다. 아까 들은 이야기를 토대로 그녀가 마지막을 아버지를 비롯한 가족들과 함께했다는 정보를 유추할 수 있었다. 그러고 보니 자신은 그녀의 가족에 대한 것도 제대로 알지 못했다. 참 못난 남자였다. 사랑한다면서 지켜 주지도 못했고, 그렇다고 진정 그녀의 모든 걸 알지도 못했었다.

'미안하오.'

착잡한 마음과 씁쓸함, 그리고 쓸쓸함이 철호의 마음을 가득 채웠다. 그런데 오래전 일이지만 분명 그녀는 임신 중이었던 걸로 기억한다. 정상수에게서는 그에 대한 정보를 전혀 얻어 낼 수 없었다.

'설마 아이를 낳다 죽은 걸까?'

"희수는 이십 년 전 병으로 죽었습니다. 그 이상 제가 할 말이 없는 것 같군요. 이만 가보겠습니다."

동생이 죽었다는 말을 침울한 표정으로 말하고 일어나는 사람을 붙잡을 순 없었다. 철호는 그녀가 먼저 떠났다고 하지만 아이까지 잃을 수는 없다고 생각했다.

'살아 있다면 꼭 찾아내리라…'

늦게라도 희수의 몫까지 아이에게 모두 보상해주고 싶었다. 그러나 한편으로는 걱정이 밀려왔다. 긴 시간 버려둔, 이 못난 죄인을 받아들일지 알 수가 없으니 불안했다. 물론 그런 상황이 된다 해도 포기할 생각은 절대 없다. 철호는 이제야 모든 걸 버릴 용기가 생기지 않았던가?

7

첫 여행

"와…."

아랑은 벌어진 입을 다물지 못했다.

'지금 창밖으로 보이는 저거 하얀 구름 맞는 거지? 하늘 위다! 하늘 위!'

아랑은 소리라도 지르고 싶었지만 그랬다가는 저쪽 자리에 있는 샌님의 노려보는 시선이 더 강렬해지겠지 싶었다.

"불편한 건 없어?"

"네."

바로 옆자리에서 민호가 싱글벙글 웃는 얼굴로 말을 건넸다. 원래대로라면 아랑은 이코노미석에 있어야 맞겠지만, 공항에 오고 나서야 알게 되었다.

"야, 이 녀석에게 그 자리 준다고?"

건우는 황당한 얼굴로 민호를 바라봤다.

"초대한 건 나니까 내 맘이지. 네 비행기 표도 내가 준비했다고 했잖아."

민호는 아무렇지 않은 얼굴로 절친을 제쳐 놓고 아랑을 옆에 끼고 에스코트하기 바빴다.

"비행기 처음이라고 했지? 내 옆자리로 했으니까 따라와."

민호는 이미 아랑에게 편안하게 반말을 하는 사이였다. 거의 일주일에 이삼일은 보는 사이다 보니, 어떻게 보면 고용주인 건우보다 더 친했다. 둘이 건우 흉을 볼 때면 얼마나 죽이 잘 맞는지.

"네, 감사합니다."

아랑은 신이 나서 조르륵 민호의 뒤를 쫓았다. 비행기를 타는 것만으로도 감사할 일인데, 그 뭐라더라, 퍼스트클래스? 프레스티지석? 하여튼 첫째가는 자리란다.

건우는 어이가 없어서 잠시 멍하니 탑승구로 들어가는 둘을 뒤에서 바라봤다. 이러려고 민호가 부득부득 공항에서부터 같이 가겠다고 한 건가 싶었다.

'아니 지들이 언제부터 친했다고?'

언제부터인가 꼬맹이 녀석은 자신보다 민호와 더 친한 것 같은 눈치였다. 건우는 그게 왠지 심술이 났다. 분명히 녀석은 자신의 경호원인데 말이다. 그렇다고 폼 안 나게 뭐라 하는 것도 웃긴 일이었다. 고작 경호하는 꼬맹이 하나 때문에 그럴 수는 없었다. 건우는 속으로 투덜거리며 탑승구로 향했다.

'의자도 푹신푹신하니 정말 죽이네.'

아랑은 연신 감탄했다. 비행기라는 게 진짜 물건은 물건이다. 하늘을 떡하니 나는 것도 신기한데, 모든 게 편하게 되어 있다. 바로 앞의 작은 화면에서는 TV나 영화도 볼 수 있고, 음료와 간식도 마음대로 먹을 수 있다니! 최고다! 아랑은 자신도 모르게 벌어지는 입을 다물 수 없었다. 건우는 민호 옆자리에서 헤헤거리는 아랑의 모습이 거슬리는지 계속 노려보았다.

"이야, 진짜 하늘을 나는구나."

아랑이 감탄을 연발하자 건우가 혼잣말로 '촌스러운 건 어쩔 수 없다'는 둥 작게 중얼거리는 소리가 들려왔다.

"다음에 시간 되면 헬기도 태워 줄게."

"진짜요?"

민호의 말에 아랑은 고개를 획 돌렸다.

"응, 시간만 내 봐."

"야, 내 경호원이 시간이 어디 있냐? 그런 거 없어."

건우는 불쑥 화를 내며 민호의 말에 참견했다.

'아니, 누가 집에 헬기가 없나? 지가 왜 멋대로 남의 경호원을 태워 주니 마니 해.'

뭔가 계속 기분이 상했다.

"설마 휴가도 없냐? 너 그렇게 안 봤는데, 악덕 사장이야?"

민호는 장난스럽게 웃으며 건우에게 따졌다. 괜히 심통을 부리는 게 분명했다.

"휴…, 휴가야 있지. 그런데 쟤 휴가 때 네가 진짜 시간 내려고?"

건우는 설마 싶은 생각에 말을 더듬었다. 아니 고작 경호원 꼬맹이 하나 때문에 민호가 시간을 낸다는 게 말이 안 됐다.

"잘 들어 둬. 지금 네 사장이 휴가 있다고 했으니까. 설마 내 앞에서 거짓말은 안 하겠지. 그리고 휴가 정해지면 언제인지 꼭 먼저 알려 줘."

민호는 아랑의 어깨를 토닥이며 짐짓 속삭이듯 말했지만, 건우에게도 생생하게 다 들렸다.

"네-에-!"

아랑은 크게 대답하며 고개를 끄덕였다. 이얏호-! 민호라면 진짜 헬기를 태워 줄 거다. 지금까지 그에게서 거짓말이나 허세 같은 건 찾아볼 수 없었다. 그 후로도 민호와 아랑 사이에서는 다정하게 쑥덕이며 이야기가 계속되었다. 건우는 괜히 말을 꺼냈다가 본전도 못 찾은 것 같아서 입을 삐죽였지만, 겉으로는 눈을 감고 누워서 있는 폼 없는 폼을 다 잡았다.

"운전은 내가 할 테니까 걱정 마."

웬일로 사람을 안 부르고 민호가 직접 운전대를 잡았다. 차는 벤츠 SLK 시리즈의 잘 빠진 오픈카였다. 건우와 김 비서, 그리고 짐들은 대기 중이던 다른 차량에 다 태웠다.

"그럼, 네 경호원 잠시 빌려 가도 되지? 고작 리조트로 가는 30분 정도인데 뭐라고 하지 말고."

건우가 뭐라고 하기도 전에 민호는 아랑을 끌어다 자신의 옆자리에 태우더니 붕- 하고 시동을 걸고 가 버렸다.

'경호 서야 할 녀석이 다른 차에 타고 가도 되는 거야?'

건우는 어이가 없었지만 이미 벌어진 일이었다. 더욱이 민호가 붙여 준 경호원과 운전사가 기다리는 중이라 어쩔 도리가 없었다.

"출발하죠."

건우는 털썩 차에 앉아 몸을 뒤로 기댔다. 민호가 유난히 꼬맹이에게 관심이 있다는 건 알고 있었지만, 이번 리조트에 초대하고 나서 하는 행태를 보니 유별났다. 하긴 민호도 건우처럼 형제가 없긴 했다. 그래서 그런가? 서희가 있기는 했지만, 남동생 같은 꼬맹이가 마음에 들었나 싶었다.

'그래도 그렇지. 고용주와 고용인 관계가 있는데, 퍼스트 클래스도 모자라서 직접 운전하는 차로 모신다고?'

민호를 알고 지낸 지 오랜데 그건 이해가 안 되는 행동이었다.

"경치가 마음에 들어?"

민호는 창밖에서 시선을 뗄 줄 모르는 아랑의 모습에 미소가 지어졌다.

"네, 저는 바다가 처음이거든요."

아랑은 너무나 아름다운 풍경에 눈을 뗄 수 없었다. 바다란 건 태어나 처음이었다. 그냥 푸른색이 아닌 옅은 하늘색부터 진한 보라색까지 여러 색으로 빛나는 바다와 기괴한 모양의 검은 돌들. 하늘과 맞닿은 것 같은 끝없는 수평선은 감탄조차 나오지 않게 만들었다.

"그래?"

바다가 처음이라는 말에 민호는 시골에서 자랐다는 그녀의 말이 생각 났다. 민호는 리조트로 목적지가 되어 있는 네비 경로를 변경했다. 아랑은 경치에 정신이 팔려 그런 상황을 눈치채지 못하고 그저 구경하기 바빴다.

그렇게 차가 한동안 시원한 해안도로를 달려 한적한 주차장에 들어서 자 멈췄다.

"내리자. 여기서 좋은 거 보여 줄게."

"좋은 거요?"

아랑은 어리둥절한 표정으로 되물었다. 주변을 둘러봐도 대형 호텔 같 은 건 보이지 않고, 야트막한 건물 몇 개와 해안이 보였다. 당연히 차가 서 니 그 리조트라는 곳에 도착한 줄 알았다.

"자, 조심해서 내려."

민호가 재빨리 다가와 차 문을 열어 줬다. 아랑은 황송해서 어떻게 해야 할 줄 몰랐다. 아무리 편하게 지내는 사이라고 해도 친구의 경호를 서는 고용인인데 이리 잘해 주다니. 정말 좋은 사람이었다.

"여기 조금 걸어서 올라가면 보이는 경치가 좋거든."

민호는 아랑을 데리고 해안을 따라 있는 절벽 길을 올랐다. 송악산에 서 모슬포 쪽을 내려다보는 절경은 예전 같지는 않지만 그래도 여전히 절경이었다. 개발이 많이 돼서 주변 풍광이 많이 변해 아쉽기는 해도 바다를 처음 본다는 그녀에게는 좋은 추억이 되리라 생각했다. 아니나 다를까 꼭대기에 도착하자 아랑은 감탄을 연발했다.

"이야-! 정말 멋져요."

끝내주는 광경이었다. 푸른 하늘과 진한 바다가 끝없이 펼쳐지는 절경이 절벽 아래로 한눈에 들어왔다. 거세게 불어오는 바람까지 시원하게 느껴졌다.

'바다란 이런 거구나!'

아랑은 드넓은 바다에서 편안함이 느껴졌다. 바람에 시원한 냄새가 묻어왔다. 처음 맡아 보는 낯선 냄새였다. 그녀는 잠시 멍하니 그렇게 난간에 기대서 풍경에 흠뻑 빠졌다.

"마음에 들어?"

민호의 목소리에 현실로 돌아왔다.

"네, 정말 좋네요. 고마워요."

아랑은 애써 시간 내서 여기까지 데려와 준 걸 생각해 감사를 표했다.

"그럼 이번에는 해변에도 가 볼까?"

"해변이요?"

"어차피 리조트 가는 길에 있으니까 중문 해수욕장에 잠깐 들리면 돼."

가을이라 해변에는 관광객이 그리 많지 않을 거였다. 민호는 아랑을 데리고 차로 돌아와 해수욕장으로 향했다.

한편 리조트에 먼저 도착한 건우는 휴대폰을 손에 들고 갈등 중이었다.

분명 먼저 간 민호가 아직도 도착하지 않았다니. 그렇다고 다짜고짜 전화해서 뭐라고 하는 것도 모양새가 이상했다. 배정된 방에 가지 않고 로비를 서성이며 기다렸지만 감감무소식이었다. 그때 로비로 들어서는 사람들의 모습에 자리에서 벌떡 일어났다. 서희와 친구들로 보이는 일행이었다. 평소라면 기쁜 마음에 달려갔을 거다. 그런데 뭔가 실망스러웠다.

'도대체 민호랑 꼬맹이는 어디 가서 안 오는 거야?'

건우는 망설이다 휴대폰의 버튼을 눌렀다.

"어, 왜?"

민호의 목소리에 건우는 막상 뭐라 물어야 하나 고민했다. 꼬맹이 녀석에게 연락하는 게 좀 그래서 친구인 민호에게 전화를 건 거였다.

"어, 어디 갔어? 먼저 왔을 줄 알았는데 없어서….."

"여기 해수욕장인데 조금 구경하다 갈 거야. 뭔 일 있어?"

"아니, 그런 건 아니고. 알았어."

건우는 결국 싱겁게 전화를 끊었다. 그런데 남의 경호원을 데리고 해수욕장에는 왜 갔단 말인가? 그렇다고 그걸 따지는 것도 우스웠다. 괜히 심통이 나서 입을 삐죽였다. 이렇게 된 거 숙소에 올라갈까 하다가 다시 의자에 털썩 앉았다. 분명 조금이라고 했으니 기다리면 될 것이다.

"서희야, 저기 로비에 앉아 있는 사람, 건우 오빠 아니야?"

"맞지?"

서희는 리조트 오픈 행사에 참여하고자 친구들과 함께 내려온 참이었다. 주변에 있는 이들 또한 경제계에서 내로라하는 집안의 딸들로 당연히 건우를 잘 알았다. 오히려 서희와는 달리 건우를 좋아하는 이도 있었다. 대표적으로 지금 눈을 번뜩이는 연우가 그랬다.

"가서 먼저 아는 척해 볼까?"

"에이, 그건 너무 그렇잖아? 여기 왔으니까 기회가 있겠지."

계집애들이 난리였다.

"그만들 해. 올라가자."

서희는 건우 이야기로 시끄러운 친구들이 못마땅했다. 물론 그가 아예 싫다는 건 아니었다. 기본적으로 건우는 잘생겼고 친절했다. 더욱이 하버드까지 나온 수재에 다방면에 재능도 많았다. 하지만 결정적으로 집안 내력이 문제였다. 부모님의 반대는 말할 것도 없고, 서희의 입장에서는 장래 남편의 고려 대상이 될 수가 없었다.

"민호 오빠는 안 왔어?"

위층으로 향하는 엘리베이터 앞에서 유리가 물었다. 그녀는 자동차로 유명한 대기업의 외동딸로 다들 아는 민호의 열렬한 추종자였다. 사실 따지고 보면 서희의 친구들은 크게 두 부류다. 서희의 친오빠인 민호를 노리고 접근한 이들과 서경 그룹의 배경을 보고 친해 보려는 이들. 어쩌면 진정한 친구는 한 명도 없는 거나 마찬가지였다.

"왔을 거야. 나보다 먼저 내려갔으니까."

서희는 마지못해 대답해 주고는 친구들을 쭉 둘러봤다. 친구랍시고 리조트 오픈을 축하한다고 쫓아들 왔지만, 다들 마음은 콩밭에 가 있었다.

'하나같이 마음에 안 들어.'

서희는 연애나 결혼에 생각이 없었다. 집안에서 혼처가 정해지면 하긴 하겠지만, 거기에 큰 의미를 두진 않았다.

물론 언제인가 기회가 된다면 그 흔히들 말하는 사랑이라는 걸 해 보고 싶은 마음도 있었다. 그래서 가끔은 건우나 오빠인 민호에게 반해서 난리 치는 친구들이 부러웠다. 하지만 모든 걸 가진 위치라는 건 그런 걸 쉽게 허락하지 않았다. 저렇게 난리를 치는 친구들 또한 거기에서 그다지 자유

룹지 못했다. 아마 막상 연애라는 걸 하게 된다고 해도 결국 다 쉽게 끝날 거였다. 서희는 그게 바로 누리는 모든 것들에 대한 대가라 생각했다.

"야, 경호원이라는 녀석이 이제 오면 어떡해? 어디 갔다 왔어?"

아랑이 로비로 들어오자마자 건우는 성큼성큼 다가가 따지기 시작했다. 그러나 대답은 다른 곳에서 들려왔다.

"뭘 그리 화를 내? 내가 데리고 갔다 온 거잖아. 화를 내려거든 나보고 뭐라고 해라."

민호는 꿀밤을 날리려는 건우의 팔을 잡아챘다.

"경호원 잠깐 데리고 나갔다 왔다고 뭔 큰일 나냐? 일부러 내 직원들 붙여 줬잖아."

민호는 건우의 태도가 이해가 안 되었다.

"일이잖아, 일! 경호하는 녀석이 그러면 안 되지."

"에이, 뭐가 또 안 되냐? 바다가 처음이라고 하길래 구경 좀 시켜줬어. 야, 그 정도 여유도 없냐? 너 진짜 악덕 사장처럼 군다."

민호는 너스레를 떨며 웃었다. 건우는 예전부터 악덕이라는 말에 민감했다. 역시 그 말을 듣자마자 꿀 먹은 벙어리가 됐다.

"혹시 경호원 바꿀 생각은 없어? 내가 전직 대통령 경호실에 있던 분으로 소개해 줄게. 우리 아버지 경호하던 분인데, 몇 명 더 필요하면 올림픽 선수 출신도 몇 분 있어. 대신 아랑이 나 주라. 어때?"

민호는 갑자기 기막힌 아이디어가 떠올랐다. 서경 그룹은 그 역사가 오래된 만큼 경호원도 남달랐다. 과거 대통령 경호 실장급 인물에 올림픽대표 출신들도 많았다. 아랑을 직속 경호원으로 데려오고 건우에게는 몇 명 소개해 주는 것도 좋을 것 같았다.

"뭔 소리야? 꼬맹이를 널 달라고?"

건우는 어이가 없다는 표정으로 친구를 바라봤다.

'아니 왜 저 녀석에게만 유독 저러지?'

민호는 이상하게 꼬맹이에게 약했다. 최근 전보다 자주 찾아오는 것도 죄다 저 녀석 때문일 거다. 그리고 매번 오면 친구인 자신보다는 꼬맹이 녀석과 놀기 바빴다. 둘이 정말 죽이 잘 맞는 모양이었다.

"나쁘지 않은 제안이지 않아? 경호원으로 전직 대통령 경호원 정도면 괜찮잖아? 야, 그거 아무나 해 주는 거 아니다."

실제로 대통령 경호 실장 출신인 분은 아무나 경호를 맡지 않았다. 서경 그룹 정도 되니까 그 정도의 사람도 끌어들일 수 있는 거였다.

"됐어. 저래 보여도 아버지 소개라 그냥 저 녀석이 하게 할 거야."

건우는 괜히 아버지를 끌어다 핑계를 댔다. 뭐 크게 틀린 말도 아니었다. 그런 둘의 실랑이 사이에서 아랑은 고개를 숙이고 쩔쩔매며 서 있었다. 그러나 역시 거만한 사장은 '밴댕이 소갈딱지'라는 걸 여실히 보여 줬다.

'으구, 조금 늦은 걸 가지고 저 난리네. 그렇다고 뭐 일이 생긴 것도 아니고, 일부러 경호원도 여럿 붙여 줬더구먼.'

하긴 새삼스러울 것도 없었다. 평소에도 민호가 와서 조금 친절하게 해 주면 난리를 쳤다. 그렇게 꼭 자기 아랫사람이 잘되는 꼴을 못 보는 건지. 아랑은 바다를 구경하고 즐거운 기분으로 왔는데, 화를 버럭 내는 건우의 모습에 산통이 다 깨졌다.

"야, 빨리 와."

건우는 분이 덜 풀렸는지 저벅저벅 엘리베이터 쪽으로 향하며 괜히 신경질이었다.

"그럼 저녁때 봐."

민호는 인사를 건네며 건우의 등 뒤로 찡긋거리는 윙크를 하며 손짓했다. 아랑은 고맙다는 뜻으로 고개를 넙죽 숙여 다시 한번 감사의 인사를 전했다. 덕분에 오늘 좋은 구경도 했으니 말이다.

엘리베이터 안에서는 숨 막힐 듯한 침묵이 흘렀다. 아랑은 기분이 상한 게 분명한 건우의 눈치를 살핀다고 바빴다.

"어딜 가면 간다고 보고를 하고 가야지…. 사람이 말이야. 고용인이 되어서는…. 아무리 바다를 처음 본다지만, 남이 보여 준다고 그걸 냅다 따라가서 보고 오냐."

건우는 갑자기 입을 열어 혼잣말하듯 구시렁거렸다. 가만히 들어보면 결론은 리조트에 늦게 도착한 거에 삐친 거였다. 그렇게 계속 주절거리며 꼭대기 층에 있는 숙소로 들어왔다.

"이쪽 방을 네가 써."

"?"

아랑은 별도로 세워져 있는 직원들 숙소에 머물 예정이었다. 그건 가까운 거리에 있는 작은 건물이었다. 물론 24시간 밀착 경호를 서야 하는 입장이라 숙소에는 잠깐 눈을 붙이고 옷이나 갈아입으러 가게 될 거였다.

"여기 넓으니까 그냥 저길 써."

건우는 괜히 쑥스러운 마음에 다른 곳을 쳐다보면서 무뚝뚝하게 말했다.

"감사합니다."

아랑은 당연히 대환영이었다. 여관방이나 다름없는 직원들 숙소보다는 여기 최고급 객실이 백 배 나은 게 당연했다. 말이 리조트 객실이지 고급 독채나 다름없었다. 넓은 거실은 테라스와 이어져 별도의 작은 풀까지 딸려 있고, 분리된 룸도 세 개나 있었다.

'우와-! 여기 진짜 좋네.'

절로 입이 떡 벌어졌다. 호텔급 리조트라고 했지만, 호텔을 가 본 적이 있어야 알지. 테라스에 딸린 풀장도 놀라운데, 욕실에도 대형 욕조가 또 있었다. 그리고 딸린 가구들이나 설비가 모두 고급스러운 느낌이 팍팍 났다.

'여행 와서 이런 데서 잠을 자는 이들은 도대체 어떻게 생겨 먹은 사람들이지? 전부 우리 사장처럼 갑부들인가?'

물론 현재 머물고 있는 건우의 저택에 비하면 규모가 작지만 말이다. 이에 비하면 예전에 할아버지와 살던 집은 거적때기나 다름없었다. 정말 다른 세상 사람들이었다.

'하긴 먹는 것부터 입는 거까지 다 다르니까….'

그저 거만하고 샌님 같은 저 고용주를 잘 지키면 되는 일이지만, 뭔가 이쪽 세상이란 건 알게 되면 알수록 씁쓸했다.

"나 먼저 샤워하고 나올 테니까 짐 정리 잘해 놔."

건우는 옷을 벗으며 욕실로 향했다.

'!'

아랑은 비명을 지르려다 말았다. 건우가 상체를 다 벗고 욕실로 들어가는 중이었다. 그간 둘이 같은 집에 살긴 살았지만, 사용하는 층이 아예 다르니 서로 굳이 벗은 몸을 볼 이유가 없었다. 뭐, 그 TV에도 상의를 벗은 남자 정도는 자주 나왔으니까. 그래도 막상 눈앞에서 보는 건 달랐다. 아랑은 고개를 푹 숙이고 짐을 재빨리 풀었다. 얼굴이 화끈거렸다.

'사장이라는 놈이 아무 데서나 옷을 벗고 난리야.'

투덜거리며 짐을 다 정리해 갈 때쯤 건우가 나오는 소리가 들렸다. 뒤를 돌아보니 하얀 수건 같은 재질로 된 상의만 걸친 상태였다. 앞섶을 제대로 여미지 않아서 가슴이 다 드러나 보였다. 약골에 샌님이라고 생각했는데 뜻밖에도 몸이 잘 단련되어 있어 근육이 뚜렷했다.

"여기 지하에 사우나 해수탕이 잘 되어 있다고 하던데. 가을이라 해수욕은 무리니까 언제 수영하고 나서 해수탕이나 가자."

건우는 머리의 물기를 털며 꼬맹이를 흘끔 바라봤다. 바다도 처음 봤다는 녀석이니 고급 사우나 같은 곳도 못 가봤을 거다.

"네?"

아랑은 사우나에 같이 가자는 말에 당황했다. 여자라는 말을 하려고 몇 번이나 시도했었지만 그게 조금 그랬다. 혹시 여자라는 걸 알게 되면 자르는 거 아닌가 걱정도 되고. 그러나 그런 속내를 모르는 건우는 거침없이 다가와서 손에 들고 있던 가방을 뺏었다. 순간 멍해졌다. 그에게서 남성의 샤워코롱 향이 강하게 났다. 그리고 젖은 머리칼과 드러난 가슴이 생생하게 눈앞에 있었다.

"그거 이리 주고 가서 너도 샤워해."

아랑은 평소와 달리 그의 시선을 피하며 재빨리 방으로 들어가 문을 닫았다. 갑자기 두근두근 뛰는 심장을 진정시켰다. 쿵쿵쿵 거리며 심장이 미친 듯이 뛰었다.

'왜 이러지? 사장이 남자인 걸 몰랐던 것도 아니고. 그깟 상의 좀 탈의했다고 이러나?'

"야, 씻으라니까 왜 방으로 들어가?"

건우는 어이없다는 표정으로 쾅 닫힌 문을 쳐다봤다.

"갈아입을 옷 챙기려고요."

아랑은 당황해 크게 대답했다. 그리고 주섬주섬 옷을 챙겨 들고 비장한 각오로 문을 열었다. 그리고 최대한 건우와 마주치지 않게 후다닥 욕실로 들어갔다.

◆ ◆ ◆

"야, 너 오늘은 편하게 입으라니까?"

건우는 오늘도 변함없이 양복을 단정하게 입은 녀석을 어이없다는 표정으로 바라봤다. 평소에는 그렇게 구시렁거리더니 평상복을 입으라고 사 주기까지 했는데 저런다.

"빨리 갈아입어! 사 준 옷 가져왔지?"

야외로 다닐 건데, 여긴 오히려 저 복장이 너무 튄다. 건우는 짜증을 냈다. 평소에는 눈치 빠르게 알아서 하는데 오늘 왜 저러나 싶었다. 우물쭈물하고 서 있던 아랑은 어쩔 수 없이 방으로 들어왔다. 그가 사 준 반바지에 셔츠는 다 좋은데 입으면 약간 여성미가 살아나는 느낌이라 꺼려졌다. 주섬주섬 챙겨 입고 거울을 보니 역시 없던 여성미가 조금 보였다.

'하긴 난 여잔데 말이야.'

화사한 색의 얇은 연두색 긴 팔 셔츠는 하늘거리는 재질이었다. 거기에 베이지 톤의 반바지는 매우 예뻤다. 그리고 드러난 다리가 사내치고는 너무 가늘고 근육도 없고 털도 없었다. 물론 여자니까 당연한 거지만. 상의 안에 티를 받쳐 입었어도 뭔가 불안했다.

'흠, 너무 얇단 말이야. 아무리 굴곡 없는 몸매라지만, 그래도 가슴이 아예 없는 거는 아닌데. 붕대가 없으니 급한 대로 천이라도 찢어서 감아야 하나?'

"뭐가 이리 오래 걸려?"

갑작스러운 소리에 아랑은 화들짝 놀랐다. 한참을 지나도 나오지를 않자 건우가 문을 연 거였다. 비명을 지를 뻔했지만, 다행히 무사히 넘겼다.

'우이 씨! 어딜 여자 방을 함부로 벌컥벌컥 열어!'

물론 저 싸가지는 같은 남자끼리 아무렇지 않다고 생각했을 게 뻔했다. 사실 내공을 썼다면 누가 다가오는 기척쯤은 쉽게 알아챘겠지만, 그렇다고 매분 매초 청각에 집중해서 주변의 동태를 살피는 건 우스운 일이었다.

"가자. 뭔 사내자식이 옷 갈아입는 데 그렇게 오래 걸려?"

건우는 차려입은 녀석에게 따라오라는 말을 하고 성큼성큼 밖으로 향했다. 그리고 슬며시 미소 짓는 걸 잊지 않았다.

'짜식, 저렇게 입혀 놓으니 진짜 귀엽네.'

생각보다 잘 어울렸다. 화사한 옷을 입어서 그런지 더 귀여운 꽃미남으로 보였다.

밖은 가을치고는 더웠다. 벌써 늦가을로 넘어가는 시기인데도 꼭 여름의 마지막 몸부림 같은 날씨였다.

"빨리들 와."

민호가 이미 리조트 앞에 차를 대 놓고 대기 중이었다. 명목상으로는 여유가 있을 때 주변을 한 바퀴 돌아본다는 거였다. 오픈 기념행사는 이틀 후니 아직 시간이 많았다. 건우는 제주에 여러 번이라 볼 게 뭐 있나 싶었다. 그런데 민호는 뭔가 다른 속셈이 있어 보였다. 굳이 우겨서 꼬맹이에게 휴가를 하루 주라고 하지를 않나, 대신 민호 쪽에서 경호 인력을 잔뜩 붙여 주겠다 하질 않나. 하여튼 그 결과 건우가 꼽사리를 끼는 모양새가 되었다.

"오늘 내 동생은 종일 수영장에 있을 거 같던데. 거기 안 가 봐도 돼?"

민호는 건우의 어깨를 툭 치며 오늘 서희의 일정을 넌지시 흘렸다. 기왕 경호원에게 휴가를 줬으면 좀 편하게 해 줄 것이지, 바득바득 우겨서 따라다니는 건우가 이상했다.

"어차피 앞으로도 날은 많은데 뭐. 그리고 오늘은 장벽들이 너무 많아서 접근하기도 힘들 것 같고."

건우는 심드렁한 표정으로 대꾸했다. 실상 수영장에서 서희를 보면서 시간을 보낼까 생각도 했었다. 하지만 서희 주변에 무슨 승냥이떼처럼 몰려다니는 여우들이 잔뜩 포진해 있었다.

"네가 언제부터 장벽 따졌어?"

민호는 건우를 슬쩍 노려보는 시늉을 했다.

"그리고 꼬맹이 없으면 불안하다니까 그래."

건우는 차에 올라타려는 아랑의 등을 팡팡 두드렸다. 민호가 붙여 주는 수많은 경호원을 믿을 수가 없다는, 말도 안 되는 핑계를 대더니 결국 건우는 찰거머리처럼 붙어 다니겠다는 놀부 심보를 부렸다. 그렇지만 옆의 차량에는 대여섯 명으로 구성된 경호팀이 대기 중이었다. 그건 민호의 배려였다. 아랑이 편하게 쉬려면 아무래도 누군가는 일을 해 줘야 하니 말이다. 사실 오늘 외출은 순전히 아랑을 위한 거였다. 바다가 처음이라니 당연히 제주도도 처음일 거고 구경 좀 시켜 주려는 생각이었다. 민호 자신도 왜 일개 경호원에게 이렇게 신경이 쓰이는지 알지 못했다. 그저 마음 가는 대로 현재를 즐길 뿐. 진지한 건 절대 아니니까 말이다.

"자, 그럼 달려 볼까?"

민호가 운전대를 잡고 출발하자 경호팀이 탑승한 차량도 뒤를 따랐다.

"여기를 올라가겠다고?"

"넌 여기 있든가. 경호원들은 여기 두고 갈게."

민호는 일출봉 앞에서 올라갈 생각이 없어 보이는 건우를 두고 아랑의 어깨를 자신 쪽으로 끌어당겼다.

"그럼 우리 둘이 갔다 온다."

민호는 그대로 몸을 획 돌리더니 위로 향하기 시작했다. 그리고 고개를 숙여 작은 목소리로 속삭였다.

"저 녀석은 신경 쓰지 말고 가자."

아랑은 너무 친한 척하는 민호의 행동이 약간 불편했다. 아무리 편한 사이라 해도 상대는 남자. 어깨에 올린 그의 손이 신경 쓰였다.

"어, 언제 안 간데?"

건우는 황급히 앞서가는 둘의 뒤를 쫓았다.

'민호 자식이 왜 저 녀석에게 신경을 이렇게 쓰지?'

막상 밖에 나오니 여기저기 흔한 제주의 장소에 들르는 모양새가 역시 꼬맹이를 관광 안내 해 주는 거나 다름없었다. 나는 새도 떨어트린다는 서경 그룹의 후계자인 민호가 고작 경호원에게 신경을 쓴다? 배경이 배경인 만큼 민호는 지금까지 다양한 여성편력을 가진 이력이 있었다. 주변에 턱 짓만 해도 쓰러질 여자들이 수두룩 빽빽한 게 현실.

건우는 가파른 계단을 편안하게 오르는 아랑을 찬찬히 살폈다. 험한 지형임에도 숨 하나 흐트러짐이 없었다. 그렇지만 사내자식이 아기처럼 뽀얀 피부에 긴 눈썹인 데다, 눈도 커다래 가지고 귀여웠다. 그러고 보니 이목구비가 뚜렷하고 꽤 괜찮은 편이었다. 손발은 또 얼마나 작고 앙증맞은지…. 건우는 순간 이상한 생각에 흠칫 놀랐다. 흠, 설마 민호가 이제 새로운 분야에 눈을 떴나?

"와! 경치가 벌써 좋네요."

아랑은 중턱쯤에서 몸을 돌려 아래를 내려다보고 탄성을 질렀다. 푸른 바다를 배경으로 옹기종기 색색의 지붕을 가진 작은 집들과 밭들이 그림처럼 펼쳐졌다. 눈이 부시도록 하얀 해변과 에메랄드빛으로 빛나는 얕은 바다까지…. 달력 같은 사진에서나 보던 풍경이 아랑의 눈앞에 놓여 있었다.

"위에 올라가면 더 근사해. 가자."

민호는 입을 떡 벌린 아랑을 웃는 얼굴로 내려다봤다. 역시 데려오길 잘했다는 생각이다. 그런데 건우는 그런 둘을 바라보며 수상하다는 눈초리를 빛냈다.

'역시 위험해.'

민호가 놈을 바라보는 시선은 여자에게나 보내는 그런 거였다. 아무리 평범한 것에 질렸다지만, 이건 아니다 싶었다. 건우는 이십 년 가까운 우정을 생각했다. 그리고 걱정스러운 마음으로 이단의 늪에 빠진 것으로 보이는 친구를 바라봤다. 그런 건우의 걱정을 모르는 민호는 꼭대기에 도착하자 더 난리였다.

"이쪽으로 와서 봐봐."

민호는 다정하게 아랑의 팔을 잡아끌었다. 반대쪽으로 보이는 넓은 바다를 보여 주고 싶었다. 그런데 인기 관광지답게 위쪽에 이르자 아까보다 사람들이 더 늘었다. 복잡한 나무 계단과 좁은 공간에 중국인 단체관광객으로 보이는 이들이 가득 차 있었다. 건우는 움직이려다 계단 끝에서 밀려

옆으로 떨어질 것 같은 상태가 되었다.

"!"

아랑은 재빨리 몸을 획 돌렸다. 그리고 내공을 끌어올려 건우의 팔을 잡아당겼다. 자신보다 배는 무거워 보이는, 쓰러지는 남정네를 당길 방법은 내공을 사용하는 것 외에는 없었다. 그러나 그 힘이 과하다 보니 건우는 안 넘어졌지만, 오히려 반대로 아랑의 품으로 쓰러지듯 기울어졌다. 건우는 무심코 두 손으로 아랑의 가슴을 정면으로 만지는 꼴이 됐다. 뭔가 물컹한 느낌, 그리고 폭신폭신하고 부드러웠다.

"악!"

아랑은 자신도 모르게 비명을 지르며 건우를 팍 밀어내고 떨어졌다. 그 바람에 건우는 바닥에 콰당 엉덩방아를 쪘다.

"괜찮아?"

민호는 건우보다 아랑을 챙겼다. 하지만 뭔가 넋이 나간 표정으로 엉거주춤 앉아 있는 건우를 보고 손을 잡아당겨 일으켜 세웠다.

"야, 너 하체가 부실한 거 같다. 보약이라도 챙겨 먹어야겠다."

민호는 건우를 놀렸다. 아무리 경호원이라지만 여자의 도움을 받다니. 물론 아랑이 경호를 설 만한 실력이 있으니 일을 맡아서 하는 것이겠지만, 그래도 민호는 그게 좀 껄끄러웠다. 자신이 볼 땐 아무리 뜯어봐도 작고 귀여운 여자아이였다.

"어, 어?"

건우는 아직 충격에서 벗어나지 못했다. 두 손에 닿은 촉감은 뭔가 말캉말캉하고 부드러운 감촉이었다. 아니 무지막지한 주먹을 휘두르는 깡마른 사내 녀석이 왜 저런 가슴을 가지고 있단 말인가? 설마 가끔 드물게 있

다는 그 여성형 유방? 건우는 자신의 손과 꼬맹이 녀석을 흘끔거리며 번갈
아 쳐다봤다.

"목마르지? 빨리 내려가서 카페라도 가자."

민호는 상태가 좀 이상한 건우에게는 신경을 끄고 다시 아랑에게 집중
했다.

8

넌 정체가 뭐냐?

건우는 쏟아지는 찬물 아래에서 정신을 가다듬어 봤다. 오후 내내 멍한 상태였다. 민호와 꼬맹이의 눈꼴시는 모양새를 지켜보면서도 심술을 부릴 여유가 없었다. 말캉말캉하고 부드러운 감촉. 녀석에게서는 상큼한 향이 났다.

"!"

건우는 애꿎은 벽을 주먹으로 내리치고는 세차게 도리질을 했다.

'미쳤어! 미쳤지. 미친 건 민호 하나로 충분해.'

건우는 속으로 마구 부정해 댔다. 그나저나 민호가 위험한 커밍아웃을 하기 전에 손을 써야 했다. 건우는 거듭 다짐하며 자꾸 머릿속에 떠오르는 꼬맹이 녀석의 얼굴을 지웠다.

아랑은 갑자기 귀가 간지럽고 등골에 소름이 쫙 끼치는 느낌에 몸서리 쳤다.

'누가 내 욕을 하나?'

그나저나 저 싸가지 없고 변태 같은 사장 녀석이 감히 여자의 가슴을 만지고 사과도 없었다. 물론 남자로 알고 있으니 그럴 수도 있겠지만.

'그래도 처음이었단 말이다! 에잇-씨!'

옆에 난간을 발로 차 봐야 아무 소득이 없었다. 생각 같아서는 놈의 엉덩이를 걷어차 주고 싶었다. 하지만 오전에 있던 일 때문인지 건우의 얼굴을 제대로 쳐다보는 것도 어려웠다.

‘아무 일도 없었던 거야. 그래, 그냥 사고였을 뿐이야. 어쩔 수 없는 신체적 접촉이라고….’

계속 스스로 세뇌를 해보지만 쉽게 잊기는 힘든 일이었다.

“꼬맹아, 이리 와 봐.”

건우가 부르는 소리에 아랑은 화들짝 놀랐다. 저녁에 있는 가든파티인가 뭔가에 갈 참이었다. 아마 준비가 다 끝난 모양이다.

“흠흠, 가든파티 때는 아무래도 경계가 허술하니까 주변 잘 둘러보고 쓸데없이 노닥거리지 말고? 알았지? 따라와.”

건우는 새삼 꼬맹이를 마주 대하는 일이 쑥스러워 헛기침을 연발했다. 지금부터라도 녀석을 아주 잘 지켜볼 생각이었다. 민호의 일도 그렇고 어쩌면 꼬맹이에게 이상한 마력이 있는 건지도 몰랐다. 자신 또한 약간이지만 흔들렸을 정도니까 말이다.

‘아이고 지겨운 잔소리!’

아랑은 오늘따라 더 폼 잡고 설교를 해 대는 건우가 얄미웠다. 그래도 속으로 구시렁거리며 뒤를 쫓았다.

저녁 시간은 후딱 지나갔다. 정식 오픈 기념행사 전에 서경 그룹의 가까운 친지들과 친구들만이 모인 가벼운 파티였다. 건우는 민호 덕에 초대된 영광을 누린 셈이었다.

“잘해 봐라. 오늘 동생을 노리는 녀석들도 대거 온 모양이더라. 한성그룹 첫째도 저기 있고, 동방그룹의 느끼한 녀석도 저기 보이네.”

민호는 건우의 어깨를 툭 치며 응원의 메시지를 보냈다. 하지만 정작 당사자인 건우는 뭔가 찜찜했다.

물론 이곳까지 온 데에는 서희와의 관계 개선 및 존재감을 알리는 데 있었다. 그런데 지금 가장 신경 쓰이는 건 바로 민호와 꼬맹이 녀석이었다.

"그…, 그래."

건우는 대답은 했지만 뭔가 힘이 빠졌다. 곧이어 화려한 드레스 차림으로 여신처럼 등장하는 서희의 모습에도 별 감흥을 느끼지 못했다. 대신 자꾸 입구 쪽에서 경호를 서고 있는 꼬맹이를 흘끔거렸다.

아랑은 멀리에서도 유독 눈에 들어오는 둘을 감상 중이었다. 차분한 짙은 색 슈트 차림의 둘은 멋졌다. 여기 모인 남자들 그 누구보다 튀는 외모. 키도 그렇고, 몸매도 그렇고, 얼굴까지.

'캬~~ 어느 집 아들들인지 잘났다. 잘났어.'

특히 민호를 볼 때마다 절로 입꼬리가 실룩거리며 올라갔다. 잘생겼지, 성격 좋지. 누군지 모르겠지만, 저런 남자랑 짝짜꿍하는 여자는 좋겠다. 그렇다고 아랑이 언감생심 민호에게 이성으로 감정이나 설렘을 느끼는 건 아니었다. 아무리 세상 물정 모른다지만 그래도 그 정도는 알았다. 내로라하는 집안의 아들이라는데, 그에 걸맞은 여자를 만날 게 분명하다는 것, 더욱이 경호나 서는 무식한 자신과 저들 사이에는 안드로메다만큼의 거리가 있다는 거 말이다.

"심심하지?"

아랑은 갑작스러운 민호의 목소리에 당황했다. 딴생각하다 보니 누가 다가오는 것도 몰랐다. 경호를 서면서 이러면 안 되는데 말이다.

"아, 아닙니다. 지금은 근무 중이니까요."

아랑은 몸을 꼿꼿하게 바꾸고 씩 웃었다. 건우가 이런 나태한 모습을 봤다면, 벼락이 떨어졌을 거다.

"쉬엄쉬엄해도 돼. 여기 경비 인원은 이미 충분하니까."

민호는 미소 지으며 아랑을 찬찬히 훑어봤다. 양복을 입은 모습도 매우 앙증맞게만 보였다. 왜 자꾸 그녀에게 신경이 쓰이는지 모르겠지만, 민호는 그냥 끌리는 대로 하려고 마음먹었다. 어차피 아직 진지한 감정은 아니라 생각했다.

'특이한 것에 대한 호기심 같은 거겠지.'

"야, 경호 서는 애한테 왜 말을 걸고 그래. 꼬맹이는 일이나 더 하라 그래."

언제 왔는지 건우의 잔소리가 날아왔다.

"동생은 저기 애들하고 웃고 떠드는데, 너 여기서 한가하게 이럴 여유가 있어?"

민호는 건우를 이상하다는 표정으로 쳐다봤다. 평소라면 서희 꽁무니를 쫓아다닌다고 한창 바쁠 시간인데 이상했다.

"그건 그거고…."

건우는 할 말이 없어 고개를 돌리며 말을 얼버무렸다. 그리고 속도 모르면서 그런 말을 하는 민호를 흘끔 노려봤다.

'야, 나라고 좋아서 이러는 줄 알아? 다 널 위해서라고.'

절친인 민호가 위험한 커밍아웃을 하기 전에 예방해 보려는 기특한 우정이라 생각했다. 그렇게 파티 내내 민호는 아랑의 주변을 어슬렁거리고, 건우는 그런 둘을 떼어 놓으며 시간이 지났다.

그리고 밤이 돼 숙소로 돌아오고 나니 묘한 기류가 흘렀다. 어제까지도 아무렇지 않았는데, 오전의 일 때문인가? 아랑은 건우와 단둘이 숙소를 쓰는 일이 영 어색했다.

"꼬맹이, 안 씻어?"

건우가 상체를 다 벗고 타월만 두른 채 욕실을 나섰다. 아랑은 눈을 어디 둘지 몰라 중얼거리며 재빨리 움직였다.

"네? 네. 갑니다."

욕실로 들어와 몇 번이나 제대로 잠겼는지 확인하고 씻기 시작했다.

쏴아아아—

쏟아지는 물을 맞으니 시원했다. 하루 동안 쌓인 피로가 조금은 풀리는 것 같았다. 그때였다! 문을 두드리는 소리가 났다. 똑똑똑.

"야, 안에 드라이기 좀 더 쓸까 하는데, 들어가도 되지?"

"악! 안 돼요!"

아랑은 자신도 모르게 손으로 몸을 가리고 비명을 지르듯 대답했다. 문이 잠겨 안에 들어올 수 없는 상태였지만, 순간 당황해 놀랐다.

"짜식, 유별나게 구네."

건우는 문을 열고 들어가려다 잠근 걸 보고 괜히 무안했다. 머리가 덜 마른 거 같아서 헤어드라이어 좀 쓰려고 하다가 이상한 변태 취급을 당한 느낌이었다. 같은 사내끼리 왜 저러나 싶기도 하고…; 또다시 아침의 일이 떠올랐다. 순간 후끈거리며 열기가 올랐다.

'무슨 망측한…!'

건우는 생각보다 중증인가 싶어 걱정스러웠다.

잠시 후 욕실에서 나오는 녀석을 건우는 무심코 돌아봤다가 숨을 크게 들이마셨다. 젖은 머리칼이 달라붙은 게 뭔가 고혹적이었다. 그리고 반바지 차림이라 드러난 다리는 웬만한 여자 뺨치게 잘 빠졌다.

'무슨 사내자식이 저래?'

꿀꺽. 건우는 자신도 모르게 마른침을 삼켰다.

아랑은 뚫어지라 쳐다보는 시선에 고개를 돌렸다가 건우와 눈이 딱 마주쳤다. 그가 평소답지 않게 시선을 피하며 얼굴을 붉혔다.

'뭐지?'

싸가지 사장이 뭔가 이상했다.

'왜 복숭아처럼 뺨을 붉히며 시선을 피하는 건데?'

"그만 들어가 자라."

별 싱거운 말이 다 있나 싶었다. 들어가 자란 말은 갑자기 왜 하는 건지. 어차피 알아서 들어가 잘 건데 말이다.

"네."

하지만 사장은 사장이니까 고분고분 대답하고 아랑은 방으로 재빨리 들어왔다. 그리고 침대에 벌렁 드러누웠다. 푹신푹신한 느낌이 역시 최고였다. 맛있는 먹을 거에 좋은 잠자리. 최고의 일자리라 생각했다. '딴생각 하지 말고 열심히 일해서 돈이나 많이 벌어야지.'

꼭 못다한 공부도 하고, 여행도 다니고 싶었다. 그러기 위해서 지금 힘든 일쯤은 아무것도 아니었다. 솔직하게 일이 크게 어려운 것도 없었다.

'그래, 덜떨어진 사장이라는 녀석 잘 지켜 내고 심부름이나 하면 되는 일이니까.'

그렇게 생각이 정리되자 얼마 지나지 않아 아랑은 코를 드르렁거리면서 꿀잠에 빠졌다.

그러나 그런 아랑과 달리 건우는 쉽게 잠들 수 없었다. 고작 경호원에 불과한 꼬맹이 녀석에게 왜 이렇게 신경이 쓰이는 건지. 그리고 더 난감한 건 민호까지 그 모양이라는 거다.

뒤척거리며 앞뒤로 몸의 방향을 바꿔보았지만, 머릿속만 더 복잡해졌다. 그런데 이상했다. 오늘 종일 서희에 대해서는 눈곱만큼도 생각하지 않은 거다. 지난 몇 년 공을 들인 게 얼마인데, 그리고 서희만큼 완벽한 여자는 없었다.

'설마 그 꼬맹이 때문에?'

건우는 말도 안 되는 일이라 생각했다. 서희는 평생 자신이 바라던 이상형 그 자체였다. 그리고 제대로 된 여자고 말이다. 어디서 굴러먹던 개뼈다귀 같은 남자애랑은 차원이 다른 존재였다. 건우는 역시 오늘 하루가 유난히 이상했을 뿐이라 생각하며 마음을 다잡았다.

◆◆◆

"무슨 경호원을 한 부대씩 데리고 다녀?"

"그러게 제주도까지 내려왔으면 밖으로 더 싸돌아다니는 게 보통인데, 저기 콕 처박혀서 코빼기도 안 보이니…."

사내 둘은 차 안에서 지친 표정으로 주거니 받거니 불평 중이었다. 명령을 받았으니 차건우라는 놈을 잡아다 납치라는 걸 해야 하는데, 이건 제주도까지 따라 내려왔지만 좀처럼 기회가 없었다. 벌써 며칠째 허탕만 치고 잠복이랍시고 지켜보는 것도 한계에 달했다.

"언제 기회가 있을지 모르잖아! 그러니까 잠자코 지켜봐!"

전화로 아무래도 이 계획이 힘들어 보인다고 말해도 막무가내였다. 물론 은성파 큰형님의 명령이니 따라야 하겠지만, 가장 밑바닥에서 시다바리를 하는 이 둘에게는 그가 그리 실감 나는 존재는 아니었다.

"그렇게 중하면 형님들이 직접 내려오셔서 손을 쓰지."

분명 또 실패하면 엄청난 구박과 압박이 이어지리라. 그래도 둘은 시원한 차 안에서 이렇게 입담이라도 떨고 있지. 뒤쪽 좁은 봉고차 안에서 땀을 삐질삐질 흘리며 기다리는 아그들은 형편이 더 좋지 못했다. 둘은 보스와는 거리가 멀지만, 그래도 중견급은 되는 간부였다.

"그냥 돌아가는 게 좋지 않을까? 기다려 봐야 별 소득 없어 보이는데."

한 달 동안 몇 번의 실패에 구박도 내성이 생기려는 참이었다.

"아 씨바, 진짜 짜증 나네."

대답 대신 욕을 중얼대는 사내도 당장 때려치우고 올라가고 싶은 마음이 굴뚝이지만, 차마 대 놓고 그렇게 할 수는 없었다.

"그런데 보스는 왜 저 차 씨 놈을 잡으라는 거야?"

시키니 일은 하고 있지만, 그 이유는 자세히 몰랐다. 물론 대상이 칠성파 후계자라는 이야기는 들었지만, 이미 없어진 일파 후계가 뭐가 대수란 말인가?

"칠성파와는 오래전부터 원수지간이잖아. 그리고 사업 쪽은 잘 모르지만, 우리 쪽에서 하려는 일과 무슨 문제가 있는 모양이더라고…."

두 사내 모두 자세한 내막은 잘 몰랐다. 그저 과거 큰 은원 관계가 있다는 거 외에는 알려진 게 없었다.

"하긴 당장 현재 보스의 후계가 없는 것도 다 칠성파 때문이라는 소문이 있긴 하더라."

조직 내에 도는 소문으로는 과거 두 일파의 출발은 같았다고 한다. 그런데 어떤 일을 계기로 멀어졌고, 그 후로 서로 늘 반복해 온 모양이었다.

보스에게는 두 명의 부인이 있었지만, 자식이 없다. 과거 아들이 있었던 모양인데 그에 대해서는 소문만 무성했다. 자세한 사정을 알려면 최측근이 아니고서는 힘들 것이었다. 조직을 총괄하는 두목의 가정사라는 것이 좋은 이야기도 아니고 치부라면 밖으로 알려질 성질의 것이 아니니 말이다.

"그럼 그 칠성파 후계자 놈을 잡아다가 복수라도 한다는 건가?"

사내들은 심심한 참에 머리를 굴려보지만, 아무리 생각해 본들 그들의 짬밥으로는 알 수 있는 게 별로 없었다. 그저 가을답지 않게 더운 날씨 탓만을 하며 불만을 삭였다.

♦♦♦

아랑은 수영장에서 거의 반쯤 벗은 상태로 누워 있는 이들에게서 눈을 떼지 못했다.

'다들 미쳤나? 다 벗었어!'

특히 여자들의 차림새에는 경악을 금치 못했다. 끈으로 된 속옷보다 더 작은 옷 조각으로 겨우 치부만 가린 모양새다.

'으아! 차마 민망해서 쳐다볼 수가 없네.'

그때 한쪽에서 등장하는 민호와 건우의 모습에 더 당황했다. 삼각팬티 하나만을 입고 당당하게 걸어오는 폼이라니. 악! 하고 비명이라도 지를 것 같았다. 그래도 잘빠진 몸을 흘끔거리며 훔쳐보느라 바빴다. 몸이 좋은 사내들이 대놓고 벗고 걸어오는데 어떻게 보지 않는단 말인가?

"넌 수영 안 해?"

건우는 애써 사 준 수영복을 안 입고 답답한 양복을 차려입고 입구에 서 있는 꼬맹이 녀석을 째려봤다.

"일해야 하니까요. 이 복장이 편해요."

아랑은 시선을 둘 곳이 없어 괜히 다른 곳을 쳐다보면서 대답했다. 수영복이라니. 아마 그 삼각팬티를 두고 하는 말인가 보다. 지금 건우가 입은 것과 같은 디자인이었다.

"그럼 일 잘하고 있어."

건우는 꼬맹이가 하는 말이 마음에 들어 고개를 끄덕였다. 그래, 일에 열중한다니 민호도 어쩔 수 없겠지. 오늘은 수영장에서 서희에 대해서만 신경 쓰면 되겠다 싶었다. 어차피 녀석은 경호를 서야 하니 입구에서 계속 서 있을 거다. 그런데 갑자기 뭔가 안됐다는 생각이 들었다. 다들 수영장에서 노는데 혼자 저기 우두커니 서서 일을 한다니. 건우는 잠시 든 이상한 생각에 고개를 가로저었다.

'꼬맹이는 분명 경호원이고 고용인일 뿐이다. 괜히 신경 쓸 필요는 없는 거다.'

건우는 일부러 빨리 성큼성큼 걸음을 옮겼다.

"이따가 봐."

민호는 건우의 뒤를 따르며 아랑에게 윙크를 찡긋했다. 그렇게 둘이 수영장 안쪽으로 걸어 들어가자 주변의 모든 여인의 시선이 둘에게 향했다.

적당히 선탠한 피부에 근육이 적당히 있는 몸매. 그리고 우월한 기럭지와 잘생긴 외모는 누구라도 쳐다볼 수밖에 없으리라. 유부녀로 보이는, 나이가 있어 보이는 여자들도 반응은 다 똑같았다.

"오빠, 오랜만이에요."

"안녕하세요. 건우 오빠."

둘은 곧 기회를 노리던 여자들에게 둘러싸였다. 주변에 있던 몇몇 사내들은 그런 상황에 기분이 상했다. 하지만 건우와 민호의 그런 매력은 그들도 인정할 수밖에 없었다.

그렇게 한동안 수영장에서 남녀들은 썸을 타며 줄다리기에 바빴다. 하지만 정작 중요한 주인공인 두 남자의 시선은 종종 입구 쪽으로 향했다. 건우는 민호 때문이라 핑계를 댔지만, 하여튼 신경을 쓰는 건 맞았다.

그렇게 한 시간쯤 흐르고 민호는 일행들에게서 빠져나와 수영장 한쪽에 있는 카페로 갔다. 건우는 그냥 뭘 사려는가 싶었는데 잠시 후 민호가 꼬맹이에게 다가가는 모습이 보이자 자리에서 벌떡 일어났다.

"자, 이거 마시고 일해."

민호는 과일주스를 아랑에게 내밀었다.

"아, 고맙습니다."

이런 걸 받아도 되나 싶었지만, 그래도 항상 편하게 대하라는 민호의 말을 생각해 아랑은 환하게 웃으며 감사히 받았다.

'참, 사람 마음은 귀신같이 아는 사람이다.'

아랑은 마침 목이 진짜 마르던 참이었다.

"힘들지 않아? 어제도 말했지만, 건우 밑에서 일하는 거 힘들면 말해. 내가 고용해 줄게. 조건도 지금보다 두 배로 해 줄 테니까 말이야."

민호는 이제 직접 아랑을 꼬드기는 쪽으로 작전을 변경했다. 건우에게 말해 봤자 콧방귀만 뀌니 이쪽이 더 빠를 것 같았다. 특이한 것에 대한 호기심 같은 것으로 생각하지만, 그래도 어느 정도는 진심이다. 건우 밑에서 경호원으로 일하는 것보다 더 편하게 해 줄 생각이었다.

"아…, 아니에요."

아랑은 그래도 자신을 믿고 소개해 준 쌍칼 아저씨나 흔쾌히 고용해 준 건우의 아버지를 생각해서 그럴 수는 없었다. 검정고시 고졸 출신에 능력이라고는 힘쓰는 것 외에는 아무것도 없는데 좋은 일자리를 준 거니 은혜는 갚아야 한다고 생각했다. 그게 바로 건우를 지켜 주는 일로 되는 거라 믿었다.

"야, 넌 왜 일하는 녀석에게 말을 걸고 그래?"

건우의 목소리에 민호가 뒤를 돌아보니 언제 쫓아 왔는지 그는 허리춤에 손을 올리고 뭔가 화난 기색이었다.

"그리고 너! 너 제대로 일 안 할 거야? 어디서 주스나 빨고 노닥거려?"

아랑에게 손가락질까지 해 대며 제대로 일하라 난리였다. 민호는 건우의 이런 말도 안 되는 행동에 어이가 없었다. 평소 이런 놈이 아닌데 아랑에 대해서는 반응이 조금 이상했다. 건우는 집안의 과거 못난 이력 때문에 유난히 사람들의 시선에 신경 썼다. 특히 아랫사람들에게 늘 친절하고 우아한 모습을 보였다. 말 한마디도 폭력적인 건 없었던 친구다. 아무리 동생 서희에 대한 사랑이 지극정성이라고 해도 그런 좋은 면들이 없었다면 민호가 전폭 지원해 줄 리가 없었다. 유치원, 초등학교… 그리고 유학 시절까지 오랜 시간 함께해 온 친구인 만큼 그 속을 하나에서 열까지 다 안다 생각했다.

"야, 너 왜 그래?"

건우답지 않았다. 민호는 별일 아닌 거로 열을 내는 친구와 조금 대화가 필요한 게 아닌가 싶었다.

"주스는 내가 사 준 건데, 네가 그러면 내가 뭐가 되냐?"

민호는 민망하게 만드는 건우를 강제로라도 한쪽으로 끌고 갔다. 그리고 왜 그런가 싶어 의문이 가득한 눈초리를 보냈다.

"아… 아니야. 그냥 내가 좀 예민해졌나 봐."

건우는 민호에게 금단의 사랑에 대한 이야기를 꺼낼까 하다가 입을 닫았다. 괜히 말했다가 아무것도 아닌데 오해를 한 거면 웃기는 꼴이 될 거였다. 사실 일하는 직원에게 친절한 게 나쁜 건 아니지 않은가? 너무 예민하게 구는 걸 수도 있었다. 그러고 보니 모든 게 저 꼬맹이 녀석 때문이었다.

리조트는 오픈 기념행사에 찾아온 사람으로 가득했다.

'도대체 정원으로 가서 뭘 하길래 여태 안 오는 거야?'

아랑은 나간 지 한참이 지난 건우를 쫓아 파티장 뒷문을 통해 정원으로 향했다. 분명 사십 분은 족히 지난 시간이었다. 정원 안쪽으로 조금 들어서자 멀리 바닥에 쓰러져 있는 건우의 모습이 시야에 들어왔다. 아랑은 황급히 쓰러져 있는 건우를 향해 내달렸다.

"괜찮아요?"

급하게 건우의 발목부터 살폈다.

'사내자식이 왜 이렇게 부실해?'

아마 조금 밀려 쓰러졌다고 다리를 접질린 모양이었다. 다행히 부어오르지는 않은 게 크게 이상은 없어 보였다.

"안 괜찮아."

건우는 인상을 쓰며 대답했다. 지금 아픈 거 따질 때가 아니었다. 그보다 앞에 버티고 선 시커먼 사내들을 경계하기 바빴다. 수상한 이들이었다. 오픈 기념행사라 경계를 단단히 했음에도 수많은 인파 속으로 잠입해 들어온 일부가 있었던 건지, 파티 중 잠시 리조트 정원 쪽으로 나왔던 건우에게 접근해 일이 터진 거였다. 물론 몇 분 내로 여기 경호원들이 달려올 것이라 큰 걱정은 아니었다. 감히 서경 그룹인데 무서운 게 없는 놈들인

게 분명했다.

"그 자식을 이쪽으로 넘겨!"

사내 중 대표 격으로 보이는 놈이 고함을 치며 협박을 해 댔다. 쓱 훑어보니 놈들은 모두 손에 작은 칼이나 파이프 등을 들고 있었다. 아랑은 옆에 절뚝거리며 겨우 서 있는 건우를 흘끔 쳐다보고는 작게 속삭였다.

"잠시 혼자 서서 계세요."

건우가 뭐라고 하기도 전에 아랑은 튀듯이 앞으로 쏘아 갔다.

휘리릭-! 내공을 끌어올려 미끄러지듯 날아가 맨 앞에 있는 녀석의 목 뒤를 내리쳤다. 퍽!

'우선 한 놈 제치고!'

무방비 상태에서 맞은 놈은 앞으로 꼬꾸라졌다. 분명 일정 시간 기절하리라. 그리고 뒤쪽의 사내는 턱을 발로 차버리자 옆으로 날아갔다.

퍼퍽! 그건 마치 영화의 한 장면 같았다. 쿵! 사내는 둔탁한 소리를 내며 바닥에 나뒹굴었다. 마지막으로 가장 뒤쪽에 있던 두 놈의 어깨를 아랑이 손바닥으로 살짝 짚은 걸로 보였을 뿐이지만, 거기에는 가공할 내력이 담겨 있었다. 퍼퍼퍽!

"으헉!"

"악!"

두 사내는 비명을 지르며 순식간에 뒤로 넘어갔다.

'장풍은 처음 써보는 건데 나름 되는데!'

아랑은 신명이 났다. 내공을 얻은 후 본격적으로 싸운 건 처음이라 약간의 즐거움도 있었다. 그렇게 십여 명은 되어 보이는 사내들이 순식간에 제압되어 바닥에 쓰러졌다. 고작 몇 분 아니 몇 초 같은 시간이었다.

"휴우"

아랑은 주변에 더는 서 있는 이가 없자 숨을 고르며 내공을 가라앉혔다. 놈들은 전부 바닥에 뒹굴며 신음성을 내고 있었다.

"으…."

"사…살려 주세요."

그중 어떤 놈은 지렁이처럼 꿈틀거리며 실성한 것처럼 계속 살려 달라 중얼댔다. 건우는 떡 벌어진 입을 닫을 수 없었다.

'저게 인간이야?'

아버지가 고작 한 명의 경호원을 붙인다고 했을 때 설마 하긴 했지만, 이건 진짜! 무슨 중국 무술영화에서나 볼 법한 장면이었다. 작은 체구의 몸으로 날렵하게 움직여 저런 파괴력을 보여주다니! 진짜 놀랍고 경이로움에 가까웠다. 손을 탁탁 털고 앞으로 다가오는 꼬맹이의 모습이 뭔가 굉장히 멋져 보였다. 그리고 그때 마침 경비를 서는 이들이 대거 나타났다.

"야, 괜찮은 거야?"

헐레벌떡 뛰어온 거로 보이는 민호가 나타났다.

"어…. 어, 괜찮아. 발목이 조금 삐었을 뿐이야."

건우는 아무 일도 없었다는 듯 옆에 서 있는 아랑을 바라보며 멍하니 대답했다. 그러나 그 감탄도 잠시 지금 얼마나 곤란한 상황인지 알게 되었다.

"아니 경호를 어떻게 했길래 저런 사람들이 여길 들어왔죠?"

화가 난 서경 그룹 안방마님의 새된 목소리가 정원을 가로질렀다. 그리고 대놓고 말은 안 했지만, 이 모든 책임은 건우와 오성 그룹으로 돌아갈 게 뻔했다. 정원에 사람이 적었으니 다행이지만, 소문은 빠르게 퍼져나갈 거다. 하여튼 결론은 건우 때문에 서경 그룹의 중요한 행사에 차질이 생긴 셈이었다.

"신경 쓰지 마. 아무 일도 없었잖아? 피해 본 사람도 없고, 그리고 다친 사람은 정작 너 하난데."

민호는 건우에게 위로의 말을 건넸지만, 그리 도움이 되어 보이지는 않았다. 이 일로 또다시 동생 서희와 건우 사이의 골은 더 깊어졌으니 절망하는 것도 이해가 되었다.

"아…, 아니야. 미안하다. 나 때문에…."

건우는 민호의 말이 귀에 들어오지 않았다. 조금 전에 있었던 꼬맹이의 화려한 활극을 떠올렸을 뿐이다. 평소라면 집안의 과거 때문에 생긴 일에 속상해하며, 그 무엇보다 서희와의 관계를 걱정했을 것이다. 하지만 지금 건우의 머릿속에는 아랑의 멋진 모습이 계속해서 리플레이되고 있었다.

"발목은 크게 다친 건 아니라고 하니까. 하루 이틀이면 괜찮아질 거야. 그럼 푹 쉬고 있어. 난 행사장에 가 볼게."

리조트에 상주 중인 의사를 불러다 진료까지 받게 한 참이었다. 민호는 건우의 어깨를 두드려 주고 성큼성큼 룸을 빠져나왔다. 마음 같아서는 더 있고 싶지만, 처리해야 할 일들이 많았다. 수상한 놈들은 경찰에 넘겼지만, 파티는 아직 진행 중이었다. 중요한 행사인 만큼 주인공인 서경 그룹의 후계가 빠질 수는 없었다.

"꼬맹이, 이리 와 봐."

건우는 구석에 꿔다 놓은 보릿자루처럼 서 있는 녀석을 불렀다.

'저 작은 체구로 아까 그 덩치 큰 사내들을 모두 날려 버렸단 말이지?'

쭈뼛거리며 다가온 아랑을 찬찬히 뜯어봤다. 하지만 아무리 봐도 그런 힘이 어디서 나오는지 오리무중이었다.

"흠흠, 아까 고마웠다."

건우는 감사의 말을 전했다. 물론 잠시 후 경비들이 왔으니 큰 문제는 없었을 거로 생각하지만, 그래도 그 순간 아랑이 아니었다면….

"감사는여… 무슨. 제가 해야 할 일인데요."

아랑은 평소답지 않은 건우의 태도에 괜히 쑥스러워졌다. 그리고 저렇게 나오니 다리를 다치게 한 것도 미안해졌다.

'살짝 민 건데 힘없이 쓰러져 버리니 어쩌겠어? 뭔가로 푹 찌르려는 놈 때문에 급한 대로 확 젖힌 건데, 그런데 그놈 손에 들고 있던 게 주사기가 맞나?'

아랑은 상대가 왜 주사기를 들고 설쳤던 건지 이해가 안 되었다. 약물로 죽이려 했던 건지. 그래도 보통 칼이나 몽둥이일 텐데 이상했다.

"하여튼 이 다리는 너 때문에 이렇게 된 거니까. 앞으로 잘 부탁한다."

건우는 일부러 심술궂은 말을 했지만, 미소가 지어지는 건 어쩔 수 없었다. 이제 이걸 약점으로 꼬맹이를 실컷 부려 먹을 생각이었다.

"자, 우선 앉아."

"네?"

"지금 내가 이렇게 올려봐야겠어? 여기 앉으라고."

건우는 옆의 자리를 손으로 툭툭 치면서 말했다. 그러자 우물쭈물하며 녀석이 옆에 앉았다.

"꼬맹이, 너 아까 그놈들 때려눕힌 그게 뭐냐? 그 태권도? 그거였나?"

그런데 태권도가 그리 살상 능력이 강한 무술이었나? 건우는 아랑이 일전에 소개할 때, 태권도를 했다는 말을 들었던 것 같았다.

“태권도가 아니라 택견입니다.”

“택견? 그건 태권도와 달라?”

“네, 다릅니다.”

“꼬맹이, 넌 꼭 이렇게 말할 때 너무 격식 차리고 딱딱해지더라.”

아까 나쁜 놈들이 나타났을 때는 잠시 다정하더니, 아랑은 그새 다시 로봇처럼 딱딱한 모습이다. 민호 녀석하고는 오빠 동생처럼 그렇게 친숙하게 굴면서 말이다.

“물이나 떠 와.”

아랑은 어이가 없었다.

‘일할 때는 제대로 깍듯하게 대하라고 난리 친 게 누군데?’

냉장고에서 물을 꺼내 잔에 따르며 속으로 투덜거렸다.

‘확- 그냥 여기에 독이라도 탈까 보다. 아까 구해 주는 게 아니었어.’

그래도 간만에 밥값을 제대로 한 것 같아서 아랑은 내심 기뻤다. 잔심부름을 챙겨 주고 그렇게 몇 시간이 지난 후, 건우는 그대로 소파에서 잠이 들었는지 일어날 기미가 보이지 않았다. 아마 아까 일이 생각보다 심적으로 피곤했으리라.

‘어쩔 수 없지.’

아랑은 곤하게 자는 사장 놈을 깨웠다가 또 고래고래 소리나 지를까 싶은 마음에 얇은 이불을 가져다 덮어 주었다. 그리고 방으로 들어와 잠시 눈을 붙였다.

새벽쯤 건우는 눈이 떠졌다. 소파에서 그대로 잠이 들었던가 보다. 벌떡 일어나려다 발목에서 올라오는 통증에 천천히 몸을 일으켰다. 그리고 꼬맹이 녀석이 어디 있나 싶어 둘러보니 방문이 열린 사이로 침대에 누워 있는 게 보였다. 건우는 천천히 그쪽으로 절룩거리면서 걸어갔다. 거실 쪽에 켜 둔 작은 등 하나 외에는 모두 꺼져 어두웠다. 하지만 은은하게 비치는 불빛으로 충분했다. 침대에 누워 있는 꼬맹이의 모습은 천진무구한 천사 같았다. 뽀얀 피부에 긴 속눈썹, 저 앙증맞은 작은 손. 어디서 그런 힘이 나오는 걸까?

건우는 쓴웃음이 나왔다. 왜 자신이 이런 일개 경호원 나부랭이 녀석 앞에서 이러고 있는지. 그렇지만 그런 생각과 달리 손으로는 녀석의 뺨을 부드럽게 쓰다듬었다.

'!'

아랑은 그때 깨어 있었다. 건우의 기척에 잠이 깬 거였다. 낮의 일도 있고 그래서 선잠을 잤을 뿐, 항상 준비된 자세나 다름없었다.

'아니, 이놈의 사장이 이제 이상한 취미가 생겼나? 왜 자는 남의 뺨은 쓰다듬고 그래?'

그렇다고 벌떡 일어나서 따지기에는 이상한 상황이었다. 아랑은 뭔가 매우 혼란스러웠다. 그런데 갑자기 건우가 손을 떼더니 혼자 막 웃었다.

'진짜 미쳤나?'

그 후로 건우는 침대 곁에서 한참을 내려다보더니 방문을 닫고 밖으로 나갔다.

'왜 저러지?'

아랑은 그가 나가자마자 벌떡 일어나 앉았다. 간만에 몸 좀 풀었다고 피곤했는지 몸이 노곤했다.

'그나저나 왜 남의 뺨을 만져 보고는 저리 웃고 나가는 거야? 뭐가 묻었나?'

아랑은 손으로 얼굴을 더듬어 보았지만 뭔가 묻은 것도 없는 거 같았다.

'아까 샤워까지 다 하고 잤는데 이상하다. 에잇, 미친놈 심보를 내가 어찌 알아? 아마 오늘 낮에 있었던 일에 놀라 머리가 좀 어떻게 된 모양이겠지.'

아랑은 다시 벌렁 자리에 누웠다.

◆ ◆ ◆

"물~"

"네."

건우의 물 떠오라는 소리에 아랑은 잽싸게 움직였다. 다리를 다친 이후로 그녀를 이제 거의 수족처럼 부리는 수준이다.

"아니다. 물 말고 아메리카노로 가져다줘."

아랑은 냉장고에서 꺼낸 물을 컵에 따르다 멈췄다. 저건 그 시커먼 커피라는 녀석의 이름이었다. 건우는 항상 그놈의 아메리카노인가 뭔가 하는 걸 마셨다.

"아메리카노요?"

"그래, 여기 리조트 1층에 가면 카페가 있거든. 투 샷으로 하는 거 잊지 말고. 이거 가져가서 결제하고."

"네. 알겠습니다."

아랑이 건우의 손에서 카드를 하나 받아 들고 밖으로 나가려는데 또 목소리가 들려왔다.

"베이글에 크림치즈도 추가."

"네?"

소리가 작아서 안 들리기도 했지만, 뭔가 처음 듣는 이름이 복잡했다.

"베이글은 플레인으로 하고."

저 이상한 영어들이 음식 이름이라는 게 아랑은 짜증이 났다. 적어서라도 가야 할 것 같은데, 그러면 또 무식하다는 둥 별의별 소리가 다 날아오리라. 결국, 아랑은 그냥 몸을 돌려 나왔다. 대신 복도를 걸으면서 계속 중얼댔다.

"크림 베이글. 플레인?"

'아닌가? 크림은 확실히 들었는데, 베이글이랑.'

그건 예전에도 건우가 먹는 걸 봐서 잘 알고 있었다.

'에이씨! 도대체 한글로 된 음식 먹으면 어디가 탈이라도 나나?'

"어, 어디 가는 중?"

민호의 목소리에 현실로 돌아왔다. 엘리베이터 문이 열리자 그가 서 있었다.

"사장님 심부름이 있거든요."

"건우가 뭐 시켰어? 뭔데?"

민호는 이틀째 두문불출 객실에서 나오지도 않고, 경호원을 부려 먹는 건우의 행태가 내심 불만이었다. 덕분에 아랑이 꼼짝 못하고 붙잡혀 있는 신세였다.

"커피 사 오라고 하셨어요. 그리고 베이글이랑…."

아랑은 베이글 이후로는 말끝을 흐렸다. 정확하게 기억이 안 나니 어쩌겠나.

"그럼 가자."

민호는 성큼성큼 앞장을 서더니. 1층 로비에 위치한 카페로 들어가 능숙하게 주문을 했다.

"아메리카노 투 샷으로 주시고요. 플레인 베이글에 크림치즈요."

'?'

아랑이 뭐라고 하기도 전에 먼저 주문을 해 버려 물어보려는 찰나였다.

"건우 녀석 먹는 건 뻔하지 뭐. 이거 시켰지?"

"네…."

아랑은 대충 얼버무렸다. 듣기에도 비슷한 거 같았고, 민호의 말이라면 믿을 만했다. 맞겠지. 역시 이런 순간에도 도움이 되는 사람이다.

'얼굴도 잘생겼지, 착하지. 도대체 뭐 하나 부족한 게 없네.'

아랑은 속으로 연신 감탄했다. 흘끗 바라본 민호의 옆모습은 매우 부드러운 곡선을 그리고 있었다.

"아랑은 남자 친구 있어?"

민호는 엘레베이터 안에서 기회는 이때다 싶어 슬쩍 물어봤다.

"네에? 남자 친구요?"

아랑은 당황해 반문했다.

"사귀는 사람, 애인 말이야."

"아, 아니요! 그런 사람 없어요."

아랑은 손을 휘휘 저으며, 고개까지 거세게 가로저었다. 그런 쪽은 정말 생각해 본 적이 없었다.

'남자 친구라니? 연애? 먹고 살기도 빠듯한 생활에… 무슨 연애?'

게다가 아무리 아랑이 눈 씻고 찾아봐도 주변에 남자라고는 가족 말고는 없었다.

"그래."

민호는 회심의 미소를 지었다. 우선 아무도 없다니까 자신이 그녀에게 이성으로 접근한다 해도 큰 문제는 없다는 이야기였다. 그리고 이번 여행으로 더 확실해졌다. 그녀에게 뭔가 끌리는 부분이 있었다.

어느새 숙소에 도착해 문을 열고 안으로 들어가자 건우의 목소리가 들려왔다.

"사 왔어?"

"그래, 사 왔다. 야, 작작 좀 시켜 먹어라. 이틀 내내 객실에서 경호원만 부려 먹냐?"

민호는 들어가자마자 건우를 타박하면서 테이블에 사 온 것들을 내려놓았다.

"간호할 사람 붙여 줄 테니까, 경호원은 그만 쉬게 해 주는 게 어때?"

"뭔 소리야?"

건우는 심부름을 나간 녀석이 민호를 붙이고 들어와 기분이 별로였다. 그런데 아랑을 쉬게 해 주라는 민호의 말까지 들으니 뭔가 기분이 상했다.

"너 진짜 그렇게 안 봤는데, 왜 우리 아랑이에게만 이렇게 박정하실까?"

민호는 '우리'라는 말과 함께 옆에 멀뚱히 서 있는 아랑을 끌어당겨 어깨를 부드럽게 잡았다. 아랑은 당황해 살짝 얼굴이 붉어졌다. 우…우리? 뭔가 굉장히 친근한 느낌이 드는 단어였다. 그렇게 잠시 어색한 침묵이 흘렀다.

"아… 하하하. 아니에요. 괜찮습니다. 그런 일도 있었는데, 우리 사장님 경호를 더 철두철미하게 해야 해서요."

아랑은 괜히 크게 설레발을 치며 나섰다. 건우의 이마에 주름이 잡힌 것도 그렇거니와 뭔가 낯선 오글거리는 느낌은 사양하고 싶었다.

"그래, 맞아. 경호원 백 명이 와도 저 녀석 하나보다 못하다고. 그러니까 그건 기각이야.”

건우는 그제야 안심이 돼 심드렁한 표정으로 말했다. 그러나 민호는 뭔 소린지 못 알아들어 어리둥절해졌다.

“아니, 연약한 여… 아랑이 뭐가 백인분이야?”

민호는 자칫 여자라는 말을 할 뻔했다.

“그건 네가 저 녀석에 대해서 제대로 몰라서 그래.”

건우는 지난번 놈들을 순식간에 물리치던 장면을 떠올렸다. 그러나 왠지 민호에게는 이야기해 주고 싶지 않았다. 그 날도 대충 아랑이 아닌 다른 경호원들이 처리한 것처럼 해 두었다. 이게 무슨 심보인지는 모르겠지만, 건우는 꼬맹이에 대한 건 자신만의 것으로 놔두고 싶었다.

“그럼 너 발목 다 나으면 얄짤 없다. 심 선생에게 와서 더 보라고 할 테니까. 아마 내일이면 멀쩡하게 돌아다녀도 된다고 할 거야.”

민호는 주치의인 심 선생에게 다시 확답을 받아 둘 생각이었다. 분명 이삼일이면 괜찮다고 했던 거였다.

“알았으니까 그만 가 봐. 시끄럽게 구니까 발목이 더 아픈 거 같아.”

건우의 심술 맞은 소리에 민호는 고개를 절레절레 흔들었다. 뭔가 이유가 있겠지만, 유독 왜 아랑에게 심술 맞게 구는 건지 알 수 없었다.

“가 볼게. 내일 보자.”

민호는 아랑의 어깨를 친숙하게 툭툭 치고 밖으로 향했다.

“커피 가져와.”

건우의 명령에 아랑은 재빨리 테이블에 있는 커피를 가져왔다. 민호가 나가자마자 건우는 다시 고자세에 턱짓으로 명령을 내렸다.

‘그럼 그렇지. 사장의 저 심술보가 어디 갈 리도 없고.’

"진짜 그 택견이라는 걸 배우면 그렇게 할 수 있는 거냐?"

아랑은 속으로 건우를 욕하다 화들짝 놀라 대답했다.

"네."

"흠, 택견이라는 게 그렇게까지 된단 말이지. 신기하네. TV나 이런 데 나오는 건 춤이나 추는 것처럼 보이던데."

사실 건우는 택견에 대한 이야기를 아랑을 통해 몇 번이나 들었었다. 특히 정통 후계자니 뭐니 이야기가 나오면 아랑은 그렇게 열을 올렸었다.

"택견은 실전 무술이었습니다. 그 역사가 고조선까지 거슬러 올라가며…."

건우는 커피를 마시면서 열변을 토하는 꼬맹이를 면밀히 뜯어봤다. 작은 키에 가녀린 체구. 특히 팔다리가 가늘고 길다. 피부는 유난히 하얗다. 그러고 보니 얼굴도 갸름하다. 크고 맑은 눈동자가 선명하고, 속눈썹은 길고 활처럼 휘어졌다. 입술은 앵두처럼 빨갛고….

"컥!"

건우는 순간 사레가 들렸다. 왜 이상한 쪽으로 생각이 흐른 건지 모르지만, 모두 저 녀석 탓이다.

'사내자식이 이상하잖아?'

"괜찮으세요?"

아랑은 갑작스럽게 사레가 들려 컥컥거리는 소리에 그에게 다가섰다.

'늘 먹던 커피를 마시다 말고 왜 저런데?'

"어…어, 괜찮아."

가까이 얼굴을 들이밀고 걱정하는 녀석의 태도에 건우는 조금 당황했다.

"그만 가 봐."

"네? 어딜 가요?"

'갑자기 어디로 가란 말인가? 좀 전까지는 한시라도 떨어지면 안 될 것처럼 난리를 쳐놓고?'

"아, 아니. 저쪽에 가서 있으라고. 네가 그렇게 멀뚱히 서 있으니까 시야가 갑갑하잖아."

건우의 말도 안 되는 소리에 아랑은 어이가 없었다.

'가릴 시야가 어디 있다고? 창문 쪽에 서 있는 것도 아니고, 고작 옆에 서 있었는데. 그리고 사레가 들려 캑캑거리니까 가까이 온 거지.'

아랑은 투덜거리며 멀찍이 떨어질 생각에 성큼성큼 걸어서 현관 가까이 있는 소파로 향했다.

띠리링-

벨 소리가 들렸다. 누군가 온 모양이다. 룸서비스를 시킨 것도 아니고, 아랑은 아까 말한 의사 선생인가 싶었다.

"누군가 봐."

건우의 명령에 아랑은 재빨리 문 쪽으로 다가서 작은 구멍을 통해 밖을 내다봤다.

'어! 민호의 여동생이라는 서희다. 우리 사장의 짝사랑.'

"이서희 님이신데요."

아랑은 건우가 매우 기뻐하리라 예상했다. 그렇게 뒤꽁무니를 쫓아다녔는데. 이렇게 직접 찾아오다니 얼마나 좋을까?

"어? 서희가?"

건우는 단 한 번도 개인적인 접촉이라곤 한 역사가 없는 서희가 찾아왔다는 사실에 놀랐다.

"열어 줘."

그의 명령에 문을 열고 서희를 안으로 안내했다.

"어서 오세요. 이쪽으로…."

서희는 아랑을 흘끔 쳐다보더니 너무나 자연스럽게 걸어 들어왔다. 그리고 아무 말도 없이 안으로 들어가 건우에게 다가갔다.

"어떻게 왔어?"

건우는 약간 떨떠름한 표정이었다.

"우리 집 행사에서 다쳤으니까, 걱정돼서 문병 와 봤어요."

서희는 예의상 왔다는 식으로 말하고 있지만, 사실 그게 다는 아니었다. 그간 건우의 행태로 보자면 스토커처럼 자신을 쫓아다녀야 했을 사람이, 최근 너무 이상해졌다. 그게 뭔가 그녀의 마음을 움직였다. 어찌 보면 쓸데없는 호기심이겠지만, 서희는 오늘 문병이라는 핑계를 대고 이곳에 왔다.

"괜찮아. 고맙다. 네가 문병을 다 와 주고."

건우는 자신이 이렇게 차분하고 싸늘하게 서희를 대할 수 있다는 게 기분이 묘했다. 뭔가 그녀와 자신의 위치가 뒤바뀐 느낌이었다.

"아, 아니에요."

서희는 그의 빈정거리는 듯한 말투에 당황했다.

'감히 여기까지 내가 와 줬는데…!'

서희는 속으로 부글거렸지만 내색하지 않고 건우를 흘끗 바라봤다. 그런데 새삼 그가 꽤 잘생긴 남자라는 사실을 깨달았다. 의자에 아무렇게나 기대 있는 그의 모습이 흡사 모델 같았다. 살짝 헝클어진 머리카락 아래로 보이는 조각 같은 얼굴, 느슨하게 벌어진 셔츠 사이의 탄탄한 가슴선, 여유롭게 쭉 뻗어 있는 긴 다리가 눈에 들어왔다.

'그가 이렇게 잘생겼었나?'

"더 할 말 없으면 그만 가 봐. 난 피곤해서."

건우는 짜증스러운 목소리를 냈다. 그러고 보니 서희를 봐도 아무렇지 않을 뿐만 아니라 실제 뭔가 짜증이 올라왔다.

"네, 가 볼게요. 몸조리 잘하세요."

서희는 순간 당황했지만, 최대한 당당하게 가슴을 펴고 또각또각 힐 소리를 내며 문으로 향했다.

"안녕히 가세요."

아랑은 재빨리 문을 열어 주며 나가는 그녀에게 넙죽 인사를 올렸다. 그리고 뭔가 이상한 분위기라 건우의 눈치를 슬슬 살폈다.

'아니, 그렇게 원하던 여자가 문병을 왔는데 왜 짜증이래?'

사장이 엎어질 때, 발목을 다친 게 아니라 뇌를 다친 게 아닐까 의심스러웠다.

건우는 서희가 왔다 갔다는 사실이 그리 달갑지 않은 자신에게 놀라는 중이었다. 그보다는 오히려 커밍아웃 직전에 있는 민호에 대한 걱정과 괴력몬이나 다름없는 꼬맹이에 대한 생각이 머릿속에 가득했다.

"야, 이리 와 봐."

건우의 말에 아랑은 황급히 그에게 다가갔다.

"어깨 좀 주물러 봐."

아랑은 말없이 그의 어깨를 주물렀다.

'마음 같아서는 이대로 확~ 목이라도 꺾어 주고 싶다만…. 경호원이 이런 것까지 해야 하는 거야? 원래 남의 돈 번다는 게 다 치사하고 더러운 거

니까 내가 참는다.'

다음 날 의사가 완치되었다는 확답을 내릴 때까지 병수발은 계속되었다.

9

가까이 더 가까이

"이쪽으로 가 보죠."

아랑은 갈림길에서 그나마 사람이 많이 지나다닌 것으로 보이는 쪽을 골랐다.

"믿을 만한 거냐?"

건우는 짜증이 역력한 표정이었다.

"사람이 지나다닌 흔적이 많은 것으로 봐서는 이쪽 길이 맞을 것 같습니다."

아랑은 나름의 생각을 이야기하면서 앞에 보이는 나뭇가지를 쳐 냈다. 예상보다 길이 험했다.

'왜 이 고생을 해야 하는지…. 에휴.'

산을 다니는 거야 별일 아니지만, 저 짐스러운 사장을 데리고 다니려니 힘들었다. 혼자라면 벌써 산 아래로 내려가고도 남았다. 그러나 건우는 이런 험한 산이 처음인지 곤란해 보였다.

이 모든 사건의 발단은 건우의 똥고집이었다. 오늘 오전, 건우의 발목이 완쾌했다는 의사의 판단이 내려져 아랑은 이제야 조금 숨통이 트이겠구나 싶었다. 그런데 아침부터 민호가 찾아왔다.

"여기까지 왔으니 올레길이라도 걸어 보고 가지 않을래?"

"올레길이요?"

"유명한 산책로 같은 건데…."

마지막 날인 만큼 제대로 여행을 즐겨 보자는 이야기였다.

"넌 또 왜 내 경호원을 빼내 가려고 그러냐?"

건우는 민호의 말을 자르며 참견했다.

"며칠 동안 네 뒷바라지만 했잖아. 반나절도 휴가를 못 주는 거냐?"

민호는 다 같이 가자는 제안까지 했지만, 결론은 기각이었다. 그리고 뭔 생각인지 갑자기 건우가 밖으로 나가자고 하는 것이었다. 단둘이 나오자고 하더니 유명하다는 오름을 구경하자는 거다.

"숨겨진 비경이라고 나와 있던데. 한라산 중턱에서 그쪽으로 가는 길이 있다고…."

결국, 길을 잃자 건우는 우물쭈물 말끝을 흐렸다. 호기롭게 김 비서는 차에 두고, 둘이서 올라가자고 하더니만. 쯧쯧. 그리고 그 후로는 아랑이 길을 찾아 이동하는 중이었다.

"휴대폰 안테나가 왜 안 터져!"

건우는 아까부터 저 말을 해 대며 화를 냈다.

'다 그놈의 블로근지 부록인지가 문제라니까.'

아랑은 속으로 투덜거렸다. 인터넷이라는 곳에 적힌 몇 줄의 글을 믿고 여기까지 왔다는 건우의 말이 어이가 없었다.

'산이 얼마나 무서운 곳인데….'

산은 할아버지와의 삶에 많은 도움을 준 곳이기도 했지만, 사람의 생명 쯤은 아무렇지 않게 집어삼키는 곳이기도 했다.

'다행이다!'

드디어 울창한 숲이 줄어들고, 시야가 탁 트이는 곳으로 나왔다. 잠시 멈춰 섰다. 그리고 이번에는 제대로 길을 찾은 걸까 멀리 앞을 내려다봤다. 저 앞에 작은 마을 같은 것이 시야에 들어왔다.

"인가가 보이네요. 이제 괜찮을 것 같습니다."

아랑은 기쁜 표정으로 뒤를 돌아봤다. 그제야 건우의 얼굴이 조금 풀리는 게 느껴졌다.

"그래?"

건우는 사실 뛸 듯이 기뻤지만, 내색하지 않았다. 다리는 후들거리고 등은 이미 땀으로 범벅이 된 상태였다. 그러나 앞서가는 꼬맹이는 정말 아무렇지 않은 모양이었다. 땀 한 방울 흐르지 않는 얼굴에 동작은 매우 부드럽고 숨소리 하나 거칠어지지 않았다. 그런 상황이니 여기에서 우는소리를 하는 건, 건우의 자존심이 용납하지 않았다.

"엇!"

순간 건우는 앞으로 꼬꾸라질 뻔했다. 고생이 거의 끝났다는 생각에 기쁜 나머지 성급히 발을 내디딘 것이다.

"사장님!"

아랑은 재빨리 내공을 끌어올려 스르륵 그에게 다가가 몸을 받쳤다. 그러다 보니 거의 부둥켜안은 꼴이었다. 둘의 얼굴이 거의 맞닿을 것처럼 가까워졌다. 건우의 숨소리가 코끝을 간질였다. 남성의 체취가 물씬 느껴졌다. 뭔가 위험한 느낌이다.

두근두근. 아랑의 심장이 갑자기 거세게 뛰었다. 그의 오뚝한 콧날과 선명하고 짙은 눈동자. 모든 게 너무 가까웠다.

'잘생기긴 잘생겼네….'

잠시 아무 생각 없이 멍하니 서 있었다. 건우 또한 아랑의 얼굴을 이렇게 가까이에서 보는 건 처음이었다. 하얗고 투명한 피부, 놀라서 휘둥그레진 커다란 눈, 그리고 부드럽고 촉촉해 보이는 입술. 뭔가 달콤하고 상큼한 향기가 훅하고 들어왔다. 건우는 순간 저 입술에 입을 맞추고 싶다는 충동이 일었다. 그건 정말 강렬한 유혹이었다.

"어이! 건우야! 아랑아!"

갑자기 들려온 민호의 고함에 둘은 화들짝 놀랐다.

"!"

누가 먼저랄 것 없이 서로 재빨리 떨어졌다.

"흠흠, 수고했어. 아마 민호가 우리를 찾은 모양이다."

건우는 고개를 돌리고 연신 헛기침을 해대며 몸을 똑바로 세웠다.

"네."

아랑은 뭔가 어색한 분위기에 어쩔 줄을 몰랐다.

'아이씨, 왜 그렇게 멍하니 바보처럼 서 있었던 거지?'

뭔가 빠릿빠릿하게 행동하지 못한 것 같아 자신에게 짜증이 올라왔다.

그 후 둘은 어색한 모습으로 걸음을 옮겼다.

"진짜 걱정했잖아!"

민호는 미친 듯이 달려왔다. 그리고 만나자마자 아랑을 덥석 끌어안았다.

"저…저…."

아랑은 뭔가 상황이 어색해 말을 잇지 못했다.

"연락도 안 되고."

민호는 아랑을 끌어안고 중얼거리듯 말하고 있었다.

"김 비서는 산에 들어가서 연락이 두절됐다고 하고. 사람을 있는 대로 풀었는데, 벌써 몇 시간째야…. 걱정했어."

"야! 넌 어째 친구인 나보다 저 녀석을 더 걱정한 것 같다?"

건우는 민호가 꼬맹이를 끌어안고 난리를 치는 모습에 적잖이 놀랐다. 그런데 순간 심장이 덜컹 내려앉는 느낌과 함께 왜 이렇게 짜증이 치밀고 화가 나는지….

"어디 다친 데는 없어?"

민호는 건우의 말에 콧방귀도 끼지 않았다. 그리고 아랑의 몸을 이리저리 살피기 바빴다.

'너 진짜 중증이구나.'

건우는 심각한 얼굴로 민호의 행동을 뜯어봤다. 하긴 아까 자신도 잠깐이었지만, 꼬맹이의 매력에 함몰될 뻔하지 않았던가? 어쩌면 아랑이 뭔가 그쪽으로 매력이 충만한 요물 덩어리인지도 모르겠다.

"녀석은 멀쩡하니까, 걱정하지 말고 그만 가자."

건우는 가까이 다가가 꼬맹이를 확 이쪽으로 끌어당겼다. 그리고 강렬한 째려봄으로 신호를 줬다.

"저… 전 괜찮아요. 그만 가죠."

아랑은 황급히 괜찮다는 말을 하고는 뒤도 돌아보지 않고 성큼성큼 앞장서서 걸어가기 시작했다. 걱정해 준 건 좋은데 뭔가 낯 뜨거웠다. 물론 민호 성격이 워낙 착하다 보니 걱정해서 그렇게 했으리라 생각하지만.

"어떻게 했길래 산에서 길을 다 잃어버리냐?"

"그걸 왜 내게 물어? 내 탓도 아닌데."

민호와 건우는 실랑이를 벌이며 비탈을 내려갔다. 도로에는 이들을 찾기 위해 나선 이들이 분주하게 움직였고, 주차된 차도 여럿 보였다.

"자, 돌아가자. 이제 말썽 좀 그만 피우고 말이야. 딱 봐도 너 때문에 아랑이 무척 고생했겠다. 식사도 제대로 못 했을 텐데, 가는 길에 먹고 갈래?"

민호는 차 문을 열면서 동의를 구하듯 건우를 흘끔 바라봤다.

"뭘 먹고 가. 가서 먹으면 되지."

"나온 김에 고생한 경호원에게 맛있는 거라도 먹이고 그래 봐라. 너 때문에 산에서 무려 네 시간을 고생한 녀석이 불쌍하지도 않냐?"

건우의 심드렁한 반응에 민호는 타이르듯 말을 건네고 있었다. 물론 아랑은 당연히 간절히 바라는 표정으로 사장을 흘끔거렸다.

"알았어. 어디로 갈 건데?"

건우는 어쩔 수 없다는 듯 마지못해 허락했다.

"그럼 내 차로 가자."

민호는 건우와 아랑을 향해 이쪽으로 오라고 손짓했다.

'역시 민호느님이라니까!'

아랑은 속으로 환호성을 질렀다. 맛있는 것이라는 말에 조금 전의 일은 이미 모두 머릿속에서 지운 상태였다. 그래서 무심코 고맙다는 표시로 민호를 향해 활짝 웃고는 고개를 숙여 보였다. 그런데 민호는 살짝 윙크로 답해 왔다. 사내가 뭐 저리 귀엽단 말인가? 순간 아랑은 귀까지 발갛게 되는 느낌이 들었다. 젊은 여자들이 아이돌 스타들에게 껌벅 죽는 이유를 알 것 같았다.

툭! 누가 아랑의 머리에 꿀밤을 때렸다.

'누구야?'

샌님 같은 사장 놈이 째려보는 게 시야에 들어왔다.

'아이씨-! 아프잖아!'

"뭘 실실거려. 빨리 타."

'뭘 실실거렸다는 거야?. 그냥 맛있는 거 사 준다는 사람에게 답례로 인

사한 건데. 저런 심술보니까 매일 짝사랑이나 하지.'

아랑은 속으로 투덜거리며 차에 올라탔다.

"내가 잘 아는 갈빗집이 있거든. 여기서 가까워. 거기로 가자."

갈비라는 소리에 아랑은 어느새 입이 귀에 걸릴 지경이었다.

"고기 냄새나는 거 싫은데, 무슨 갈비? 그냥 깔끔한 곳으로 가자."

건우는 민호가 어떻게 알았는지 딱 아랑의 취향까지 저격하자 기분이 상했다. 그래서 다른 곳으로 가자는 말을 꺼냈지만 소용없어 보였다.

"야, 내가 사는 거니까 내 맘이다. 그리고 냄새나서 싫다면서 왜 서울에서 갈빗집은 자주 갔어?"

민호는 이미 아랑을 통해 들었던 게 있는지라 웃으며 놀렸다.

"흠흠, 누가 그래? 내가 언제 갈빗집을 자주 갔다고. 품위 떨어지게 갈빗집이 뭐냐? 미슐랭가이드 원 스타 이상 되는 이탈리아 레스토랑이나 프렌치 레스토랑 아니면 잘 안 가. 무슨 소리야."

건우는 괜히 구겨진 셔츠 깃을 세우며 아닌 척을 했다. 사실 갈빗집을 갔어도 꼬맹이나 실컷 먹었지 건우는 거의 손도 대지 않았었다.

"그럼 너 먼저 리조트로 갈래? 김 비서 차로 옮겨 타든가…. 그 대신 수고한 경호원은 내가 잘 먹여서 데리고 들어갈게."

"아… 아니야. 갑자기 갈비가 조금 먹고 싶어졌네. 일반인들은 뭐 먹고 사는지도 알아야지…. 그냥 가."

건우는 화들짝 놀라 대답했다. 백미러로 민호의 씩 웃는 얼굴이 보였다.

'에잇 저놈이!'

건우는 민호가 자신을 놀리고 있다는 걸 깨달았다. 평소 자주 벌어지는 일이었다. 잠시 후 차가 붕- 하고 출발했다.

다음 날 건우와 아랑은 서울로 돌아오고 다시 일상으로 복귀하게 되었다. 그런데 집으로 돌아온 바로 첫날밤이었다.

두둑! 정원 쪽에서 나무가 부러지는 소리가 들렸다. 아랑은 자리에서 벌떡 일어났다.

'제주도에서 돌아와 첫날인데 오늘은 그냥 넘어 가주면 안 되는 거냐?'

아랑은 구시렁거리면서 창문을 열었다. 그리고 내공을 끌어 올렸다. 멀리 정원 초입에 몇 놈이 최대한 몸을 낮추고 이동하는 꼴이 보였다.

'에구에구…. 너희도 참 고생한다.'

슬금슬금 온다고 느릿하게 움직이는 녀석들의 몰골이 꽤 우스웠다.

'어쩔 수 없지. 손을 또 봐 줘야지.'

재빨리 창틀에 항상 놔두는 운동화를 챙겨 신고는 창밖으로 몸을 날렸다.

휘리릭-!

내공을 쓰면 아랑은 몸이 새털처럼 가벼워져 이렇게 이 층에서 뛰어내려도 아무렇지 않았다. 심지어 소리도 거의 내지 않고 빠르게 이동하는 게 가능했다. 아랑은 목적한 장소에 도착하자 스르륵 멈춰서 팔짱을 끼고 짝다리를 딱 짚었다. 여긴 녀석들의 길을 딱 가로막고 있는 곳이었다.

"그만들 멈추시죠."

"!"

여섯 명의 사내는 모두 놀라 멈칫했다.

"웬 놈이냐?"

그중 대표로 보이는 놈이 벌떡 일어나 질문을 던진다는 게 웃겼다.

"아니, 그건 그쪽에서 할 말이 아닌 거 같은데요? 이 까만 밤에 남의 집에 들어온 사람들이 웬 놈인 거지. 집 지키고 잘 자던 사람이 웬 놈은 아니죠."

"저… 저놈이! 얘들아! 쳐라!"

'아… 이 지겨운 대사 하며, 어떻게 변화가 하나도 없냐?'

매번 숨어들어와서는 적반하장으로 말하고, 무조건 덤비는 게 저들이 하는 방식이다. 누가 이놈들의 대빵인지는 모르겠지만, 매우 멍청한 사람이 분명했다. 아니라면 부하들이 지독히도 학습능력이 떨어지는 바보들이든가…. 쯧쯧. 아랑은 혀를 차며 다가오는 사내들을 경공으로 여유롭게 피했다. 스르륵 휙휙 날아오는 팔다리도 약간의 움직임이면 다 빗나갔다. 그리고 아랑은 손에 약간의 내공을 흘려 넣어 언제나 그렇듯 녀석들을 한 방에 기절시켰다.

퍽! 퍼퍽! 아랑은 이럴 땐 혈도를 집는다는 점혈 기술을 제대로 배워놓을 걸 그랬다 싶은 생각이 들었다. 그 방법이면 더 쉽게 이들을 잠재울 텐데 말이다. 시간 내서 할아버지가 알려줬던 걸 공부해야겠다는 생각이 들었다. 평소 그렇게 싫어하던 공부라니? 이놈들 때문이다. 아랑은 아무리 택견에 무술 수업이라고 해도 그리 싫었는데 말이다.

'어찌 보면 최근 내 실력이 일취월장한 것도 다 이놈들 때문 아닌가? 고마워해야 하나?'

"윽!"

"아악!"

잠시 딴생각을 하다 보니 힘 조절을 잘못했다. 사내들은 비명을 지르며 쓰러졌다.

'안 돼! 시끄러우면 사장이 깰 거고, 그러면 또 기나긴 잔소리와… 끄아!'

아랑은 속력을 더 높여 재빨리 남은 사내들을 조용히 잠재웠다.

"휴우, 이제 끝인가?"

바닥에 여기저기 나뒹굴어져 있는 녀석들을 쭉 훑어봤다.

'이제 청소할 시간인가?'

아랑은 온몸에 내공을 잔뜩 끌어 올렸다. 그리고 녀석들을 들어 올렸다. 깃털처럼 가볍다. 휘리릭- 바람 소리가 나도록 담장까지 가서 밖으로 던져 버렸다.

철퍽! 쿵! 놈들이 쌓이는 소리가 들려왔다. 그렇게 몇 번 왔다 갔다 하자 정원은 다시금 깔끔해졌다. 언제 뭔 일이 있었냐는 듯 풀벌레 소리만 가득했다.

'달밤에 정취가 좋구나~'

아랑은 작게 콧노래를 흥얼거리면서 천천히 걸었다. 그리고 저택 가까이에 도착하자 이 층에 있는 방을 향해 몸을 날렸다. 오늘 밤도 무사히 임무 완수!

"오늘도 여긴 왜 왔어?"

건우는 사무실로 들어선 민호를 향해 미간을 좁혔다. 제주도에서 돌아온 후 부쩍 더 방문이 잦아졌다.

"왜긴? 너도 보고, 서희 정보도 전해 주고 그러려고 왔지. 내가 오는 게 하루 이틀이냐?"

민호의 말은 그랬지만, 눈길은 입구 쪽으로 자꾸 향했다. 문밖 사무실에 있을 아랑 때문이다. 그 자신도 이렇게 누군가에게 관심을 두게 된 것이 처음이라 당황스러울 정도였다.

"정보는 무슨 정보?"

건우는 반사적으로 반문은 하고 있었지만, 솔직히 별로 궁금하지 않았다. 언제인가부터 서희에 대해 모든 게 시들해졌다. 과거 그렇게 난리를 쳤던 게 스스로 이해가 안 갈 정도였다.

"조금 있으면 이 몸의 생신이지 않겠어. 근사하게 파티를 할 계획인데…."

민호는 중요한 소식을 전하는 만큼 잠시 뜸을 들이다 말을 이었다.

"이번에 특별히 서희의 파트너로 널 내정했다는 이 말씀이지. 한턱 제대로 쏴야 한다. 내 강력한 푸시가 없었다면 너로 결정되는 일은…."

"뭐?"

건우는 황당한 소리에 살짝 눈을 치켜떴다.

"놀랐지? 너무 고맙지? 그럼 지난번에 한정판으로 산…."

"파티에 서희 파트너가 나라고?"

건우는 민호의 말을 끊고 반문했다. 서희가 자신을 파트너로 인정할 리도 없거니와 그런 일이 단순히 민호의 서포트가 있다고 쉽게 될 리가 없었다. 몇십 년이던가?

"안 믿어져? 됐다니까. 다 이 몸의 지대하신 공로라고."

민호는 가슴을 탕탕 치며 호탕하게 웃었지만 속으로는 조금 찔리는 감이 없잖아 있었다. 너무 쉽게 오케이를 했던 것이었다. 오히려 건우 이야기를 먼저 꺼낸 것도 동생이었다.

"그래, 알았다. 그럼 그렇게 알아 두마."

건우는 심드렁한 말투로 대답했다. 뭔가 김빠진 콜라처럼 그랬다.

"아, 그 날은 아랑이도 휴가 보내 주면 안 되겠냐? 지난번에 들으니까 네 밑에서 일한 이후로 가족들도 제대로 못 봤다고 하더라. 내 파티이니만큼 경호는 철통같이 할 테니까 하루쯤은 휴가도 제대로 주고 그래라."

민호는 건우의 저택까지 사람을 보내 주겠다는 제안까지 했다.

"휴가를 주라고…?"

건우도 민호의 말에 잠시 생각해보니 진짜 그랬다. 몇 개월째 제대로 휴가도 없이 24시간 경호 일만 열심이었다.

"그렇잖아도 한 이틀 휴가라도 주려고 했었어. 너까지 신경 써 준다고 하니까… 그래, 그때 휴가를 보내지 뭐."

뭔가 찜찜했지만, 그래도 틀린 말도 아니라서 선뜻 허락했다. 그러자 민호는 고개를 끄덕이며 의미심장한 미소를 짓더니 벌떡 일어나 밖으로 횡-하니 나갔다.

"그럼 생일 때 보자."

"야, 벌써 가? 싱거운 녀석."

건우가 말을 던졌지만, 이미 민호의 목소리는 밖에서 들려왔다. 뭔 일로 와서 바람처럼 가버리는 건지 알 수 없었다. 하여튼 친구지만 종잡을 수 없을 때가 많았다.

'나온다!'

아랑은 바로 사무실 밖에서 둘의 대화를 모두 듣고 있었다. 그리고 민호가 나오자 재빨리 몸을 바로 세우고 일하는 척했다. 그래 봐야 경호원이 사무실에서 할 일이라고는 아무것도 없었다. 그저 인터넷이라는 걸 켜두고 여기저기 마우스로 누르는 시늉을 하는 게 전부였다.

"아랑아. 수고한다."

민호는 활짝 웃으며 다가왔다.

"벌써 볼일 다 끝나셨어요?"

아랑은 벌떡 일어나 인사했다. 그러자 민호가 몸을 가까이하더니 귀에 속삭였다.

"이따가 퇴근 후에 전화할게."

"?"

의문이 가득한 아랑을 두고, 민호는 한쪽 눈을 찡긋하더니 밖으로 성큼성큼 사라졌다.

'뭘 이야기지?'

그간 민호와 카톡이라는 건 자주 하는 편이지만 사적인 전화는 거의 없는 편이었다. 그러나 그런 의문도 잠시 이벤트가 없자 다시 지루해졌다.

'아~함. 졸려.'

어젯밤에도 이상한 녀석들 때문에 제대로 잠을 못 잤더니 잠이 밀려왔다. 스르륵 눈이 자동으로 감겼다.

"잠깐 눈을 붙이셔도 됩니다."

김 비서의 목소리가 들려오자 아랑은 고개를 번쩍 들고 눈을 떴다.

"아… 헤헤. 괜찮습니다."

아랑은 괜히 무안해져 웃었다. 여긴 사장실에 딸린 사무실로 김 비서와 단둘이 사용하는 곳이었다.

"아마 경호를 선다고 밤에 제대로 못 주무시는 것 같은데, 지금 잠시 눈을 붙이세요."

김 비서의 말에 아랑은 살짝 놀랐다. 매일 밤 경호한다고 애쓰는 건 사실 아무도 알아주지 않는 것이었다. 그리고 실제 아무도 모르게 하기도 했고…. 아랑은 김 비서라는 사람을 새삼 다시 보게 되었다. 은근히 유능했다. 매사에 일 처리도 그렇고. 귀신같이 모든 걸 척척 해낸다. 뭔가 고수의 냄새가 풍긴다고나 할까? 아랑은 상대를 찬찬히 뜯어봤다. 그러나 몇 분 지나지 않아 다시 잠의 유혹에 빠져들었다.

시간은 훌쩍 흘러 퇴근 시간이 되자 건우가 업무를 끝내고 사장실을 나왔다.

"오늘 일정은 더 없지?"

"네, 특별한 일은 없습니다."

건우는 김 비서에게 일정에 대해 물어보다 사무실 책상에 엎드려 자는 아랑이 눈에 들어왔다.

"깨울까요?"

"쉿-!"

깨운다는 김 비서의 말에 건우는 조용히 하라는 신호를 보냈다. 그리고 작게 속삭이듯 말했다.

"아이스커피 한 잔 사 와."

"네."

김 비서는 대답과 함께 살며시 밖으로 나갔다. 건우는 아랑의 책상으로 슬며시 다가갔다. 세상모르고 자는 얼굴이 평화로워 보였다. 마침 노을이 지면서 들어온 햇살이 아랑의 얼굴 위로 쏟아져 내려 눈이 부셨다. 투명한 피부 위로 긴 속눈썹이 그림자를 길게 만들었다.

'진짜 예쁘장하게 생기긴 했어.'

건우는 잠시 감탄하며 새근거리며 자는 대상을 관찰했다. 녀석의 뺨 위로 흘러내린 머리카락을 슬쩍 치워서 올려 줬다. 그런데 추운지 꼬맹이가 몸을 웅크리는 게 눈에 들어왔다. 완연한 가을이라 이제 제법 쌀쌀한 날씨였다. 건우는 겉에 입었던 재킷을 벗어 녀석에게 덮어 주었다. 그리고 자신도 모르게 입꼬리에 미소를 만들고 한동안 서 있었다.

"사장님, 다녀왔습니다."

건우는 김 비서의 목소리에 그제야 정신을 차렸다.

"흠흠, 갔다 왔어."

헛기침을 해대며 커피를 받아 아랑의 책상 위에 내려놓았다. 그리고 갑자기 생각난 것처럼 혼잣말을 중얼거리며 다시 안쪽 사장실로 향했다.

"아, 깜박했네. 서류 하나를 덜 처리했어."

김 비서는 건우가 안쪽으로 황급히 들어가자 혼자 웃었다.

"아~함! 잘 잤다."

아랑은 기지개를 켜다 벌떡 일어났다.

'큰일 났다! 몇 시지?'

벽에 걸린 시계부터 쳐다봤다. 다행히 퇴근 시간에서 겨우 10분 정도 지난 시간이었다. 건너편을 보니 김 비서의 웃는 얼굴이 보였다.

"아, 하하하."

아랑은 겸연쩍어 머리를 긁적였다. 다행이다. 아마 건우는 아직 안에서 일하고 있나 보다. 그런데 어깨에 걸쳐 있던 옷이 의자에 떨어져 있는 게 눈에 들어왔다.

'엥? 옷?'

들어서 자세히 살피니 익숙한 옷이다. 아침에 사장이 출근 때 입었던 거였다. 더욱이 옷에서 풍겨 오는 향수 냄새로 단번에 알 수 있었다.

'아니 이게 왜 내 몸에 덮여 있었지?'

고개를 갸우뚱거리며 아무리 생각해도 풀리지 않는 수수께끼였다.

'설마 자고 있는데 녀석이 나와서 이걸 덮어 주고 갔다?'

도리도리.

'절대 그럴 리가 없지. 그럼 김 비서 아저씨가?'

그런데 건우 성격에 이 옷으로 덮어 준 걸 알면 난리가 날 거였다. 결벽 증도 그런 결벽증이 어디 있다고.

'이게 발이 달렸나? 왜 내 등짝에 올라와서 이런 문제를 만들어? 좀 있으 면 사장이 나올 텐데, 그럼 난리가 나는 거 아닐까?'

아랑은 순식간에 얼굴이 수십 번도 더 변하며 안절부절못했다.

'에잇, 모르겠다.'

아랑은 속으로 투덜거리며 옷을 옆에 내려 두고 의자에 털썩 앉았다. 그 런데 앞에 놓여 있는 음료수가 눈에 들어왔다. 마침 목이 마르기도 했다. 앞에 둔 걸 보면 분명 먹으라고 가져다 놓았겠지. 아랑은 빨대를 꼽고 쭉 쭉 들이켰다.

'카하~시원하다.'

이 시커먼 커피라는 것도 나름 익숙해지니 맛이라는 게 있었다. 이제는 제법 잘 먹는 편이었다. 모든 게 고용주 덕이었다.

"그만 가자."

언제 나왔는지 건우가 바로 앞에 나와 있었다.

'컥…'

사레가 들릴 뻔했다. 순간 덜컥 겁이 났다. 이제 옷 가지고 뭐라 불호령 이 떨어질 차례였다. 그런데 건우는 책상 한쪽에 올려 둔 옷을 손에 들더 니 그대로 나가는 거다.

"안 가?"

건우는 나가다 말고 꼼짝 안 하는 아랑을 향해 돌아섰다.

"아니요. 나갑니다. 나가요."

재빨리 일어나 그의 뒤를 쫓았다. 뭔가 이상한 날이다. 건우가 아무 말도 안 하고 그냥 넘어가다니….

'내일 해가 서쪽에서 뜨려나?'

그 뒤로 차 안에서도 건우의 눈치를 살폈지만, 별다른 기색이 없었다. 그래서 그냥 넘어가 주는 날도 있나 보다 싶어 덮어 두기로 했다.

'좋지 뭐.'

그 날 저녁, 기다렸던 전화가 왔다.

"네? 파티요?"

"그 날 아마 휴가를 줄 거야. 그럼 내 생일 파티에 와."

민호가 자신의 생일 파티에 오라는 거였다.

"어떻게 그런 데를 가요…."

건우의 경호를 서면서 몇 번 파티라는 걸 봤기에 그런 곳에 자신이 간다는 게 영 그랬다. 그곳에 오는 사람들과도 어울리지 않았지만 모든 게 불편할 것이었다.

"내 생일인데 와서 축하도 안 해 줄 거야?"

"아뇨. 그게 아니라요."

'난감하네. 민호의 생일을 축하하기 싫다는 게 아니라 파티라는 장소가 영 불편한 건데….'

"복장도 그렇고… 아는 사람도 없을 거고요. 나중에 따로 축하해 드리면 안 될까요?"

망설이다 어렵게 말을 꺼냈다.

‘아무리 일개 경호원 나부랭이라고 해도 자존심이라는 게 있는 법이다. 그리고 난 바보가 아니란 말이다.’

민호가 친절하게 대해 주는 좋은 사람이라는 건 알고 있지만, 아랑은 그냥 그건 불쌍하다고 길가에 버려진 강아지를 순간 예뻐해 주는 것과 크게 다르지 않다고 생각했다. 어쩌면 평소 보지 못했던 이상한 생물에 대한 호기심 같은 것일지도 모르고…. 그래, 가난한 생물.

“옷이나 기타 그런 건 걱정하지 말고. 대신 그 날 말이야, 일찍 보자.”

민호는 뭐가 그리 재미있는 꿍꿍이가 있는 건지, 신이 나서 만날 장소를 설명해 주고는 극구 괜찮다면서 웃었다.

“그럼 그 날 보자.”

민호와의 통화를 끝내고 멍하니 침대에 걸터앉아 있었다. 10월 28일. 달력을 보니 겨우 일주일 뒤였다.

10

신데렐라의 법칙

"또 실패라고?"

양성혁은 도저히 믿을 수가 없었다. 투입된 인력이 몇이고, 시간이 얼마던가? 그래도 자신 밑에서 최고라는 녀석들이었다.

"그 차 씨 아들 녀석 옆에 붙어 있는 이상한 놈이 문제입니다. 한시도 안 떨어지고 붙어 있어서 말입니다."

"고작 어린애 하나 때문에 못한다는 게 말이 돼?"

쾅! 양성혁은 책상을 내리치고 자리에서 벌떡 일어났다. 차 씨 녀석이 그토록 애지중지하는 아들 녀석이 이미 손에 들어오고도 남았어야 하거늘!

'너도 똑같은 고통을 느끼게 해 주마!'

양성혁은 속으로 과거 일을 떠올리며 이를 부득부득 갈았다. 이에는 이!

"그… 그런데 혹시 차라리 죽여 버리는 건 안 될까요?"

이 실장은 양성혁의 눈치를 슬금슬금 살피며 어렵게 말을 꺼냈다. 그래도 현 은성파의 오른팔이라 불리는 위치에 있는 자라 이런 말을 할 수 있는 셈이었다.

"독을 쓰든 사람을 쓰든 그편이 더 빠를 텐데요…."

이 실장은 양성혁의 미간에 잡힌 주름을 보고 말끝을 흐렸다. 차라리 죽여 버리는 편이 분명 수월했다.

"죽이는 게 아니라 꼭 살려서 데려와!"

양성혁은 낮고 조용하지만 강한 목소리였다. 꼭 받아야 하는 빚이 있었다. 그리고 그러기 위해서는 차노형이든 그놈의 아들이든 살아 있는 상태로 필요했다.

"알겠습니다. 철두철미하게 감시하고 틈이 나면 녀석을 꼭 잡아 오도록 하겠습니다. 걱정하지 마십시오."

이 실장은 재빨리 수긍하며 머리를 조아렸다. 실내에는 잠시 정적이 흘렀다. 양성혁은 전전긍긍하고 있는 부하들을 쭉 훑어봤다. 그리고 작게 한숨을 내쉬었다.

"나가 봐."

어차피 화를 낸다고 해결되는 게 아니었다. 다만 생각보다 일이 느리게 진행되는 게 불만이었다.

◆◆◆

"여기야."

민호의 목소리에 아랑은 밖을 흘끔 내다봤다.

'여긴 어디지?'

만나자고 한 장소에서 만나긴 했는데, 차에 태워져 낯선 곳으로 끌려온 참이었다.

"자, 잠시 기다려 봐."

민호는 차를 세우고 잽싸게 내려 반대쪽 문을 열어 줬다.

"내려."

"아… 감사합니다."

이런 황송할 데가…. 매일 사장 놈이 내리는 차 문을 열어 주기 바빴는데, 반대로 대접을 받으니 은근히 쑥스러웠다.

"올라가자. 이 건물 3층이야."

주변을 두리번거렸지만, 처음 오는 곳이었다. 뭔가 동네가 평소 보던 것보다 정갈하니 정돈된 느낌이 드는 도로와 건물들.

민호가 앞장서서 들어서는 건물은 그냥 사각형이 아닌 뭔가 요란스러운 모양새를 가졌다. 사방이 온통 뻥 뚫려 보이는 창으로 되어 있고, 창문은 시커먼 색이라 밖에서는 제대로 보이지 않는 구조였다.

"왔어?"

번쩍이는 황금색 엘리베이터를 타고 3층에 도착하자 처음 보는 아줌마가 호들갑을 떨며 마중을 나왔다.

"예약보다 조금 일찍 왔는데, 괜찮죠?"

"그럼 누구 약속인데, 괜찮아. 그런데 정말 오랜만이네. 계속 모델 일을 하라니까. 우리 민호 씨에게 섭섭한 게 많아."

아줌마는 민호를 안내하면서도 계속 시끄러웠다.

'아이고, 정 씨 아줌마 저리 가라네.'

아랑은 수다스러운 아줌마들은 딱 질색이었다. 더욱이 앞에 여자는 뭔가 무서웠다. 핑크색에 초록색이 난무하는 머리카락 색도 그렇고, 본래 얼굴을 알 수 없는 두꺼운 화장, 그리고 건물만큼이나 번쩍이는 의상.

'저런 걸 분명 반짝이 옷이라고 그랬던 거 같은데.'

오일장에서 아저씨들이 신명 나는 박수와 함께 팔던 것과 비슷하네.

'떠리요~떠리! 한 장에 단돈 삼천 원!'

순간 정겨운 시장통 모습이 떠올랐다.

"여기 이 아가씨예요."

“?”

아랑은 민호의 목소리에 그제야 현실로 돌아왔다. 그와 동시에 정신없이 들이닥친 아줌마는 주변을 뱅뱅 돌며 여기저기를 날카롭게 훑어본다.

“어머, 나이가 얼마래? 너무 동안이다.”

“아… 스무 살입니다.”

너무 가까이 들이대며 바라보는 시선에 아랑은 작은 목소리로 답했다. 이제 겨울이 지나면 한 살 더 먹긴 하겠지만, 딱 스무 살이었다.

“어쩐지. 진짜 피부가 좋아. 역시 젊은 애들은 화장을 안 해도 좋다니까.”

갑자기 아줌마가 아랑의 머리카락을 손으로 집어 보더니, 팔뚝을 확 잡았다.

“자, 그럼 사이즈부터 재고…. 몇 시라고 했지?”

“저녁 6시에는 출발해야 해요.”

“너무 촉박한 거 아니야? 흠… 하여튼 민호 부탁이니까 해 보지 뭐. 대신 알지? 다음 컬렉션 때 일해 주는 거?”

“네, 그럼 잘 부탁드립니다.”

민호는 싱긋 웃고는 아랑에게 작게 속삭였다.

“그럼 수고하고 이따가 보자.”

그는 성큼성큼 엘리베이터를 향해 가 버렸다.

‘이 아줌마에게 날 버려두고 어딜 가는 거야? 설마 파…팔려 온 건가?’

아랑은 별의별 생각이 다 머릿속을 스쳤다. 물론 아까 차에서 민호가 분명 파티에 어울리는 의상과 외모를 위해 준비한 일이라 했지만. 그래도 불안했다.

"우선 제모부터 처리하고, 옷은 그 후에 보기로 하자고. 그리고 머리는 가발로 해야 된다고 했지? 애들아, 이리들 와!"

아랑이 뭐라 대답하기도 전에 아줌마가 사람을 불러 댔다. 그러자 갑자기 멀찍이 있던 사람들이 다가왔다.

"어… 어?"

아랑이 어어 하며 제대로 말을 잇지 못하는 사이 어느새 아랑은 그들의 장난감이 되어 있었다.

'악!'

비명은 속으로만 질러 댔다. 이 정도야 참을 수 있었다. 왜 여기저기 털은 뽑아 대는 건지. 겨드랑이에 눈썹에 털이란 털을 마구 뽑아냈다.

'뽑을 땐 경고라도 하라고, 무자비하게 막 뽑지 말고.'

아랑은 속으로 구시렁거리며 참고 또 참았다. 어찌 보면 털을 뽑는 일은 편했다. 그 이후 데리고 간 곳은 드레스라는 것들이 수백 벌은 걸려 있는 곳이었다.

"자, 어떤 게 좋을까? 흠… 이게 좋겠다!"

아랑은 '좋겠다'는 말이 나올 때마다 몇 번이나 마네킹이 되어 옷을 갈아입어야 했다.

'으-아…!'

아랑은 소리를 지르고 싶은 충동을 억지로 참았다. 물론 처음 입어 보는 예쁜 옷들에 한두 번이야 좋았지만, 이게 수십 번이 되면 짜증이 나게 마련이다.

"그래, 이걸로 하자고."

'뭐? 이걸로 한다고?'

파격적인 붉은색 드레스는 등판이 다 드러나고 짧아 어찌 보면 천 조각에 불과해 보이는 디자인이었다.

"볼륨이 많이 부족하니까 이런 걸 입어 주는 편이 좋겠어. 등 쪽이 많이 파여서 앞쪽이 밋밋해도 커버가 되고, 그리고 짧아서 늘씬한 다리가 부각되니까 딱이네."

아줌마의 품평이 이어지고 있었지만, 아랑의 귀에는 제대로 들리지 않았다. 오직 거울 속에 선정적일 만큼 선명한 붉은색 드레스 차림의 누군가를 보기 바빴다.

'넌 누구냐?'

스스로 반문하며 어색해 보이는 자신을 감상했다.

"역시 가슴 쪽 볼륨이 많이 부족하네. 실리콘을 더 큰 걸로 해야겠다."

실리콘? 잠시 후 아줌마의 손에는 정체를 알 수 없는 물건이 들려 있었고, 그게 속옷 대신 가슴에 붙이는 용도로 사용한다는 걸 아랑은 처음 알았다. 그렇게 속옷까지 일일이 모두 챙겨 주는 걸 차려입고 나니, 본격적으로 화장이라는 고문을 당하게 되었다. 그리고 몇 시간이 흘렀는지 알 수 없었다.

'으… 제발 그만했으면….'

지옥이 있다면, 이게 바로 지옥이라는 생각이 들었다. 뭔 얼굴에 바르고 칠하는 종류가 이리 많은 건지. 마지막으로 머리에 쓴 긴 머리 가발이 절정이었다. 아랑은 이제 꾸벅꾸벅 졸기까지 했다. 거의 그렇게 꿀잠에 빠져가던 찰나.

"휴, 다 끝났다!"

짝짝짝짝.

끝났다는 말과 함께 주변 사람들의 박수 소리가 들렸다. 아랑은 번쩍 눈을 떴다.

"다 끝났어요. 아가씨. 일어나 봐요."

아랑은 재빨리 일어났다. 그러나 하이힐에 적응이 안 돼 순간 휘청댔다.

"자, 똑바로 서 봐요. 어디 이상한 데 없는지 보자고."

꽉 잡아 주며 똑바로 서라고 등을 툭툭 두들기는 아줌마의 손길에 몸을 곧추세웠다. 아랑은 그제야 찬찬히 거울 속에 비치는 자신의 모습을 뜯어 봤다.

'아니, 저게 나 맞아?'

늘씬한 몸매에 붉은 드레스는 잘 어울렸다. 길게 늘어진 부드러운 머리 카락은 찰랑거리고, 화장이 잘된 얼굴은 누가 봐도 TV에나 나오는 연예인 같았다.

'…!'

아랑은 정말 당황해 입을 떡 벌리고 말을 하지 못했다. 몸을 이리저리 돌려 보며 거울 속의 자신을 다시금 살폈다. 앞쪽으로 여유가 있어 늘어지 는 소재이지만, 목에 띠처럼 얇은 줄을 제외하고 등 쪽은 확 파여서 아예 없는 거나 다름없었다.

'등 쪽이 시원하긴 하네. 그런데 너무 짧은데?'

아랑은 허벅지 중간 위로 올라온 길이가, 평생 치마라고는 제대로 입어 보지 않아 그런지 영 어색했다.

"꾸며보니까 생각보다 정말 괜찮네. 개성도 있고. 순수하면서도 뭔가 섹 시한 포인트가 있어."

아줌마의 목소리에 고개를 돌렸다.

“혹시 생각 있으면 민호랑 같이 다음 컬렉션 때 모델 일 어때요?”

“모… 모델이요?”

“생각해 보고 여기로 연락해요.”

그녀는 얼떨떨해하는 아랑의 손에 명함을 한 장을 줬다. 그런데 그때 뒤에서 걸어오는 민호와 시선이 딱 마주쳤다.

“마침 잘 왔어. 감상을 말해줘 봐.”

민호는 업계에서 알아주는 아티스트의 손을 빌렸지만, 이 정도까지는 예상하지 못했었다. 아랑의 모습은 이제까지 알던 그녀가 아니었다. 정말 아름다운 여인이 한 명 서 있었다. 그것도 그가 지금까지 애타게 찾아다니던 이상형에 가까운 여자로.

저벅저벅. 조용한 가운데 민호의 발소리가 실내를 울렸다. 민호가 다가와 천천히 바라보는 시선이 느껴졌다. 아랑은 부끄러워 슬쩍 고개를 숙였다. 그러자 아줌마는 수선스러움이 더 커졌다.

“최고지? 내가 봐도 생각보다 잘 나왔어.”

민호는 정신없이 아랑을 바라봤다. 지금까지 봤던 그 어떤 여자보다 그의 심장을 뛰게 했다.

“감상을 말해 보라니까. 예쁘지?”

“흠흠, 네, 정말 예쁘네요.”

민호는 그제야 정신을 차렸다. 그리고 웃으며 받아쳤다.

“그런데 본판이 원래 괜찮다니까요.”

“그래, 본판이 정말 괜찮기도 하고. 정식으로 소개해 주면 안 돼? 내가 아가씨에게 명함을 주긴 줬는데, 이번 컬렉션에 같이 들어오면 어때?”

“모델요?”

"민호가 신상은 비밀이라고 해서 물어보지는 않았는데 말이야. 정말 마음에 들어."

아랑은 눈을 빛내며 말하는 아줌마의 시선이 전신을 훑어보자 얼굴이 화끈거렸다. 모델이라는 건 상상도 해 보지 못한 일이었다.

"흠, 그건 조금 더 생각해 볼게요. 본인 생각도 물어봐야 하고요. 이 아가씨께서 현재 직업이 있거든요."

"에이, 당장 모델을 전업으로 하라는 것도 아니고. 하여튼 생각해 봐."

나중에 들은 이야기이지만, 아줌마라고 생각한 이 요란스러운 여자가 연예계와 모델 쪽에서는 매우 유명한 사람이었다.

"정말 이렇게 꾸미고 다니면 예쁜데, 매일 그 남자 정장만 입고 다니니까 아깝네."

차에 타고 나서도 민호는 계속 칭찬을 아끼지 않았다. 그러나 아랑은 어디 쥐구멍이라도 있으면 들어가고 싶었다. 물론 매우 예쁘게 포장된 모습이라는 건 인정하지만, 이건 평소의 자신이 아니었다.

"고맙습니다."

"어, 고맙다고 하면 섭섭하지. 우리 사이에 말이야."

민호의 말에 아랑은 얼굴이 더 화끈거렸다.

'우리 사이라니? 친구 아니면 의남매라고 해야 하나?'

사실 그보다 먼 관계였다. 민호는 고용주의 친구일 뿐이라는 걸 잘 알기에… 언감생심 딴마음을 가져본 적도 없었다.

"도착하면 거기에서부터 여자 친구 역을 제대로 해 줘야 해."

민호는 장난스럽게 웃으며 말을 건넸지만, 여자 친구라는 말에 머릿속이 윙윙거렸다.

“꼭 그래야 해요?”

겨우 용기를 내 되물었지만 역시 돌아오는 답은 같았다.

“어, 아까 약속했잖아. 생일 선물 난 이걸로 받고 싶은데 안 되겠어?”

“네….”

그랬다. 민호가 선물로 받고 싶은 게 있다고 했고, 할 수 있는 것이라면 무조건 들어주기로 했으니까. 하필 생일 선물이 파티장에서 여자 친구 역을 해 주는 것이라니…. 들은 이야기는 부모님이 강제적으로 약혼을 강요하며 붙이는 여자가 있어서 떼 놓고 싶다는 것이었다.

“너 내가 정말 싫어하는 여자랑 결혼하는 꼴을 봐야겠어?”

민호는 불쌍한 척하는 연기를 하며 애걸했다. 물론 어느 정도는 사실이었다. 실제 오늘 파티장에 그녀가 올 것이 분명했다.

“알았어요.”

아랑은 풀 죽은 목소리로 대답했다.

‘아무리 그래도 여자 친구라니?’

불편한 역할이었다.

“그래, 고맙다. 생일 선물 잘 받을게. 너무 걱정하지 마. 그냥 예쁘게 웃고 놀다가 가면 돼.”

민호는 금세 생글거렸다. 그리고 어느새 차는 파티가 열리는 호텔 주차장에 도착했다.

“자, 가시지요~ 공주님.”

민호는 차 문을 열고, 손을 내밀며 장난스럽게 말했다. 아랑은 공주라는 말에 뺨이 붉어졌다.

“당당하게 어깨 펴고 웃어.”

민호는 엘리베이터 안에서 긴장하고 있는 아랑에게 씩 웃으며 말을 걸었다.

"넌 웃는 게 참 예쁘니까."

뭐라고 하기도 전에 민호는 아랑의 어깨를 끌어당겨 감쌌다. 그리고 문이 바로 열렸다.

"어머, 누구야?"

"뉴페이스인데?"

"어느 집안 딸이야? 한 번도 못 본 얼굴인데…."

들어서자마자 수군거리는 소리가 들려왔다.

'이럴 때는 너무 잘 들리는 것도 불편하네.'

아랑을 궁금해하는 사람도 있었지만, 대다수는 민호의 팬에 가까운 여자들이라 그런지 욕이 더 많았다. 그런데 그 누구보다 눈에 띄는 사람이 있었다. 멀리 서 있어도 한눈에 알아볼 수 있었다. 미끈하게 잘빠진 슈트 차림, 조각 같은 얼굴. 그새 오랜 시간이 흐른 것 같았다. 오전에 휴가를 간다고 인사할 때 분명 봤었는데….

"야, 차건우."

민호는 무표정하게 벽에 기대서 있는 건우를 불렀다. 서희와 짝으로 온 것이 분명한데 시큰둥한 표정으로 벽에 붙어 있는 게 이상했다.

"어, 왔어…?"

건우는 성큼성큼 걸어와 민호에게 말을 걸다 멈칫했다. 앞에 있는 붉은 드레스의 여자를 처음 보는 순간 쿵 하며 심장이 내려앉았다.

'!'

건우는 주변의 모든 소음이 사라지는 것 같았다. 누군지 알 수 없는 여자가 순식간에 세상의 모든 것처럼 느껴지는 그런 마술이었다.

"소개할게. 여기 내 여자 친구 서사라. 여긴 친구 차건우."

"어… 어, 안녕하세요."

아랑은 머뭇거리며 인사했다. 두근두근. 알아보는 건 아니겠지? 자신이 봐도 못 알아볼 정도로 변하긴 했지만, 걱정되는 건 어쩔 수 없었다. 그러나 다행히 건우는 아직 뭔가 얼이 빠진 사람처럼 멍하니 서 있을 뿐이었다.

"야, 인사 안 해?"

민호가 팔을 툭 치며 하는 말에 건우는 움찔거리더니 입을 뗐다.

"아하, 안녕하세요."

건우는 대충 인사를 하고 정신이 들자 민호에게 작게 속삭이듯 말했다.

"여자 친구는 무슨? 네가 여자 친구가 어디 있었다고? 누구냐? 어디서 또 누굴 데려온 거야? 오늘 작전이 있는 거냐?"

건우는 말하면서도 계속 주변을 살폈다. 이 여자가 민호의 여자 친구라는 걸 인정하는 것도 싫었지만, 그동안 친구의 수작을 한두 번 본 게 아니다 보니 충분히 예측 가능했다.

"또 어마마마님께서 왕자의 혼약을 서두르시는 거냐?"

건우의 농담 같은 말에 민호는 고개를 슬쩍 끄덕였다. 그러자 재빨리 민호를 옆으로 끌고 가 물어봤다.

"흠, 그런데 정말 누구야? 어디서 데려왔어? 모델? 연예인?"

"몰라도 돼."

민호는 건우의 질문에 웃기만 할 뿐 대답은 하지 않았다. 그리고 다시금 아랑의 옆에 찰싹 달라붙어서 홀을 누비기 시작했다. 그런데 문제는 서희라는 파트너가 있음에도 건우 또한 그들 뒤를 졸졸 쫓아다닌다는 점이었다. 이서희가 버려졌다고 벽화가 될 타입은 아니었지만, 파티 내내 건우의 움직임을 쫓으며 노려보는 게 느껴졌다. 아랑은 건우의 행동이 이해가 안 되었다. 지금이야말로 그녀에게 점수를 딸 좋은 기회가 아니던가? 그렇게 짝사랑 타령을 하더니…. 어수선한 가운데 파티가 진행되고, 아랑은 괜히 말실수라도 할까 싶어 그냥 가끔 웃어만 보이며 조용히 민호의 곁을 지켰다.

한편 서희는 민호의 옆에 있는 여자가 아무리 생각해도 누군지 알 수 없었다.

'저 계집애는 뭐야?'

아마 오빠의 땜빵용 여자 친구일 가능성이 높았다. 민호가 엄마가 데려올 이화 그룹 딸을 퇴짜 놓으려 한다는 걸 알지만, 그래도 여러모로 마음에 안 들었다. 큰 키에 늘씬하게 빠진 몸매, 도도해 보이는 얼굴. 시크하고 뭔가 독특한 분위기가 있는 여자였다. 유난히 튀는 외모도 그렇지만, 제일 기분이 상한 건 건우의 표정과 행동이었다.

'왜 저 사람까지 그 여자의 뒤를 졸졸 쫓아다니면서 시선을 떼지 못하는 건데?'

서희는 테이블에 잔을 탁하고 내려놨다. 그리고 회심의 미소를 지으며 문제의 여자가 있는 쪽으로 움직였다. 마침 부모님이 입구로 들어오는 걸 봤기 때문이다.

"일행이 있어서 조금 늦었다. 생일 축하한다."

혜란은 아들에게 형식적인 인사를 하면서 시선은 옆에 있는 아랑을 노려봤다.

"아버지, 어머니. 오셨습니까?"

민호는 천연덕스러운 얼굴로 인사를 하며 웃어 보였다.

'오늘 분명 약혼할 상대를 데리고 온다고 했거늘⋯.'

혜란은 겉으로 내색은 안 했지만, 속은 부글부글 끓었다. 하나뿐인 아들이다. 서경 그룹의 진정한 후계자로 앞날을 생각하면 배우자 또한 당연히 잘 골라야 했다. 그러나 매번 최고의 배필이 될 만한 여자들을 줄을 세웠지만, 아들은 무관심했다. 그리고 이제는 골탕까지 먹이려 드는 것이다.

"잠시 저쪽에 가서 이야기 좀 하자."

혜란은 대뜸 아들에게 따라오라는 말을 하고 휙 돌아서 걸어가기 시작했다. 그리고 파티장 뒤쪽의 한적한 곳에 도착하자 자리에 멈춰 섰다.

민호는 마음의 준비를 했다. 뻔히 무슨 이야기가 나올지 알기 때문이었다. 오히려 속으로는 파티장에 남겨진 아랑이 걱정되었다.

"어떻게 이럴 수 있니? 오늘이 무슨 자리인지 알아? 이게 얼마나 실례니!"

혜란은 부들부들 떨면서 아들에게 마구 쏟아부었다.

"이화 그룹에서 어떻게 생각하겠어? 너 제정신이니? 당장 그 여자를 돌려보내!"

민호는 어머니의 노발대발에도 싱긋 웃으며 서 있을 뿐 대꾸도 하지 않았다. 해 봐야 또 물고 늘어지면서 싸움만 길어질 뿐이었다. 이럴 때는 그저 가만히 듣고 있다가 끝내는 편이 좋았다.

"얘가 보자 보자 하니까. 엄마 말이 말 같지 않아?"

"어머니, 그렇게 화내시면 우아한 얼굴에 주름살이 생깁니다. 그리고 평소에 그렇게 교양을 찾으시는 분께서 왜 그리 천박하게 화를 내세요."

민호가 빈정대듯 말하자 혜란은 뒷목이라도 잡고 쓰러질 지경이었다.

평소 아들이 장난기가 많고, 여자 문제도 장난이 아니긴 했다.

"이화 그룹 딸이 그냥 거저 얻어지는 신붓감인지 알아? 내가 어떻게 마련한 자리인데…!"

"여보, 그만하지. 애 생일인데. 그리고 여자 친구가 있을 수도 있지. 너무 당신이 원하는 대로 혼인을 밀어붙이는 건 예전 방식이라고…."

보다 못한 이철호가 나섰지만 바로 혜란의 째지는 목소리가 들려왔다.

"당신은 알지도 못하면서 가만히 있어요! 애가 원래 지저분한 여자관계가 많은 것도 전부 당신을 닮아서라고요! 이번에는 또 어떤 여자니? 이 엄마가 나서서 정리해 줘야 하는 거니?"

혜란은 핏대를 세우며 화를 쏟아 냈다. 그간 민호의 뒤치닥거리가 한두 번이 아니었다.

"그만하죠. 제 생일 파티인데, 주인공이 빠져서는 안 되니 가 볼게요."

민호는 더 이야기하고 싶지 않았다. 과거 여자들과 진지하지 못했던 건 사실이지만, 그래도 그중 조금이나마 진심이었던 상대나 마음에 들었던 이도 분명 있었다. 하지만 혜란은 그 모든 여자를 쓰레기 처리하듯 처리해 버렸다. 돈으로 권력으로…. 아마 아랑의 실체를 알게 된다면, 더 난리일 것이다.

"너 앞으로 또 이러면 진짜 한 푼도 못 받을 줄 알아! 아들이 하나라고 해서 무서워한다고 생각하면 오산이다!"

혜란의 악을 쓰는 소리에 민호는 씁쓸했다. 스스로 가진 건 아무것도 없으니 어쩌면 저 말이 틀린 것이 아니었다.

아랑은 파티장에서 어색한 표정을 지으며 서 있을 수밖에 없었다. 멀리 떨어져 있다고 하지만, 내공을 사용하면 파티장 뒤에서 나눈 이야기쯤은 모두 생생하게 들렸다.

'다 가진 것 같은 사람에게도 저런 애로사항이 있었구나.'

아랑은 혼자서 세상만사 나름 공평하다는 생각을 하며 고개를 끄덕였다. 그리고 주변을 돌아보다가 자신을 노려보는 두 여성의 시선이 시야에 들어왔다. 한 명은 서희가 분명하고, 다른 한 명은 바로 아까 대화에 등장한 이화 그룹의 딸이라는 여자일 것이었다. 둘은 서로 아는 사이인지 대화를 나누는 모습이었다. 그리고 그사이에 건우가 껴서 곤란한 표정을 짓고 있는 게 보였다.

"서희야, 저 여자 알아?"

"아, 아니."

서희는 아랑을 흘끔 쳐다보며 고개를 저었다.

"신경 쓰지 마. 그냥 친구일 거야. 우리 오빠한테 애인 같은 거 없는 거 너도 알잖아?"

"그래도 아까 너무 다정해 보여서…."

건우는 그런 여자들의 대화에 끼어들기 싫은 눈치다. 그렇지만 서희가 계속 말을 시켜서 그런지 자리를 뜨지 못하고 상대하고 있는 것처럼 보였다. 그때 구세주인 민호가 돌아왔다.

"오래 기다렸지. 미안. 목마르지. 뭐 마실래?"

아랑은 아무렇지 않은 듯 웃는 그를 보면서 뭔가 가슴이 살짝 먹먹해졌다. 그래도 저렇게 밝게 웃는다는 게 뭔가 안타깝기도 하고….

"아니에요. 별로 오래 안 기다렸어요."

"그래, 그럼 다행이고. 저쪽으로 가자."

　민호의 리드로 다시금 파티장을 돌아다니며 여러 사람과 인사를 나누었다. 물론 계속 노려보는 시선에 등골이 서늘한 느낌이 드는 건 어쩔 수 없었다. 우선 저기 저 구석에서 쳐다보는 건 민호의 엄마였고, 또 저쪽에 그 무슨 그룹 딸내미까지. 다들 매우 못마땅한 얼굴로 차갑고 매서운 눈으로 아랑을 질책하는 듯했다. 오해를 단단히들 한 셈이다. 하지만 이걸로 나름의 생일 선물을 주는 거니까…. 생각해보면 그리 어려운 일이 아니었다. 겉모습이 완전히 다른 사람이니 자신에 대해 알 수 있는 건 없으리라.

　아랑은 가슴을 당당히 펴고, 활짝 웃기 시작했다. 민호의 여자 친구를 제대로 연기해 주고 싶었다. 그리고 깊은 속까지 이해할 수는 없었지만, 나름 가진 자들 또한 고민이라는 게 있는 법이구나 싶었다. 그러나 파티장 내내 가장 곤란했던 건, 건우의 끝없는 질문공세였다.

　"이름이 서사라라고 했지? 민호와는 어떻게 아는 사이?"

　민호가 자리를 비울 때면 어김없이 가까이와 질문을 해댔다.

　"글쎄요. 그냥 우연히…."

　아랑은 혹시라도 들킬까 싶어 똑바로 그를 바라볼 수 없었다. 고개를 약간 숙인 상태거나 다른 곳을 쳐다보는 게 일이었다.

　"연락처 줄 수 있어?"

　"네?"

　건우의 입에서 연락처를 달라는 말까지 나오자 아랑은 당황했다. 이건 무슨 상황이지? 사장이 왜 연락처를 달라는 건지…. 그리고 언제 봤다고 계속 반말이야 반말이! 물론 아는 사이긴 했지만.

　'그건 나만 아는 거고!'

　아랑은 속으로 분통을 터트렸다. 그런데 더 기가 막힌 소리가 들려왔다.

“민호가 뭘 약속하고 얼마를 줬는지 모르지만, 내가 더 비싸게 쳐 줄게.”

‘뭐?’

어이가 없었다. 아랑은 화가 나 고개를 들어 건우의 눈을 정면으로 바라봤다. 한껏 빈정거리는 눈빛이었다. 아마 답을 회피하자 민호가 돈을 주고 고용한 사람이라 생각하는 모양이다. 입꼬리 한쪽이 삐딱하게 올라간 게 딱 성격대로다. 그런데 참 잘생겼다. 슈트 차림이 매끈한 그는 정말 오늘 밤 유난히 더 멋져 보였다.

‘에잇, 외모만 반반해서 개차반 같은 성격에….’

아랑은 속으로 욕설을 잔뜩 퍼부어 주었다.

‘그래, 더러워서 피한다.’

똥 씹은 표정으로 그를 무시하기로 했다. 평소에도 잘난 척, 있는 척은 더럽게 하면서 매사에 모든 걸 돈으로만 계산을 해 대니. 그냥 사람의 호의나 친절로 무엇인가를 해 줄 수도 있다는 건, 저 인간 사전에 없으리라.

그때 민호가 다가왔다.

“기다렸지? 미안. 건우가 또 못살게 굴었어? 너 오늘따라 왜 자꾸 내 파트너를 괴롭히냐?”

그는 재빨리 아랑의 허리를 잡아 옆으로 당겼다. 그 친숙한 행동이 낯설어 괜히 얼굴이 붉어졌다.

“내 동생이나 좀 잘해 봐. 오늘따라 왜 그래?”

민호는 낮게 건우에게 으르렁거리듯 말했다. 어렵게 서희와 파트너까지 만들어 줬는데, 둘은 영 따로 노는 분위기니 이상했다. 그러나 건우는 별 대답이 없었다. 그리고 못마땅한 게 역력한 표정으로 아랑을 잠시 노려보더니 성큼성큼 인파 속으로 걸어가 버렸다.

"건우가 뭔가 오늘 단단히 삐졌는데…."

민호는 장난스럽게 웃으며 한쪽 눈을 찡긋했다. 아랑은 마주 보며 웃어 주긴 했지만, 속은 불편할 수밖에 없었다.

'사장이 왜 저러지?'

하지만 아랑은 금세 다시 시끄러운 인파에 휩싸였고, 그렇게 파티장의 분위기는 무르익어 갔다.

11

특명, 사장님을 구하라!

파티가 끝나고 옷을 갈아입는 중이었다. 갑자기 휴대폰 진동이 요란스럽게 울려 댔다. 드르륵드르륵.

"네?"

"사장님이 납치되셨습니다. 빨리 와 주…."

김 비서의 말에 전화를 끊자마자 튀어 나가듯 밖으로 향했다.

'이게 뭔 소리야? 사장이 납치되었다니!'

"데려다줄게."

밖에서 기다리던 민호의 당황한 목소리가 들렸다. 그러나 고개를 돌릴 시간도 없었다. 후다닥 뛰어가는데 민호가 뒤쫓아 왔다.

"무슨 일이야?"

"사장님이 납치되셨대요!"

"뭐?"

민호는 조금 전 주차장으로 가는 건우를 보고 올라온 참이었다. 아랑이 옷을 갈아입도록 위층의 룸 하나를 잠시 빌린 것이었다.

"어디로 가는 거야?"

"우선 주차장으로요!"

아랑은 답을 하면서 이미 계단으로 통하는 문을 열고 있었다. 마음이 급해 있는 대로 내공을 끌어 올렸다. 엘리베이터 같은 걸 기다릴 여유가 없었다.

휘리릭— 계단을 미끄러지듯 내려가기 시작했다. 누가 보면 기절초풍할 모습이리라. 사람도 없는 비상구. 최대한 속도를 높였다. 그러자 신형이 흐릿해졌다. 민호는 휴대 전화로 경호 팀장에게 연락을 넣었다.

"박 실장, 어떻게 된 일이죠?"

절친의 문제이기 때문이기도 했지만, 경호를 이쪽에서 제공하고 있었으니 책임 문제도 있는 셈이었다. 민호는 사고 경위를 듣고 경찰에 연락하라는 명령을 내리고, 엘리베이터가 도착하자 탑승했다. 아랑은 그때 이미 1층에 다 내려와 있었다.

'지하 주차장에서 문제가 터진 것이라 했지?'

김 비서가 기다리는 차로 걸어가는 건우를 시커먼 놈들이 나타나 차로 끌어들였다고 했다. 민호가 붙여준 경호원들은 다 당한 모양이었다.

'여기다!'

지하 주차장에는 김 비서가 초조한 모습으로 서 있고, 주변에 몇몇 경호원으로 보이는 이들이 바닥에 널브러져 있는 게 눈에 들어왔다.

"오셨군요!"

김 비서는 아랑이 무슨 구세주라도 되는 것처럼 달려왔다. 사실 휴가를 가 있는 상태니, 이렇게 빨리 나타난 걸 이상하게 여겨야 하는데 그런 기색이 전혀 없었다.

'여기 있다는 걸 알고 계셨나?'

그러나 그런 의문을 가질 때가 아니었다.

"어떻게 된 일이에요? 차는 어느 쪽으로 갔어요?"

아랑은 다급한 목소리로 질문했지만, 막상 뭘 어떻게 해야 하는지 알 수가 없었다.

"갑자기 일곱 명이 넘는 놈들이 들이닥쳤습니다. 검은색 9인승 봉고차로 경찰에는 연락을 넣었습니다. 차번호는 기억해 두었으니 아마 경찰 쪽에서 추적이 가능할 겁니다. 하지만 대포차라면 소용이 없겠죠. 출구로 나간 지 5분 정도 되었습니다."

김 비서는 역시 대단한 사람이었다. 이 상황에 침착하게 자세히 설명하다니.

"사장님 휴대폰에 GPS 추적이 가능하게 되어 있습니다. 여기 추적되는 게 표시됩니다."

김 비서는 이미 켜 둔 작은 태블릿 화면의 지도를 보여 줬다. 평소 비상시를 대비해서 준비해 둔 것이었다.

"쥐피에스여?"

아랑은 처음 듣는 단어에 난감했지만, 대충 보니 건우의 휴대폰 위치를 지도에 표시해 주는 거로 보였다. 붉은 점이 깜박거리며 지도를 이동하는 게 보였다.

'이거면 되겠다!'

"그럼 이걸 제가 가지고 쫓아가면 되겠네요! 바로 가요!"

"경찰이 올 때까지 기다렸다가 상황을 전하고 가도록 해야 하지 않을까요?

"그럴 시간이 어디 있어요! 그건 전화로 설명하든가 하구요. 바로 뒤를 쫓아가자고요."

아랑의 성화에 김 비서는 차에 올랐다. 그때 민호가 주차장에 들어섰다.

"야! 어딜 가?"

민호는 차를 타고 출발하는 김 비서와 아랑을 보고 소리를 쳤지만, 그녀는 지금 민호에게 설명할 시간이 없었다. 어두운 주차장을 빠져나갈 때쯤 휴대 전화가 바로 울렸다.

"아랑아! 무슨 일이야?"

민호의 다급한 목소리가 들렸다.

"김 비서 아저씨가 쥐피에스인가 뭔가로 위치 추적이 가능하시대요. 지금 바로 뒤를 쫓는 중이니까요. 경찰들이 오면 설명 잘해 주세요."

민호는 겨우 여자애 하나가 뭘 하겠다고 저렇게 위험한 곳을 쫓아가는지 이해가 안 되었다.

"야! 네가 뭘 한다고 김 비서랑 둘이서 뒤를 쫓아?"

"걱정하지 마세요. 제가 힘 하나는 세거든요."

아랑은 아무렇지 않게 말했지만, 민호는 어이가 없다는 목소리였다.

"그게 뭔 소리야? 빨리 돌아와! 경찰이 오면 추적하게 시킬 테니까."

"조금 이따가 전화할게요."

아랑은 막무가내로 전화를 끊었다. 어차피 설명 불가능한 일이다. 내공을 가진 고수라고 말해 봐야 누가 믿겠는가? 그리고 지금 그런 걸 하나씩 다 설명한 시간이 어디 있다고.

"제가 조금 이따가 전화하겠습니다."

김 비서는 침착한 목소리로 옆에 있는 아랑을 쳐다보지도 않고 말했다.

"경찰에게 자세히 설명을 해 줘야 할 테니 제가 알아서 하겠습니다. 그때 민호 도련님께도 사정을 설명하면 될 겁니다."

김 비서는 아랑을 진짜 믿는 눈치였다. 하긴 건우가 납치되었다고 전화를 한 걸 봐도 그렇고, 아무리 급하다고 하지만 쫓아가자는 말에 대뜸 차에 올라타 운전을 해 주는 걸 봐도 그렇다.

'그 회장인가 뭔가 하는 능구렁이 같은 건우의 아버지라는 사람이 뭔가 귀띔을 해 줬나? 그런데 그쪽도 자세한 건 모를 텐데…. 어쩌면 평소 저택에 침입하는 녀석들을 처리하는 걸 다 지켜봤나?'

아랑은 눈을 가늘게 뜨고 그를 슬쩍 뜯어봤다. 설마 김 비서가 은둔해 있는 고수 같은 거 아닌지 몰라. 하지만 그는 너무나 평범하고 말쑥한 노신사일 뿐이다.

"거의 다 와 갑니다. 여긴 과거 은성파 놈들이 손을 대고 있던 공장인데…."

지도 위에 빨간 점이 멈춰선 곳은 인천부두에서 가까운 곳으로 공단지역으로 유명한 곳 중 하나였다. 김 비서는 익히 아는 곳이라는 말투다. 그러나 안 좋은 기억이라도 있는지 말끝을 흐렸다.

아랑은 차장 밖을 휘휘 둘러봤다. 이미 어둠이 깔린 시간, 폐쇄된 공장이 대다수인 곳이라 그런지 길에는 인적 하나 없었다. 낡은 건물들, 쓰레기 더미, 버려져 방치된 폐차들. 한동안 사람의 손길이라고는 닿지 않은 느낌이었다. 건물들 뒤로 바다가 눈에 들어왔지만, 시커먼 색으로 보여 별 감흥이 일지 않았다.

"여기 세우겠습니다. 경찰과 민호 도련님께 연락하겠습니다."

김 비서는 목적한 건물에서 조금 떨어진 블록에 차를 세웠다.

"전 가볼게요. 김 비서님은 조심하고 계세요."

아랑은 차 문을 열려다 말고 운전석의 김 비서를 다시금 바라봤다.

'아무 일도 없으려나?'

그래도 환갑이 다된 할아버지인데 걱정이 안 되는 게 더 이상했다. 물론 비밀스러운 구석이 있는지라 큰 문제는 없을 것 같지만.

"걱정하지 마시고 가서 사장님을 구해 오십시오."

김 비서의 말에 씩 웃어 보였다.

'역시 뭔가 특이한 할아버지라니까. 이 상황에 구해 오라는 말을 쉽게도 한다. 아무리 내공을 얻었다고는 하나 겉으로는 어린 여자의 몸인데 말이야. 진짜 뭔가 아나? 안다고 해도 그건 나중에 대화해 보지 뭐. 우선은 사장을 구하러 가야 한다.'

아랑은 차 문을 열고 밖으로 나왔다. 그리고 어차피 김 비서는 신경을 쓰지 않아도 된다고 생각하니 마음이 편해졌다. 아까 지도에서 본 건물이 보였다. 내공을 끌어 올렸다. 슈스스슥. 이렇게 모든 힘을 다 써보는 건, 처음이었다. 온몸에 에너지가 충만한 느낌이 가득했다.

'하긴 궁금하기도 했지…. 한계가 어느 정도인지 말이야. 시작해 볼까?'

아랑은 호흡을 가다듬었다. 그리고 경공을 써 신형을 움직이자 흐릿한 잔상만 남을 정도로 빠르게 움직였다. 우선 유리가 없는 2층 창문을 향해 뛰어올랐다. 휘리릭! 사람이 움직이고 있다고 생각하지 못할 몸놀림이었다. 그림자처럼 스르륵 창문을 통해 안으로 스며들었다. 과거 사무실이었던 모양인지 낡은 철제 캐비닛과 책상이 아무렇게나 놓여 있었다. 벽에 붙어 청력을 최대한 키우자 주변의 모든 소리가 들리기 시작했다.

"형님, 보스는 언제 오신대요?"

"오고 계신다."

"아니. 그냥 죽여 버리면 될걸. 왜 힘들게 납치를 하라고 해서는. 그간 빵으로 들어간 애들이 몇이나 되는 건지…."

"그만 떠들어라."

입 닫으라고 말은 했지만, 이 실장의 맘도 편치는 않았다. 지금 꽁꽁 묶여 있는 차 씨 녀석의 저택이라는 델 숨어들어 갔다가 잃은 부하가 족히 스무 명이 넘었다. 무슨 수를 쓰는 건지 경호원이라는 작은 꼬맹이 하나가 그 모든 걸 해냈다. 생각만 하면 이가 부득부득 갈렸다.

"그런데 짭새들한테 연락이 갔을 텐데 여기로 쫓아오는 거 아닐까요?"

"짭새들 오기 전에 옮길 거니까. 보스가 오면 알아서 다 해결할 거다."

계획은 오늘 밤 중국으로 가는 배를 타게 될 것이지만, 부하들에게 알려줄 이유는 없었다. 아랑은 놈들의 대화를 통해 건우가 이곳에 있다는 걸 확인했다. 소리로 볼 때는 바로 아래층에 있는 것으로 보였다. 조심스럽게 몸을 움직였다. 최대한 소리가 안 나게. 그런데 이 건물 생각보다 매우 낡은 상태였다. 아마 철거를 하다 중도에 그만둔 건지. 여기저기 뻥 뚫린 공간과 푹 꺼진 바닥. 제대로 사람이 다니긴 쉽지 않은 구조였다.

'아래층으로 가려면 우선 줄을 타야겠네.'

그전에 먼저 놈들부터 확인해야 했다. 계단 초입에 하나, 입구 쪽에 둘, 건우 옆에 둘. 그리고 나무상자 위에 앉아 있는 리더로 보이는 녀석까지. 일곱이라 했는데 한 녀석의 기척이 안 느껴졌다.

'차에 있거나 다른 데 갔나?'

청력을 최대한 높여도 주변에서 들리는 소리는 없었다. 어쩔 수 없지. 여기가 놈들의 중요한 장소라면 어차피 인원은 더 늘어날 수도 있는 법.

'그전에 빨리 끝내는 게 좋겠지!'

아무리 내공이 어쩌고 해도 혼자 수십 명을 감당할 수 있는 건 아니었다. 결심이 서자 기척을 지우고 스르륵 미끄러지듯 끊어진 계단으로 향했다.

줄에 휘리릭- 올라타 아래로 내려가기 시작했다. 과거 이모의 서커스 실력을 배워 둔 게 이럴 때 요긴했다. 아무리 내공을 써서 경공을 구사한다고 해도 허공답보는 불가능했다.

아래쪽에 도착하자마자 스르륵 신형을 빠르게 움직였다. 팍!

우선 계단 입구에 있던 놈의 목을 때려서 기절시켜 쓰러지는 녀석을 잡아서 바닥에 눕히고 바로 입구 쪽으로 몸을 날렸다. 두 사내가 갑자기 나타난 아랑 때문에 놀랐는지 눈을 크게 뜨고 소리를 지르려는 찰나!

퍼퍽! 퍽! 내공을 실어 내지른 주먹에 맞고 양쪽으로 쓰러졌다.

'이제 여기는 모두 정리가 되었고….'

안쪽을 슬쩍 엿봤다.

'구석에 있는 사장 옆의 두 놈과 리더로 보이는 놈만 처리하면 되는 건가? 인질극만 벌어지지 않는다면 좋겠는데….'

한 번에 세 놈을 처리할 방법은 없어 보였다.

'!'

순간 기발한 생각이 떠올랐다. 아랑은 몸을 최대한 숙인 상태로 이동해 뒹구는 벽돌 하나를 집어 들었다. 그리고 최대한 멀리 떨어진 성한 유리창을 향해 던졌다. 챙그랑!

"뭐야?"

"밖에 살펴봐!"

유리창이 깨지는 소리에 안의 세 놈은 시끄러워졌지만, 밖은 고요했다. 당연했다. 다들 기절해 있으니. 후후. 아니나 다를까.

"야! 이인호! 왜 대답이 없어?"

리더로 보이는 사내가 벌떡 일어나 밖에 세워 둔 부하 중 한 명의 이름을 불렀다.

"너희가 나가서 살펴봐!"

명령이 내려지자 건우의 옆을 지키던 사내들이 밖으로 나왔다. 그들은 손에 랜턴을 들고 나왔지만, 컴컴한 가운데 벽에 찰싹 붙어 있는 아랑을 알아차리지 못했다. 완전히 밖으로 둘이 나오자 아랑은 그들의 뒤쪽에서 바로 손을 썼다.

파곽! 둘은 털썩 바닥에 쓰러졌다. 어차피 이제 1대 1이니 조금의 소음은 어쩔 수 없다 생각했다. 재빨리 몸을 돌려 안으로 향했다. 그리고 번개같이 마지막 남은 사내에게 다가갔다. 퍽! 한 방에 기절시켰다. 성공! 그간 내공을 조절하는 연습을 게을리하지 않은 게 주효했다. 잘못하면 죽여 버릴 수도 있었지만, 적절하게 기절하도록 만들었다.

황급히 묶여 있는 건우에게로 다가갔다. 팔과 다리에 묶인 끈을 제거하고 입에 붙어 있던 테이프를 쫙! 떼었다.

"켁…컥. 어떻게 왔어?"

건우는 입에서 테이프가 제거되자 놀란 표정으로 질문해 왔다. 그의 모습은, 아까의 멋진 자태는 어디로 갔는지 초췌했다.

"사장님, 괜찮으시죠? 빨리 여기에서 나가도록 하죠."

'지금 그런 질문을 할 때가 아니라고. 빨리 여기를 나가야지.'

물론 김 비서가 연락했으니 경찰이 오겠지만, 그 전에 아까 들은 놈들의 보스가 오면 곤란하다.

"제게 기대세요."

건우는 납치될 때 다리를 다친 건지 혼자 제대로 서질 못했다. 약간 절룩거리는 그를 부축하여 밖으로 향했다. 그런데 막상 나가려고 하니 건물의 정문은 나갈 수 없게 되는 있는 상태였다.

"뒤쪽으로 가야겠네요."

뒤쪽 출구로 나오자 좁은 길을 따라 바로 왼쪽으로 출렁거리는 시커먼 바닷물이 보였다. 그때였다.

"멈춰!"

어디서 나타난 건지 사내 하나가 손에 뭔가를 들고 앞을 가로막았다. 어두워 자세히 보이지는 않았지만, 흐린 달빛에 살짝 비친 것으로 봐서는 칼이었다.

"조심해!"

건우는 달려드는 사내를 보고 놀라 소리를 지르며 아랑을 감쌌다. 하지만 되려 시야를 가려 방해만 될 뿐이었다.

'아이씨!'

아랑은 어쩔 수 없이 건우를 그대로 밀면서 바다로 몸을 날렸다. 상대는 무조건 칼을 앞으로 세우고 돌진 중이었다. 아마 초보자일 가능성이 높았다.

첨벙! 아랑은 건우를 붙잡고 함께 물속에 빠졌다. 그와 동시에 칼을 들고 달려든 사내는 제풀에 우리가 있던 자리를 지나서 앞으로 꼬꾸라졌다. 아랑은 다행이라 생각했다. 이제 밖으로 나가면….

'엥?'

옆에 있으리라 생각한 건우가 보이지 않았다. 황급히 주변을 살펴보니 허우적거리며 물속으로 가라앉고 있는 게 눈에 들어왔다.

'수영을 못해? 아니, 그 수영복을 사느니 뭐니 한 건 뭐였어? 폼이야?'

아랑은 재빨리 헤엄쳐서 건우를 잡아당겼다. 그러나 이미 호흡이 곤란해 보였다. 급한 대로 끌어당겨 입 안에 공기를 불어 넣어 줬다.

어두운 물속에서 맞닿은 입을 통해 서로의 온기가 느껴졌다. 따뜻한 공기가 건우의 폐로 흘러가고, 주변의 출렁이는 물속에서 둘의 모습은 몽환적인 느낌이었다. 찰나였지만, 길고 긴 시간이 이어지는 거 같았다. 물속에 흐트러진 머리카락이 넘실거렸다.

'이게 뭐!'

아랑은 퍼뜩 정신을 차려 건우를 끌어안고 물 위로 올라갔다.

"헉헉."

건우는 밖으로 나오자 그제야 숨을 몰아쉬었다. 그를 끌고 헤엄치며 위로 올라갈 수 있는 장소를 찾아 두리번거렸다. 멀리서 띠요-띠요-하는 경찰 사이렌 소리가 요란하게 들려왔다. 아마 경찰이 제때 도착한 모양이다.

'저기면 되겠어!'

낮은 둔덕을 찾았다. 그리고 무사히 육지로 올라올 수 있었다.

"119가 왔으니 괜찮을 겁니다. 어디 다친 곳은 없으신가요?"

김 비서가 제일 먼저 달려와 구조대에 실려 가는 건우를 챙겼다. 그리고 아랑에게 다가와 모포를 덮어 줬다.

"수고했습니다."

"별말씀을요."

아랑은 힘겹게 웃으며 오늘 할 일은 다 했다고 생각했다. 그리고 그제야 긴장을 풀었다.

"아랑아, 괜찮아?"

갑자기 들려온 민호의 목소리가 반가웠다. 고개를 돌리니 헐레벌떡 뛰어오는 모습이 보였다.

"괜찮아요."

"건우는 응급실에 실려 가던데. 너도 어디 다친 거 아니야? 정말 괜찮아?"

민호는 다급한 표정으로 아랑의 여기저기를 살폈다.

"진짜 아무렇지도 않아요."

"다행이다."

민호는 갑자기 와락 아랑을 껴안았다. 순간 아랑은 당황스러워 아무 말도 할 수 없었다.

'잉? 아무리 걱정했다지만, 너무 과한데…'

아랑은 난감해져 슬며시 민호를 밀면서 품 안에서 빠져나왔다.

"아하…, 미안. 걱정됐거든."

민호는 얼굴을 붉히며 머리를 긁적이며 쑥스러운 표정이 되었다.

"너도 병원으로 갈 거지. 내 차로 가자."

민호는 화제를 바꾸더니 아랑을 차로 데려갔다. 그가 운전하는 동안 어색한 침묵이 흘렀다. 그러나 아랑은 신경이 늘어질 대로 늘어졌는지 자꾸 졸렸다.

'아함…. 졸린다.'

자꾸 눈이 감겼다.

'아무래도 오늘 진짜 무리했나 보다. 이제 좀 쉬고 싶네…'

아랑은 자신도 모르게 잠에 빠졌다.

"다 왔어. 힘들었나 보다."

민호의 목소리에 잠에서 깼다. 눈을 떠 보니 그의 걱정스러운 얼굴이 시야에 들어왔다.

"병원에 잠깐 들리고 바로 돌아가는 게 좋겠다. 피곤해 보여."

"아, 안 돼요. 샘님… 아니 사장님 병실 앞에서 경호를 서기로 했어요."

아랑은 방금 잠에서 깨서 그런지 말이 헛나왔다. 샌님이라고 그대로 부를 뻔했네.

"아까 그런 일도 있고 그래서 휴가도 취소됐어요. 괜찮아요."

염려하지 말란 뜻으로 씩 웃어 보였다. 민호는 남의 고용인 문제에 간섭할 수 없는 일이니만큼 안타까운 표정을 지었다. 그 뒤 민호는 건우의 얼굴을 보고 돌아갔다.

아랑은 병원의 특실 입구에 별도로 마련된 공간에 있게 되었다. 건우의 병실은 여길 통과해야만 들어갈 수 있었다. 아랑은 간이 침상에 벌렁 드러누웠다.

'아까는 그렇게 졸렸는데, 막상 누우니 잠이 안 오네.'

오늘 무사히 건우를 구한 일로 보너스를 주겠다는 능구렁이 회장의 연락도 받은 터라 기분이 좋아야 했다. 그런데….

'공돈이 떨어진다는데도 왜 기분이 이리 찝찝할까?'

아랑은 천장을 멀뚱멀뚱 쳐다봤다. 부쩍 늘어난 경호 인력에 경찰까지 보초를 서는 상황이라 푹 자도 되는데 잠이 안 왔다.

'다 저 머저리 같은 사장 놈 때문이다! 에이씨!'

아까부터 머릿속에서 건우 생각이 떠나지 않았다. 이상한 일이었다. 오늘 있었던 가장 멋진 일은 예쁜 드레스 입고 파티장에 갔던 건데…. 사장을 구출한 일이 물론 스펙터클하고 나름의 재미도 있었지만, 그게 한밤중에 머릿속에 떠오른다는 건 이상하지 않은가? 그것도 바닷물 속에서 그를 구하려고 숨을 불어넣은 일이 왜 자꾸 생각나는 건지. 아랑은 괜히 화가 나 다리를 버둥거렸다.

'그냥 살리려고 한 일이라고. 잊자 다 잊자! 무념무상!'

택견을 공부할 때 할아버지가 늘 이야기했던 평정심과 무념무상의 상태가 지금 필요한 것 같았다. 하지만 아랑은 결국 거의 제대로 잠도 못 자고 밤을 꼴딱 새웠다.

한편 바로 안 병실에 있는 건우 또한 쉽게 잠들지 못하고 있었다.

'녀석이 아까 그거 키스한 거지?'

건우는 미친 사람처럼 속으로 혼잣말을 하다가 거세게 고개를 가로저었다.

'아니야!'

그는 병원 침상에 누워서 계속 뒤척거리며 잠들지 못했다. 꼬맹이가 자신을 구하려고 혈혈단신으로 그곳에 나타난 것도 대단했지만, 결정적으로 바닷물 속에서 공기를 불어 넣어 준 일이 뇌리에 콕 박힌 것처럼 잊히지 않았다. 차라리 건우는 파티에서 만났던 여자를 생각하려고 애썼다. 그녀를 처음 본 순간 심장이 터질 것 같았다. 그런데 왜 자꾸 그녀의 얼굴 위로 꼬마 녀석이 겹쳐진단 말인가!

건우는 침상에서 벌떡 일어나 앉았다. 마음 같아서는 당장 달려나가서 녀석에게 따지고 싶었다. 그러나 지난번 제주에서 다친 곳이 다시 도졌다. 다리를 살짝 삔 것뿐이라 며칠이면 낫는다고 했지만 갑갑했다. 그런데 막상 만나면 또 뭐라고 따진단 말인가? 그리고 두렵기도 했다. 건우는 꼬맹이에 대한 이 이상한 마음이 다른 것이면 어쩌나 싶었다. 지금 민호를 걱정할 때가 아니었다.

'그래, 민호!'

건우는 그제야 표정이 밝아졌다. 그 여자의 연락처를 알아내서 꼭 만나게 해 달라고 사정할 생각이었다. 그녀라면 이런 곤란한 생각이 절대 아무 것도 아니라는 걸 증명할 수 있으리라. 휴대폰을 들었지만, 시계를 보니 새벽 2시. 내일 전화할 것을 다짐하며 건우는 다시 자리에 누웠다. 하지만 잠은 오지 않았다.

다음날, 이른 아침부터 민호와 서희 남매가 병문안을 왔다.

"별일이네. 귀하신 몸께서 여길 다 오시고."

건우는 삐딱한 말투로 서희를 바라보며 혼잣말을 하듯 말했다.

"서경 그룹 행사에서 그런 일이 생겼으니 당연히 와 봐야죠. 그리고 우리 오빠와는 오랜 친구잖아요."

서희는 난처한 표정으로 말했지만, 다들 그리 이해하는 표정들은 아니었다. 당연한 게 그간 건우에게 얼마나 냉대를 했던가?

"정말 괜찮은 거야?"

민호는 어제 벌어진 일이 아직도 믿겨지지 않았다. 특히 아랑이 결국 건우를 구해 냈다는 게 신기했다. 그 과정에 대해서는 아무도 자세한 이야기를 하지 않았으니 알 방법이 없었다.

"괜찮아. 내일이면 퇴원인데."

"경찰 쪽에서 들리는 이야기로는 무슨 조폭 집단 놈들인 거 같던데, 왜 너를 노렸던 거냐? 몸값을 노렸던 건가?"

"글쎄. 알 수 없지."

건우는 씁쓸한 얼굴로 말끝을 흐렸다. 집안의 과거가 진짜 조폭이라는 건, 아무리 친한 민호라고 해도 터놓고 이야기한 적이 없었다.

"하여튼 다행이다. 그런데 우리 혁혁한 공을 세운 경호원에게 특혜는 없는 거냐? 들어오다 보니까 앞에서 근무하던데? 너 너무 부려 먹는 거 아니냐? 실력도 그렇게 좋으니 진짜 거액을 주고 스카웃해 가야겠어."

민호는 농담 반 진담 반이었다. 어제 자신의 마음에 뭔가 변화가 일어났다는 걸 확신하게 되었다. 건우를 찾겠다고 차를 타고 떠난 아랑을 보면서 얼마나 마음을 졸였는지…. 민호는 경찰과 함께 현장에 제일 먼저 도착한 이들 중 하나였다.

"무슨 소리야? 보너스도 챙겨 주고, 앞으로 더 잘해 줄 건데."

건우는 농담으로 받아치면서도 조금은 불안해졌다. 그리고 문득 어제의 일이 떠오르자 황급히 말을 바꿨다.

"야, 어제 데려왔던 그 여자 말이야. 서사라던가? 그 여자 연락처 좀 알려 줘봐."

"왜?"

민호는 건우의 질문에 당황했다.

"좀 알려 줘봐. 너 진짜 사귀는 사이도 아니잖아."

건우는 그 여자라면 아마 꼬맹이에게 홀린 자신을 구해낼 수 있으리라 믿었다.

"전 그만 가볼게요. 빨리 쾌차하세요."

한쪽에 서 있던 서희가 갑자기 또각또각 힐 소리를 내면서 밖으로 나가 버렸다. 병실을 나가는 서희의 안색은 굳어 있었다. 그녀의 속은 부글부글 끓고 있었다.

'감히! 여기까지 문병온 것만으로도 영광 아니야?'

그런데 건우는 어제 파티에서 만난 여자에게 관심을 보이고 있었다. 스토커처럼 쫓아다닐 때는 언제고 이제는 또 다른 여자를 찾는단 말인가?

“안녕히 가세요.”

아랑은 벌떡 일어나 밖으로 나가는 그녀에게 인사를 올렸다. 하지만 상대는 무반응에 싸늘한 얼굴이었다. 하지만 안에서 하는 이야기를 들었기에 조금은 이해가 되었다. 건우가 왜 서희에게 저런 태도인지는 이해가 안 됐지만. 그리고 아랑은 꼴에 입은 살아서 민호가 자신을 스카웃해 간다는 말에 잘해 준다는 소리를 한 사장이 과연 그럴지 지켜보기로 했다.

‘믿을 구석이 있어야지. 인간성이 영 아니라니까.’

아랑이 속으로 사장에 대해 욕하며 뒤 담화를 하는 중에 민호가 나왔다.

“오늘도 일을 시키네. 힘들지?”

그는 부담스러울 만큼 자상한 얼굴이었다.

“아, 아니에요.”

괜찮다고 말했다. 그때 안에서 부르는 건우의 목소리가 크게 들렸다.

“꼬맹이!”

“들어가 봐라. 다음에 보자.”

민호는 안타까운 표정으로 인사를 하더니 밖으로 성큼성큼 걸어갔다. 아랑은 그의 뒷모습을 쳐다보다가 재빨리 병실로 들어섰다.

“꼬맹이! 왜 이리 굼떠?”

“네, 왔습니다.”

아랑은 대답과 함께 뭐 때문에 이렇게 급히 불렀나 싶어 여기저기를 관찰했지만, 별다를 게 없어 보였다.

“저…저기 냉장고에서 커피를 꺼내 와봐.”

사실 특별히 시킬 일은 없었다. 건우는 민호가 꼬맹이를 붙잡고 뭔가 말을 하려는 거 같아서 급히 불러들인 것이었다.

“여기 있습니다.”

아랑은 커피를 꺼내 건우에게 내밀었다. 다리를 다쳤다고 하지만, 이 정도는 스스로 할 수 있을 텐데…. 하지만 고용주가 시키는 거니까 어쩔 수 없었다. 잠시 병실에는 어색한 침묵이 흘렀다. 그러고 보니 어제 일 이후 둘은 처음 제대로 대면하는 것이었다. 아랑은 괜히 쑥스러워 그를 똑바로 바라볼 수가 없었다. 건우 또한 뭐가 불편한지 시선을 맞추지 않고 다른 곳을 쳐다보고 있었다. 커피를 마시는 소리만 들릴 뿐 정적이 흘렀다.

“특별한 일 없으면 이만 나가보겠습니다.”

아랑은 용기를 내 입을 열었다. 밖으로 나가 있는 편이 만 배는 편할 것 같았다. 또 뭔가 꼬투리를 잡거나 시킬 게 있다면 있어야겠지만.

“어…어, 그래.”

건우가 그러라고 싱겁게 답하자 아랑은 후다닥 병실을 나와 소파에 털썩 앉았다.

‘사람을 구해 주려고 그랬던 건데, 뭔가 되게 어색하네.’

복잡한 마음에 아랑은 괜히 머리를 벅벅 긁었다.

◆◆◆

“뭔 소리야?”

“그러니까 진짜로 아랑일 내가 데려가겠다고. 더 능력 있는 경호원을 소개해 줄게. 어차피 네 의사와는 관계가 없긴 하지만. 그래도 친구니까 미리 말하는 거다.”

“꼬맹이가 너 따라간다고 했어?”

건우는 심통이 가득한 목소리로 되물었다. 하지만 속으로는 긴장했다. 설마 꼬맹이가 진짜 민호 쪽으로 가겠다면 말릴 힘이 없었다.

"물어보나 마나 너 같은 악덕 업주보다는 내가 더 좋지 않겠어?"

민호의 자신감 넘치는 목소리가 크게 들렸다.

'조건이 맞는다면 갈 생각이 없는 건 아닌데 말이야.'

아랑은 민호의 말에 속으로 수긍하며 고개를 끄덕였다. 사장실에서 나누는 이야기쯤이야 다 들을 수 있었다.

'누가 봐도 민호를 경호하는 편이 백 배, 아니 몇만 배는 편하지 않겠어? 노리는 조폭 놈들이 있는 것도 아닐 테고. 성격도 좋지. 착하고 배려심도 많고. 장점을 꼽아 보자니 하나둘이 아니네.'

그러나 그만두고 민호를 따라갈 생각은 없었다. 사람이 의리라는 게 있고, 충절까지는 아니어도 채용해 준 데 대한 고마움도 있고⋯. 그런데 뭔가 계속 자신이 남아 있으려는 이유를 대 보려니 생각보다 참 부실했다.

'진짜 여기에 남으려는 이유가 뭐냐?'

아랑은 스스로 질문을 던졌지만, 쉽게 답이 떠오르지 않았다. 그러다 이내 머리를 휘휘 가로저었다.

'아, 생각하지 말자. 복잡하다 복잡해.'

"정아랑."

"네!"

아랑은 부르는 소리에 화들짝 놀라 벌떡 일어났다.

"봐봐. 평소에도 너무 기합 들어가 있잖아."

민호의 목소리였다. 그리고 뭔 일인지 건우까지 같이 나와서 아랑을 둘러쌌다.

“너 당장 여기 그만두고, 내 전속 경호원으로 이적하자. 월급 두 배? 아니다! 세 배! 그리고 전용 주상복합 제공. 전용 자가용도 제공해 줄게. 또 뭐 원하는 거 말해 봐.”

민호는 능청스럽게 웃으며 넉살 좋게 말했다. 제안한 것들은 전부 농담이 아니라 진짜였다.

“진짜요?”

“그래, 내가 그 정도 능력은 있어. 그리고 너 실력 좋잖아.”

아랑은 갈 마음은 없었지만, 제안에 혹하긴 했다. 집과 차를 공짜로 주고 월급도 세 배라니…. 그런데 노려보는 건우의 뜨거운 시선과 눈이 마주쳤다.

“아… 아니에요. 아직 일 년도 못 채웠고요.”

아랑은 고개를 숙이고 우물쭈물 평계를 댔다. 남아 있고 싶은 이유는 자신도 정확히 알지 못하지만 말이다.

12

"이화 그룹의 딸과 다음 달 약혼을 하기로 했다."

혜란의 말에 식탁에 둘러앉은 가족들은 모두 얼어붙었다.

"지난번에 끝난 이야기 아니었어요?"

민호의 목소리가 살짝 높아졌다. 평소 여자를 갖다 붙이던 일과 다를 바 없다고 생각했지만 이번에는 달랐다.

"이화 그룹에서 지분을 가장 많이 가지고 있는 게 유지영, 그 아이다. 그리고 부모의 신뢰도 두텁고. 앞으로도 밝다고 봐야겠지. 다른 말 말고, 약혼식은 하는 거다."

혜란은 냉정하고 흔들림 없는 태도였다. 서경 그룹의 앞날을 생각해서 민호의 짝은 되도록 든든하게 골라주고 싶었다.

"서희 너도 지난번에 말한 것처럼, 박 장관네 아들 생각해 두도록 해."

서희는 불똥이 자신에게까지 떨어지자 얼굴을 찡그렸다.

"엄마, 저는 그 사람이 마음에 안 들어요."

"그럼, 네 뒤를 졸졸 쫓아다니는 양아치 같은 차 씨 놈을 말하고 싶은 거니?"

혜란은 고개를 들고 딸을 노려보면서 한마디씩 딱딱 끊어지는 말투로 말했다. 최근 딸이 미쳤는지 그 변변치 못한 오성 그룹의 아들에게 마음을 주고 있다는 걸 눈치챈 지 오래였다.

"아… 아니, 그런 게 아니고요."

“그놈은 안 돼! 하여튼 박 장관네 아들이 너 마음에 든다고 했다고 하니까. 몇 번 더 만나.”

혜란은 다시 젓가락을 놀리며 딸의 의견 같은 건 매몰차게 무시했다.

“저 마음에 둔 여자가 있습니다.”

갑작스러운 민호의 말에 실내는 찬물을 끼얹은 것처럼 냉각되었다.

“그게 무슨 해괴한 이야기니?”

혜란은 짜증스러운 태도로 수저와 젓가락을 내려놓았다. 그리고 아들을 뚫어지라 쳐다봤다.

“지난번 생일 파티 때 보셨던 사람이에요.”

민호는 긴장한 상태로 말을 꺼냈다. 우선 말이라도 꺼내 놓아야 시작이 되는 것이고, 단계별로 조금씩 어머니의 마음을 변화시킬 수 있으리라 생각했다.

“진지하게 생각하고 있어요.”

“뭐? 어디서 굴러먹었는지 알지도 못하는 여자를 지금 들이대는 거니? 놀 거라면 말리지는 않을 테니 놀아. 하지만 결혼은 다른 이야기야.”

혜란은 아들의 사뭇 다른 태도에 미간을 좁히며 인상을 썼다.

“다만 데리고 놀더라도 약혼식이나 결혼에는 절대 방해되지 않도록 해야 한다. 깔끔하게 처리하라고…. 설마 이 엄마가 거기까지 손을 써 줘야 하는 건 아니지?”

민호는 이런 상황을 예상하지 못한 건 아니었지만 그래도 실망스러웠다. 차마 처음부터 대들 수 없어서 꾹 눌러 참고 있을 뿐이었다. 오늘 이야기를 처음 꺼낸 것이니 이제 시작인 셈이었다.

“너희들이 요새 조금 이상해 보여서 하는 말인데, 지금 너희들이 누리는 게 모두 어디서 왔다고 생각하니? 그냥 공짜로 하늘에서 떨어지는 것 같아? 대학이고, 유학이고, 뭐든지 부족한 거 없이 살 수 있는 게 어디서 오는 건데? 정신들 차려!"

혜란의 계급론이 이어졌다. 결론은 부모로부터 대를 이어 물려받은 부를 지켜나가고 성장시키는 게 자식의 몫이라는 거였다. 그리고 물려받을 합당한 자격이란, 모든 면에서 갈고 닦아야 가능한 것이지만 그중 가장 중요한 건 결혼이었다.

"제대로 결혼을 해야만 지금 가진 걸 지킬 수 있는 거야. 지난번에 말했지만 멋대로 살고 싶다면 이야기해. 재산은 한 푼도 주지 않을 테니까."

식탁 주변의 공기가 무겁게 가라앉았다. 민호는 슬쩍 자신의 어머니라는 사람을 쳐다봤다. 자신을 낳고 길러 준 이가 왜 저런 생각을 가지고 살아가는지 이해할 수 없었다. 그리고 이런 순간마다 아버지가 원망스러웠다. 서로 사랑하지 않는 결혼의 대표적인 케이스가 바로 민호와 서희의 부모였다. 과거 아버지 이철호에게 진심으로 사랑했던 애인이 있었다는 이야기를 들었다. 그리고 그 과정에서 상처받은 어머니는 이미 엇나갈 대로 엇나간 느낌이었다.

"그만하지. 아직 애들 나이가 급한 것도 아니고…."

"당신은 참견하지 마세요! 뭘 안다고 그래요? 애들이 모두 당신을 닮아서 이 모양이라고요. 사랑 놀음? 그게 말이 되는 이야기예요?"

철호는 부인을 말리고 싶었지만 역부족이었다. 이제 나서 봐야 또다시 과거 이야기가 나오리라.

"먼저 일어나겠습니다."

민호는 자리에서 일어나 위층으로 향했다. 그리고 그 뒤를 따라 서희도 일어났다. 그렇게 서경 그룹 일가의 저녁 시간은 차갑게 식어갔다.

철호는 서재로 들어와 혼자 회상에 잠겼다. 아까 부인의 이야기가 가슴을 콕콕 찔러 댔다. 아들놈에 딸까지 앞으로 이런 생활을 해야 한다고 생각하니 씁쓸했다. 파티장에 데려왔던 여자라…. 희수를 닮아 자신을 놀라게 했던 여자아이를 말하는 것이리라. 너무 닮아서 순간 자신도 모르게 입밖으로 소리를 낼 뻔했었다. 생각난 김에 휴대폰을 들어서 전화를 걸었다.

"아, 지난번에 부탁한 일 잘 진행되고 있나 해서…. 그래, 그럼 자세한 건 내일 듣도록 하지."

철호는 전화를 끊고, 빨리 내일이 오길 바라는 마음이 되었다. 그녀의 아버지라는 사람을 찾아낸 모양이었다. 죽었다고는 하지만 마지막에 살던 동네까지 수소문했다는 소식이다.

- 딸이 있었다고 합니다

정확한 내용은 서류와 여러 가지 정보를 직접 들어야 알겠지만, 가슴이 뛰었다.

'딸…. 희수와 나 사이에 딸이 있는 건가?'

철호의 눈에서 눈물이 뺨을 타고 흘러내렸다. 서재의 모든 게 뿌옇게 흐려 보였다.

◆◆◆

아랑은 문을 열고 주위를 살펴본 후 살금살금 걸어 나왔다. 배가 고팠다. 이 시간이면 건우는 꿀잠을 잘 시간이고, 부엌에는 아마 낮에 남은 나물들이 있을 거였다.

'고추장 한 수저 팍 넣고, 들기름 쫙~ 뿌려서 비벼 줘야지~'

아랑은 정체 모를 노래를 속으로 흥얼거리면서 아래층으로 향했다. 건우에게 들키면 또 식충이라는 소리가 날아올 테고, 먹보니 돼지니 또 뭐라 하겠지. 그나저나 최근 그와 뭔가 매우 서먹하고 불편해진 느낌이었다. 그러고 보니 얼굴을 제대로 마주 본 적도 별로 없었다. 뭐, 이 상태가 오히려 편한 점도 많았다. 말을 많이 안 하다 보니 욕도 덜 먹었다. 사실 아랑도 지난번 사고 이후로 사장과 괜히 뭔가 껄끄러웠다. 목표지점에 도착하자 잽싸게 큰 그릇을 꺼내고, 냉장고에서 남은 나물들을 꺼내 털어 넣었다. 그리고 고추장과 들기름을 빼먹지 않고 넣어 주고. 쓱쓱 비벼서… 후후.

'캬~ 먹어 보자!'

한 숟갈 뜨려는데 발소리가 들렸다. 아마 건우가 내려오는 것이리라.

'아이-씨, 어차피 들켰으니 어쩔 수 없다. 그래도 먹던 건 먹어야지.'

아랑은 푹푹 퍼서 입에 급히 밀어 넣었다. 꿀맛이다. 그런데 이상했다. 건우가 분명 아랑의 눈앞을 지나쳐 냉장고에서 물을 꺼내는 모습까지 봤는데… 잔소리가 없다니?

'내일 해가 서쪽에서 뜨려나? 진짜 요새 이상하네.'

아랑은 먹는 속도를 늦추지 않았다. 그때 갑자기 질문이 날아왔다.

"꼬맹아, 생일이 언제냐?"

"새… 생일이요?"

뜬금없는 생일 질문에 당황했다. 입 안 가득한 음식을 우물거리며 답을 찾았다. 그러고 보니 생일이라는 걸 제대로 챙긴 적이 없어서 헷갈렸다.

"아마 11월 11일일걸요."

"아마가 뭐냐? 아마가?"

건우는 어이없다는 얼굴로 쳐다봤다.

"다음 주네. 생일에 뭐 가지고 싶은 거나, 하고 싶은 건 없어?"

"네에?"

아랑은 황당한 질문에 눈을 크게 뜨고 저런 건 왜 물어보는 걸까 잠시 고민했다.

'진짜 선물이라도 해 줄 건가? 공짜라면 뭐든 좋지만.'

"생일에 뭐 가지고 싶은 거나, 하고 싶은 거 없냐고?"

건우는 두 번씩이나 물어보게 한 게 짜증이 나 미간을 살짝 찡그렸다.

"아, 있어요!"

아무리 생각해도 뭘 말해야 할지 모르겠다가 문득 떠올랐다. 어린 시절 제일 부러웠던 일 중 하나가 어린이날이나 생일에 친구들 불러다 케이크에 불붙이는 거와 놀이동산에 놀러 가는 것이었다.

"생일 케이크에 촛불 붙이는 거랑 놀이동산 가는 거요."

아랑은 신이 나 대답했다. 상상만으로도 행복한 일이었다. 한 번도 받아 보지 못한, 그리고 엄마 아빠가 있었다면 함께 꼭 해 보고 싶었던….

"그래."

건우는 싱거울 정도로 갑자기 조용히 위층으로 올라가 버렸다.

'흠, 저건 뭐지? 새로운 신종 괴롭힘을 준비 중인가?'

아랑은 고개를 갸웃거리면서 눈을 가늘게 뜨고 의심의 눈초리를 위층으로 보냈다. 하지만 고민한다고 건우의 마음을 알 수는 없는 법. 먹는 게 남는 거다. 아랑은 남은 비빔밥을 싹싹 긁어서 입에 넣었다. 그리고 생일

이야기 같은 건 까맣게 잊었다.

"오늘이 네 생일이라면서?"

건우의 말에 고개를 끄덕이긴 했지만, 부담도 이런 부담이 없었다. 직접 운전을 하겠다고 나선 것도 불편했지만, 아랑을 위해 뭔가를 해 주겠다는 게 더 불편했다. 바늘방석에 앉은 기분이랄까?

"생일이니까 특별한 곳에 가자고."

'특… 특별한 곳이라고?'

지난번 물어봤을 때 뭐라고 답했는가를 다시 떠올려 봤다. 생일 케이크와 놀이동산 이야기를 했던 거 같았다.

'설마 놀이동산을 간다고?'

"사장님, 어디 가시는 건데요?"

아랑은 차가 톨게이트를 빠져나오자 궁금증이 커졌다. 놀이동산이라는 게 어디 있는 건지 모르지만, 서울 밖에 있나 보다.

"왜 납치라도 할까 봐 겁나?"

건우는 장난스러운 말투로 씩 웃었다.

"아, 아니요."

'납치는 무슨…, 힘도 없는 약골 주제에.'

아랑은 속으로 투덜거리며 차창 밖을 둘러봤다.

'진짜 어디로 가는 거지?'

얼마 후 넓은 공터 같은 주차장으로 차가 미끄러지듯 들어갔다. 주변에는 산도 보이고, 약간 도심에서 벗어난 곳 같았다. 여기저기 색색의 깃발과 표지판으로 봐서는 놀이공원이 맞긴 맞는 모양이다.

"내려."

건우의 말에 아랑은 차에서 후다닥 내렸다.

"저쪽이야."

그가 가리킨 방향에 매표소로 보이는 간이 건물들이 보였다. 줄을 서 있는 사람들이 있는 걸로 봐서는 놀이동산이 맞는 것 같았다.

"여긴 어디예요?"

"여기 몰라? 에버랜드잖아."

건우는 어이없다는 표정이다.

"아, 여기가 그 에버랜드라는 곳이에요?!"

"설마 처음….."

건우는 질문하다가 잠깐 멈칫했다. 생각해 보니 스마트폰도 처음이라는 녀석이었다.

"이야~ 사람들 진짜 많네요."

아랑은 벌떼같이 많은 사람을 보고 탄성을 질렀다. 평일인데도 가족들과 연인으로 보이는 인파가 엄청났다.

"가자."

건우는 표를 사고 출입구로 향했다. 그렇게 안으로 들어서자 아랑은 주변의 신기한 건물들과 구조물에서 시선을 뗄 수 없었다. 여기저기 거대한 인형들과 등이 장식된 나무들.

'저… 저건! 솜사탕!'

아랑은 재빨리 솜사탕 앞으로 다가갔다. 어릴 때 얼마나 부러웠던가. 하굣길에 친구들이 먹는 걸 보면서, 한 입만 달란 소리를 할 수가 없었다.

"이거 하나 주세요."

건우가 솜사탕을 하나 사더니 아랑에게 내밀었다.

“먹어.”

우와! 직접 돈을 내고 사 먹을 생각이었다. 그런데 먼저 사 주다니….

“감사합니다.”

아랑은 넙죽 감사의 인사를 올리고 솜사탕을 받아 들었다. 손으로 콕 집어서 뜯어보니 부드럽게 찢어진다. 입에 넣으니 달콤한 맛!

‘캬~~ 그래, 이 맛이야.’

건우는 그런 아랑을 보며 뭐가 웃긴지 쿡쿡거린다. 평소라면 뭐라고 할 만도 한데 조용한 게 이상하긴 했다. 그러고 보니 혼자 먹는 게 조금 미안한 감이 있었다.

“드서 보실래요?”

딴에는 그래도 사 준 정을 생각해서 조금은 양보를 해 볼까 생각한 것이었다.

“아니, 너 혼자 실컷 먹어.”

건우는 솜사탕을 저렇게 맛있게 먹는 사람은 처음 보았다. 별맛도 없는 걸 아랑은 무슨 꿀단지라도 끼고 먹는 거처럼 보였다.

하지만 아랑에게는 그 후로도 모든 게 신기한 세상이었다. 흥미진진한 탑승물과 귀엽고 예쁜 동물들.

“여기 들어가 볼래?”

아랑은 매우 예쁜 인형들이 가득한 가게를 그냥 지나치지 못했다. 사슴 머리띠에, 곰돌이 장갑에, 너무나 귀여운 돌고래 인형까지. 평생 가져보지 못한 것들이라 넋을 읽고 감상 중이었다. 건우의 들어가자는 말에 아랑은 고개를 끄덕이면서 안으로 향했다.

“와… 너무 귀엽다.”

아랑은 자신도 모르게 탄성을 연발했다. 파란색 돌고래를 쓰다듬어 보니 부드러웠다. 그런데 갑자기 건우가 그 인형을 쓱 가져갔다.

"이거 계산해 주세요."

뭔 일인가 싶어 멀뚱히 서 있는데, 계산한 인형을 아랑의 품에 떠넘겼다.

"선물."

"서… 선물이요?"

아랑은 당황했다. 이런 걸 바랐던 건 아닌데…. 뭔가 감동이었다.

"선물 줬는데, 인사도 없어?"

"아, 감사합니다."

건우의 말에 허겁지겁 고맙다는 말을 전했다. 그런데 자신을 보고 웃는 그의 모습에 심장이 쿵쿵거렸다. 두근두근.

"나가자. 처음 왔으면 타 보고 싶은 거 많을 거 아니야."

건우는 선물을 안겨 주니 애처럼 좋아하는 꼬맹이의 모습에 기분이 좋아졌다. 심지어 녀석이 원하는 거라면 뭐든지 해 주고 싶은 마음이었다. 그러나 순간 그런 생각에 당황해 고개를 가로저었다. 이건 분명 남동생에 대한 애정 같은 것이리라 생각하고 싶었다.

"꺅―"

"악!"

사람들이 마구 질러 대는 비명과 기계가 돌아가는 굉음이 시끄럽게 귀를 울렸다.

"우어! 저거 재미있겠네요."

아시아 최장 길이를 자랑한다는 롤러코스터의 규모는 어마어마했다. 아랑은 당장에라도 타고 싶었다.

"저런 건 좀 위험하지 않겠어?"

건우는 떨떠름한 표정이었다.

"사장님, 이제 보니까 저런 거 무서워하시는 거 아니에요?"

아랑은 슬쩍 떠봤다. 아까부터 순한 놀이기구만 타려고 하는 게 수상했다.

'무서워하는 게 분명한데 말이야.'

아랑은 슬쩍 더 놀리고 싶은 마음이 들었다.

"에이, 사장님. 솔직히 무서운 거죠? 여기 계시면 저 혼자 타고 올게요."

"무슨 소리야. 가자. 아시아 최고가 뭐 별거야."

건우는 괜히 아닌 척 입구로 향했다. 그러나 놀이기구에 탑승하자 초조한 얼굴은 하얗게 질리고 몸은 눈에 띄게 굳었다.

"걱정하지 마세요. 안전하다잖아요."

아랑은 속으로 쿡쿡 웃으며 불쌍해 보이는 그를 위로하는 척했다. 하지만 그간 당한 걸 생각하면 고소했다. 건우도 싫어하고 어려운 게 있었던 거다. 놀이기구를 무서워하다니. 잠시 후 놀이기구가 출발했다. 그리고 언덕을 올라 내리막이 시작되자 건우의 비명이 터져 나왔다.

"으아!"

건우는 눈을 꼭 감고 안전 바를 꽉 잡았다.

"하하하하. 야-호!"

아랑은 놀이기구도 재미있지만, 그런 건우의 모습이 더 재미있어 마구 웃었다. 그 후로는 일부러 더 과격한 놀이기구들을 선택했다. 그 결과 건우의 비명과 아랑의 웃음은 점점 더 커졌다.

그렇게 아랑은 재미난 시간을 보내고 있었지만, 가끔 사람들의 묘한 시선을 느꼈다. 경호원이라는 직업 특성상 습관인지, 주변의 사람들을 주시해 보다 알게 된 것이었다.

'왜 다들 저런 시선이지?'

그리고 그들이 건우와 아랑을 보면서 하는 말에 공통점이 있었다.

"어머, 저기 커플인가 봐…."

"게이 아냐?"

"세상이 참 많이 변했어."

"어머, 저기 봐. 게이 커플이 돌아다니네."

'게이? 그건 또 뭐란 말인가?'

하여튼 건우와 아랑을 바라보는 이들의 시선 속에는 뭔가 이상한 게 있었다. 그러나 대 놓고 물어볼 수는 없고.

"사장님, 혹시 게이가 뭐예요?"

건우는 구박을 심하게 해서 그렇지, 아랑이 모르는 걸 물어보면 꼬박꼬박 알려주는 편이었다. 그런데 건우는 이 질문에 갑자기 걸음을 멈췄다.

"그 소리 어디서 들었어?"

"네에?"

건우는 사람을 잡아먹을 듯 굳은 얼굴이었다.

'저건 보통 화가 심하게 났을 때의 상태인데….'

아랑은 괜히 물었나 싶어서 고개를 숙이고 우물쭈물 답했다.

"아니요. 모르는 단어라서요. 사람들이 이야기하는 걸 들었거든요."

"…!"

건우는 그제야 상황을 파악했다. 아마 누군가 꼬맹이와 자신을 보고 그런 말을 했을 수도 있으리라. 생각해 보니 남들이 보기에는 이상할 수 있었다. 하필이면 옷도 비슷한 커플룩처럼 입고 있었다. 놀이동산에 온다고 캐주얼을 맞춰 입은 게 비슷했다. 색상만 다를 뿐 같은 브랜드 제품이었다. 거기에 남자 둘이서 왔으니 그런 오해를 살만했다. 그런데 건우는 다른 것보다 스스로 자각하지 못했다는 사실에 충격을 받은 상태였다. 인정하고 싶지 않지만, 꼬맹이에 대한 알 수 없는 감정이 건우에게는 있었다.

“그만 가자.”

건우는 심각한 얼굴로 돌아가자는 말을 꺼냈다.

“네?”

아랑은 게이라는 단어를 물어봤다가 이게 또 무슨 일인가 싶었다.

‘실컷 놀고 있는데 돌아가자니 변덕이 참 죽 끓듯 한다니까!’

하지만 사장님이 가자는데 대들 수도 없고 조용히 뒤를 따랐다. 건우는 성큼성큼 빠른 걸음으로 출구로 향했다. 그리고 주차장에 갈 때까지 말이 없었다.

“타라.”

차에 오르고도 계속 어색한 침묵이 이어졌다. 저택으로 돌아올 때까지 아랑은 그야말로 가시방석이었다.

“그럼 오늘은 일은 더 없는 거죠? 감사했습니다. 올라가 보겠습니다.”

아랑은 차에서 내리자마자 고개를 90도로 굽히고 인사를 했다. 마무리가 이상하긴 했지만, 그래도 태어나서 처음으로 놀이동산도 가보고…. 고맙다는 말은 진심이었다.

‘이제 생일이라고 특별 대우해 주는 것도 끝이겠지.’

“아니야. 아직 남았어. 이리와.”

건우는 차 문을 닫고 따라오라는 말을 하고는 저택의 뒤쪽으로 걸어갔다. 거긴 테라스가 있는 방향이었다.

“!”

아랑은 눈이 휘둥그레졌다. 건물을 돌아 테라스 입구에 들어서자 호화롭게 꾸며진 테이블이 눈에 들어왔다. 평소 건우가 책을 보거나 차를 마시는 곳이었는데, 지금은 깔끔한 하얀 식탁보가 덮여 있었다. 촛불이 켜진 화려한 케이크, 화사한 꽃과 맛있어 보이는 음식들이 가득했다.

“앉아.”

아랑은 얼떨결에 의자에 앉았다.

“흠흠, 노래는 내가 잘 못 불러서… 스스로 부르든가 해.”

“노래요?”

“생일 축하 노래.”

“아하, 네. 그럼 부르겠습니다.”

아랑은 어색하게 웃은 다음 노래를 부르기 시작했다. 태어나서 처음으로 챙겨 보는 생일. 축하 노래를 직접 부르다니 이상했지만, 그래도 왠지 가슴이 먹먹해졌다.

“생일 축하합니다~ 생일 축하합니다~ 사랑하는….”

아랑은 엄마도 아빠도 없이 할아버지와 함께 살던 지나온 삶이 스치듯 머릿속을 지나갔다. 그리고 아낌없이 보살펴 줬던 이모. 갑자기 울컥 눈물이 나올 것 같았다.

‘아이씨, 생일인데….’

자신의 생일 노래를 부르다 말고 우는 바보는 세상에 없을 거였다. 아랑은 애써 눈물을 꾹 눌러 참았다.

“감사합니다.”

아랑은 노래를 대충 끝내고 고개를 숙인 채로 메이는 목소리를 가다듬었다.

"왜 그래?"

건우는 울 것 같은 아랑의 모습에 당황했다.

"아, 아니에요. 고마워서요. 생일 축하는 처음 받아 봤거든요. 정말 감사합니다."

아랑은 벌떡 일어나 넙죽 고개를 숙이며 감사하다는 말을 전했다. 그리고 손으로 눈물을 쓱 닦아내고 씩 웃으면서 고개를 들었다.

"잘 먹겠습니다."

건우가 뭐라 하기 전에 앞에 케이크를 잘라서 포크로 마구 찍어 입으로 가져갔다.

"천천히 먹어라. 탈 나겠다. 짜식, 진짜 잘 먹네."

건우는 괜히 다른 곳을 바라보며 꼬맹이를 흘끔거렸다. 그렇게 생일 파티가 끝나고 각자 방으로 돌아갔다. 그러나 둘 다 쉽게 잠들 수 없는 밤이었다.

◆◆◆

건우는 창밖의 어둠을 내려다보면서 아까의 일을 떠올렸다. 순간 놀랐었다. 눈물이 고인 녀석의 모습에 심장이 내려앉았던 거다. 왜 그리 계집애처럼 구는 거냐고 구박을 해야 했지만, 그런 말이 입 밖으로 나오지를 않았다. 생일 축하를 처음 받아 본다는 녀석의 말에 건우는 가슴이 아팠다.

'넌 정말 정체가 뭐냐? 넌 내게 뭐지?'

건우는 스스로 자문했지만, 명쾌한 답이 떠오르지 않았다. 답답했다. 그러다 아까 들은 게이라는 단어가 생각나 멈칫했다.

건우는 오늘 더 깨닫게 되었다. 자신이 진짜 이 꼬맹이 녀석에게 뭔가 감정을 가지고 있다는 걸. 그렇지 않다면 고작 고용인에 불과한 사람의 생일을 손수 챙기는 이런 엽기적인 일을 하지 않았을 것이었다. 건우의 주먹이 꽉 쥐어졌다.

'내가 정말 미쳤나?'

건우는 황급히 욕실로 들어가 찬물을 틀었다.

쏴아——

쏟아지는 차가운 물에 정신이 번쩍 들었지만, 마음에 남은 감정들은 전혀 지워지지가 않았다.

13

나는 내게 금지된 것을 소망한다

"잠시만 시간을 내주시면 됩니다."

철호는 바쁘게 대문으로 들어가려는 사람의 뒤에 대고 간절히 부탁했다.

"남편이 이야기하면 안 된다고 해서요."

미희는 집에 들어서다 말고 뒤돌아 입을 열었다. 그리고 아무도 없나 주변을 슬쩍 살폈다.

"부인, 잠시면 됩니다."

철호는 몇 번이고 굽실거리며 애원했다.

"그럼 잠시만이에요."

미희는 마지못해 허락했다. 하지만 한편으로는 그간 남편의 방식이 마음에 안 들었다. 돈 많고 조건 좋은 집안에서 그래도 뒤를 봐주겠다고 찾아온 건데, 그걸 매몰차게 거절할 이유가 없었다.

"희수에게 딸이 있었다는 걸 알게 됐습니다."

철호는 커피숍에 마주 앉은 미희에게 차분히 사정을 설명했다.

"외조부님과 함께 생활했었더군요. 그리고 최근에 이곳으로 왔다는 이야기를 들었습니다…."

처음 딸의 존재를 알았을 때 얼마나 기뻤던가? 그러나 희수가 일찍 죽는 바람에 딸은 외할아버지와 함께 살았던 모양이었다.

"그러게요. 우리 아랑이가 고생을 많이 했죠. 아버님이 건강이 안 좋으셔서 생계를 모두 아랑이가 책임졌던 걸로 알아요."

미희는 그간 들은 이야기로 밑밥을 뿌렸다. 아랑이 많이 고생했다는 이야기를 해야 저쪽에서도 더 미안해하지 않겠는가?

"그렇지만 저희도 형편이 그리 좋은 상황이 아니고, 남편이 그쪽과는 의절한 상태라 돌보지를 못했었네요."

미희는 조금 찔리는 부분이 있기에 이런 말을 덧붙였다. 사실 남편의 부모라고 하지만, 일 원 한 푼 받은 게 없으니 떳떳했다.

"아… 그러시겠죠. 어디 있습니까? 알려 주시면 정말 죽어서도 이 은혜 잊지 않겠습니다. 늦게라도 딸아이 찾아서 잘해 주려고 그럽니다. 그러니 알려 주시면…."

철호는 상대에 대한 파악이 이미 되었기에 준비해 온 봉투를 꺼내 테이블 위로 슬쩍 내밀었다.

"그간 돌봐 주신 데 대한 작은 보상이라고 생각해 주시면 좋겠습니다."

"어머, 뭐 이런 걸…. 바깥양반이 알면 화를 낼 텐데…."

미희는 요란을 떨면서 거절하는 척했지만, 날름 봉투를 집어 들었다.

"조카는 경호원으로 취직했어요. 그 오성 그룹인가 하는 집안이라고 들었는데, 요 앞쪽 시장에 있는 용역사무소에 알아보시면 될 거예요."

미희는 이미 준비해 두었던 말을 재빨리 쏟아냈다. 남편 정상수가 알면 난리가 날 일이겠지만, 이편이 아랑을 더 돕는 일이라 생각되었다. 친부가 그리 부자라는데, 더는 경호원이나 그런 일을 하지 않아도 될 게 아닌가?

"감사합니다."

철호는 진심으로 고마워했다. 상대가 속물이든 어떻든 딸의 거처를 알려 준 거다. 정상수는 꿈쩍도 하지 않을 인간이라 그 아내를 노린 것이 주효했다. 조사원들의 보고대로였다.

철호는 당장 사람을 풀어 오성 그룹에서 일하는 아랑의 뒤를 쫓도록 지시했다. 그는 이제 정말 얼마 후면 딸을 만날 수 있다는 사실에 기뻤다.

◆◆◆

"뭐? 경호원?"

"네, 오성 그룹 차건우의 개인 경호를 담당하고 있는 걸로 파악이 되었습니다."

혜란은 어이가 없었다. 아들 녀석이 그렇게 신경 쓰고 이상한 행동을 보인 게 고작 경호원이나 하는 계집애란 말인가?

"그리고…."

"왜? 똑바로 보고해!"

보고하던 사내가 머뭇거리자 혜란은 쌍심지를 켰다. 더 큰 문제가 있는 게 분명했다.

"그… 그게 회장님께서 이쪽을 조사하고 있었습니다. 정상수라는 외삼촌 집에 머무는 것으로 되어 있는데, 그쪽으로 사람을 보내서 누군가를 찾고 있더군요."

"잠깐, 정상수?"

혜란은 순간 과거의 망령이 떠올랐다. 정희수. 하얀 피부에 유난히 또렷한 눈동자가 인상적이었던 여자였다. 정상수라면 그 여자의 친 오라비 되는 사람이었다. 아직도 그 여자를 잊지 못한 게 분명했다. 어차피 오래전에 유명무실해진 결혼생활. 그리 기대하진 않았다. 모든 실권은 이제 자신에게 있는 것이나 다름없었다.

'아무리 그래도….'

혜란은 손가락 마디가 하얗게 질리도록 주먹을 꽉 쥐었다. 모멸감이었
다. 박혜란이 어떤 사람이던가? 대한민국에서 내로라하는 최고의 집안에
서 태어나 최고만을 추구한 인생이었다. 그러나 단 한 가지는 얻지 못했
다. 혜란에게는 조금도 나눠 주지 않던 그 사랑이라는 이름의 감정은, 모
두 낯선 여자의 몫이었다. 남편은 정희수라는 여자를 사랑한다 했었다.
진심으로….

'그런데 이제 내 아들 인생까지 가로막는 장애물로 나타나다니!'

혜란은 이런 악연이 있나 싶었다. 정상수가 계집애의 외삼촌이라니 그
집안의 딸내미라는 뜻이었다.

"더 자세히 알아봐! 24시간 사람을 붙여. 그리고 그 계집애랑 관계있는
자들은 죄다 알아내. 일거수일투족을 모두 보고하라고!"

"네, 알겠습니다."

명령을 내리자 사내는 재빨리 고개를 숙이고 밖으로 나갔다. 혜란은 아
들을 그런 저급한 계집애에게 뺏기지는 않을 것이라 다짐했다. 그런 경험
은 남편 하나로 충분했다.

◆◆◆

"역시 소문처럼 아름다우시네요."

건우는 어색하게 상대를 보면서 씩 웃었다. 그러나 모든 건 건성이었다.
지금 그의 시선은 다른 곳을 보고 있었다.

"오성 그룹 후계자에 대해 제가 들었던 이야기보다는 좋은 분 같으시

네요."

건너편의 여자도 맞대응하며 화사하게 웃었다.

"소개 같은 건 염두에 두지 않는 걸로 알고 있었는데, 취향이 최근 바뀌셨나 봐요?"

여자의 질문에 건우는 살짝 당황했다. 그간 서희 뒤만 죽어라 쫓아다녔으니 어떤 소문이 돌고 있을지는 뻔했다.

"세상도 바뀌는데, 사람이 바뀌는 건 당연하잖아요."

건우는 마음에도 없는 변명을 했다. 사실 자신의 취향이 바뀌었을까 봐 걱정돼서 이 자리를 만든 거였다. 민호를 조르고 졸라 지난번 파티에 왔던 여자를 소개해 달라고 했더니 다른 여자가 나왔다. 그래도 건우가 확인하고자 하는 일에는 도움이 될지도 몰랐다.

"건우 씨한테서 그런 말을 들을 줄은 몰랐네요. 하지만 예전에 한 여자만 좋아하는 모습도 매력이 있었는데…. 뭐 지금도 나름의 매력은 있고요."

여자는 평소 건우에게 호감이 있는 족속 중 하나였다.

"제가 원래 매력이 많죠."

건우는 거만하게 폼을 잡고 말했지만, 막상 신경이 쓰이는 건 다른 테이블에서 노닥거리는 민호와 꼬맹이 녀석이었다. 계속 흘끔거리며 둘이 뭐 하는가를 지켜보기 바빴다.

분명 앞에 있는 상대는 파티장에 왔던 여자만큼은 아니지만, 매력 있는 여자였다. 문제는 건우가 지금 가장 많이 신경이 쓰이는 존재가 아닐 뿐. 건우는 심각하다는 생각이 들었다. 앞에 아무리 아름다운 여자를 데려다 놓아도 손톱만큼의 관심도 가지 않는다는 거였다. 건우의 모든 흥미와 관심은 한 사람에게 이미 다 가 있었다.

"그만 가 봐야겠네요. 오늘 시간 내주셔서 감사했습니다."

"아… 아니, 벌써…."

여자는 건우가 일어나자 당황했다. 서로 소개하고 인사를 한 게 전부인데 작별인사를 하다니 그럴 만했다. 그러나 건우는 민호랑 죽이 맞아 낄낄대는 꼬맹이의 모습을 더는 봐줄 수 없었다.

"이성의 매력을 판단하는 데 드는 시간은 단 몇 초면 된다고 하더군요. 그런데 우린 서로의 배경도 알고 많은 걸 알고 만났는데, 더 빠르게 결정이 내려지는 게 맞겠죠."

건우는 오만한 표정으로 말을 뱉고는 성큼성큼 걸어서 민호와 아랑이 앉은 테이블로 다가왔다.

"그만 나가자."

건우는 인상을 쓰며 아랑의 팔을 잡아 일으켜 세웠다.

"야, 화성제약 아가씨를 저렇게 버려두고 어딜 간다고?"

민호는 건우에게 목소리를 낮추고 말했다. 뒤쪽에서 어이없다는 듯 표정으로 죽일 것 같은 분노의 시선을 날리고 있는 여자 때문이었다.

"버려두긴. 그냥 흥미가 없어. 그뿐이야. 내가 분명히 그 파티장에 데리고 나온 여자를 소개해 달라고 했잖아."

건우는 빈정거리듯 대답하더니 아랑의 팔을 붙잡고 밖으로 향했다.

"사장님, 놔 주셔도 저 알아서 잘 걸어갑니다."

아랑은 팔을 비틀어 뺐다. 그리고 조금 전 건우와 소개팅 상대가 했던 대화를 생각하며 혀를 찼다.

'한 여자에 대한 몇십 년의 순정이 그렇게 쉽게 변하다니…. 역시 인간성에 문제가 있는 거지. 쯧쯧. 그렇다고 소개팅 상대에게 하는 태도하고는.
아마 저 상태라면 백 년을 더 있어도 장가는 못 갈 거다.'

"빨리 와."

건우의 재촉에 아랑은 황급히 차로 뛰어갔다. 그리고 큰 문제가 터진
건, 저택으로 돌아와서였다. 갑자기 건우가 전에 없던 폭음을 하기 시작한
거다.

"야, 꼬맹이! 이리 와 봐."

1층 구석에 있는 술들은 진열용으로 쓰는 건지 알았더니 건우는 오늘
그 술들을 다 비울 분위기다.

"사장님, 너무 많이 마신 거 아니세요?"

아랑은 바에 기대서 부어라 마셔라 죽을 것처럼 술을 들이켜는 건우를
말려 봤다.

"네가 뭘 알아?"

건우는 술에 취해 이성은 이미 다 날아간 상태였다.

"넌 진짜 정체가 뭐야? 응? 이리 와 봐. 이리 와! 민호 녀석에게 살랑살랑
꼬랑지 흔들어서 괜히 유혹하지 말고, 차라리 내게 해 봐. 나한테 하라니
까."

건우는 갑자기 비틀거리며 자리에서 일어나더니 아랑의 양어깨를 잡아
서 끌어당겼다.

'크-흑 술 냄새.'

아랑은 술 냄새를 견디며 그를 밀어내려고 했다.

"사장님, 너무 많이 마셨어요."

'술 마시니까 이상한 헛소리까지 하네. 언제 누굴 유혹했다고?'

“그래? 술 많이 마셔서 이런 거 같아?”

건우의 눈빛이 변했다고 생각한 순간, 그가 아랑의 턱을 한 손으로 잡아 가까이 얼굴을 들이댔다.

“단순히 술 때문이라면 좋겠다.”

서로의 숨결이 느껴질 만큼 가까워졌다. 아랑은 얼어붙어 그대로 눈을 질끈 감았다. 그리고 건우의 부드러운 입술이 닿는 게 느껴졌다. 어지러웠다. 그는 아랑의 머리를 끌어당겨 더 과감하고 깊이 들어왔다. 서로의 체온과 열기, 달콤하고 짜릿한 느낌. 아랑은 아무 저항도 할 수 없었다. 둘의 사이에 뜨거운 호흡과 진득한 열기가 흘러넘쳤다. 그런데 갑자기 건우가 아랑을 밀쳤다.

“제길!”

“?”

아랑은 당황해 어쩔 줄 몰랐다.

“가 봐.”

건우가 낮은 목소리로 가라고 한 소리를 들었지만, 아랑은 잠시 멍해 있었다.

“가! 가라고!”

아랑은 사장의 화난 음성에 어이가 없었다.

‘입맞춤을 한 건 그쪽인데 어쩌라고? 아-진짜!’

후다닥 위층의 방으로 달렸다. 그리고 들어가자마자 욕실로 가 물을 틀고 샤워를 시작했다. 흐르는 물에 입술을 몇 번이나 닦아 내고 양치질을 아무리 세게 해도 지워지지 않았다. 순간 뺨을 타고 눈물이 흐르는 게 느껴졌다.

'나답지 않게 별걸 가지고 다 운다. 야! 정아랑, 정신 차려!'

아랑은 눈물을 닦아 내면서 거울 속의 자신에게 훈계했다.

'저런 인간성 더러운 또라이 같은 놈에게 입맞춤 좀 당했다고 울긴 왜 울어? 이건 길 가다가 똥을 밟거나 재수 없게 변태에게 성추행을 당한 것과 동급이라고. 발로 뻥 차 주거나 죽도록 패줘야 했는데!'

아랑은 스스로 인정하긴 싫지만 그럴 수 없었다. 뭔가 그렇게 쉽게 정의되지 않는 무엇이 마음속에 있는 게 분명했다. 아랑은 결국 뜬눈으로 밤을 지새웠다.

한편 건우는 스스로 자괴감에 빠져 있었다. 미친놈처럼 남자에게 키스하고 그걸 즐겼다. 그것도 모자라서 더 진도를 나가려고 했던 거다. 아직도 식지 않은 자신의 욕망이 비참하고 더럽게 느껴졌다.

'내가 남자를 좋아한다고?'

건우는 정말 미칠 것 같았다. 어린 시절부터 서희에 대해 가졌던 감정은 이런 것과는 거리가 있었다. 그간 그걸 사랑이라고 생각했는데 그게 아니었다. 그건 이렇게 뜨겁고 제어되지 않는 불타는 그런 감정은 아니었다. 두려울 정도였다. 상대가 남자라는 것도 한낱 경호원에 불과하다는 것도 중요하지 않았다. 처음에는 그저 호기심인 줄 알았다. 그러나 시간이 지날수록 옅어지거나 없어질 줄 알았던 건 착각이었다. 오히려 더 깊어지고 커가는 감정을 주체할 수 없을 지경이 되었다.

'이제 어떻게 해야 하지?'

건우는 아무리 자문을 해 봐도 소용이 없었다. 세차게 고개를 흔들고, 아까 술 취해서 그랬다고 하지만… 아니다. 어찌 보면 그 어느 때보다 멀쩡하고 솔직했다. 순간 확 정신이 들었던 건, 자신의 욕망 때문이었다.

건우는 두 손에 얼굴을 묻고 미친놈처럼 머리를 쿵쿵 벽에 박았다. 그러나 이제 확실하게 자신의 감정을 알게 된 건 맞다. 답은 이미 나온 셈이지만, 인정하고 싶지도 어떻게 뭘 해야 할지도 모른다는 게 문제였다. 결국, 건우는 뜬눈으로 밤을 새웠다.

◆ ◆ ◆

다음 날, 아랑은 걱정스러운 마음으로 일찌감치 아래층에 내려갔다. 사장이 어제처럼 또 이상한 행동을 하거나 화가 난 상태라면 어떻게 해야 할지 알 수 없었다.

"늦었어. 빨리 나갈 준비해."

그런데 건우는 정말 거짓말처럼 평소와 같았다.

"네, 사장님."

아랑은 어리둥절했지만, 어쩌면 어제 너무 술을 많이 먹어서 필름이 끊어진 게 아닌가 싶었다. 하긴 사장은 진열장에 있던 술을 거의 다 쓸어 넣는 거 같았다. 예로부터 술 먹은 놈하고는 상종하지 말랬는데 딱 그 말이 정답이었다.

'에잇, 술버릇이 꼭 발정 난 뭐 같아서는….'

아랑은 속으로 사장의 술버릇을 마구 욕하면서 출근 준비를 시작했다.

'괜히 혼자 잠도 못 자고 별의별 고민을 다 했네.'

아랑은 잘리는 건 아닌지 걱정되고, 또는 그만둬야 하나 싶기도 했다. 다음부터는 건우가 술을 많이 마신다 싶으면 근처에는 가지도 말아야겠다고 다짐했다.

모든 게 평소와 다를 바 없는 하루였다. 그런데 오후쯤이 돼서 갑자기 사장실에 불려가자 또 걱정이 앞섰다.

'뭐 때문에 불렀지?'

아랑은 건우의 심기를 거슬리지 않으려고 흘끔거리며 눈치를 봤다.

"오늘 일이 일찍 끝날 테니까. 그럼 집에 먼저 돌아가도 될 것 같아."

"네? 사장님 경호는 어떻게 하고요?"

"개인 경호원을 새로 더 늘렸잖아. 그 사람들 죄다 불렀어."

아랑은 의심의 눈초리로 그를 살폈다.

'여러 명의 경호는 칠색 팔색하는 인간이…. 지난번 사고 이후 경호원을 대폭 늘린 일도 이상했는데, 이제는 이렇게 대 놓고 쉬라는 말을 하다니?'

물론 아직 24시간 밀착 개인 경호는 아랑 혼자였지만, 그래도 십여 명이나 되는 경호원들을 고용해서 가끔 외출 때는 그들을 데리고 다니기도 했다.

"걱정하지 말고 들어가 푹 쉬어. 그 친척 집에 갔다 와도 되고. 내일부터 주말에는 특별한 일정도 없으니까."

건우는 꼬맹이의 얼굴을 똑바로 보지 않고, 책상 위에 뭔가를 쓰며 일하는 척했다.

"네, 알겠습니다. 그럼 먼저 들어가 보겠습니다."

아랑은 꾸벅하고 고개를 숙인 후 밖으로 나왔다.

'뭔가 이상한데?'

아랑은 영 찜찜하고 찜찜한 기분이 없어지지 않았다. 물론 건우와 둘이 있는 시간이나 얼굴을 대하는 게 전보다 불편해진 터라 일찍 먼저 가라는 말이 반갑기는 했지만.

"여~ 오늘은 일찍 들어가?"

언제 왔는지 사무실로 민호가 들어왔다.

"네."

"그럼 잘됐네. 지금 약속 없지? 나랑 나가자."

"어… 그게…."

약속이 없는 건 맞지만, 민호가 함께 가자는 말은 부담스러웠다.

"가자."

민호는 웃으며 막무가내였다. 아랑은 어쩔 수 없이 끌려가듯 뒤를 쫓았다. 그리고 생전 처음 가보는 레스토랑에 앉아 있게 되었다.

"먹고 싶은 거 있으면 다 시켜."

민호의 말은 고맙지만, 메뉴판을 봐도 아는 게 없어서 아랑은 고를 수가 없었다. 전부 꼬부랑말로 써 놓은 게 이건 영어도 아닌 거 같았다.

"그… 그게, 여기 메뉴들 중 아는 게 없네요."

아랑은 부끄럽지만 솔직하게 말했다. 모르는 걸 모른다 하는 게 죄는 아니니까.

"아하, 그래. 내가 골라 줄게."

민호는 미처 배려하지 못했다는 생각에 미안한 표정이 되었다. 그리고 재빨리 메뉴판에서 몇 가지를 골라 주문을 했다.

"아랑아."

아랑은 갑자기 진지한 얼굴로 이름을 부른 민호를 바라보며 뭔 일인가 싶었다.

"네?"

"진지하게 말하는데… 흠흠, 나랑 사귈래?"

민호의 마음은 진심이었다. 몇 번이나 생각해 봤지만 아랑에 대한 자신의 감정은 진짜였다. 그간 장난스럽게 만났던 수많은 여자와는 그 기본이 달랐다. 아랑에게는 뭔가 다른 게 느껴졌다.

"네에?"

아랑은 황당한 말에 입을 떡 벌리고 그냥 가만히 있었다.

"조금 성급했나? 그래도 우리 알게 된 지 꽤 됐잖아?"

"아하, 지금 장난하시는 거죠?"

진짜 장난을 치는가 싶어서 마구 웃었다. 솔직히는 그냥 장난이라고 하고 넘어가는 편이 속이 편할 것 같았다.

"장난 아니야. 진심이야. 그리고 건우 경호원 일 하는 거는 그만두면 어때? 내가 좋은 일자리 소개해 줄게."

진심이라는 말에 아랑은 뭐라고 답을 해야 할지 알 수 없었다. 민호는 서경 그룹의 후계자고, 키가 크고 잘생겼고, 유학을 갔다 왔지. 그리고 또… 아무리 생각해도 자신과는 천지 차이에, 다른 세상에 사는 사람이었다.

아랑은 심호흡을 하고 대답을 하려고 입을 열었다. 그때였다.

"일어나! 꼬맹이 넌 잠깐 나가 있어. 너 나랑 이야기 좀 하자."

갑자기 등장한 건우가 아랑을 강제로 일으켜 세우더니 밖으로 내쫓았다. 무시무시한 표정이라 감히 뭐라 답도 하지 못했다. 그러나 아랑은 밖으로 나와서 청력을 최대한 키웠다.

"이게 뭔 짓이야? 너 미쳤어?"

건우는 다짜고짜 민호를 향해 소리를 질렀다.

"야, 차건우. 너 왜 이렇게 광분하고 그래? 그리고 여긴 어떻게 쫓아왔어? 미행했냐?"

"그건 중요한 게 아니고, 대답해 봐. 지금 꼬맹이한테 사귀자고 말한 거

진심이냐?"

건우는 흥분해서 난리였다. 사실 민호의 질문에 찔리는 게 있어서 더 그랬다. 민호가 와서 꼬맹이를 데리고 나가는 게 수상해 뒤를 쫓아온 거였다.

"진심이지. 그럼 농담으로 보여?"

"너 진짜 미쳤어? 남자랑 누가 사귀어? 서경 그룹 말아먹으려고 작정했어? 네 부모님도 이 일을 아시는 거야? 네가 게이라는 걸 알아봐. 어떻게 되겠어?"

건우는 민호를 뭐라고 하고 있었지만, 그건 자신에게 해 주고 싶은 말이기도 했다.

"남자? 게이? 하하하하."

민호는 건우가 아직도 아랑을 남자라고 착각하고 있다는 사실에 웃음이 나왔다.

"그래, 그 녀석이 매력이 있다는 건 나도 알아. 귀엽고 예쁘기도 하고…. 그렇지만 그럼 안 되지."

"뭐가 안 돼? 아랑이 여자야. 넌 도대체 그걸 아직도 모르고 있냐?"

"뭔 소리야? 여자라니?"

건우는 어이가 없다는 듯 목소리를 높였다.

"이력서 받았을 때 나도 본 건데, 그리고 넌 아랑이 어디가 남자로 보여? 정말 네 시력에 문제가 있는 거 아닌지 모르겠다."

"뭐… 뭐야?"

건우는 멍해져 답을 하지 못했다.

"그러니까 아랑에게 내 마음은 진심이거든. 부모님에게도 귀띔은 해 두었어. 물론 반대하시겠지만."

민호의 설명이 이어졌지만, 건우는 그런 모든 게 귀에 들어오지 않았다.

"여자였어!"

건우는 벌떡 일어나더니 밖으로 뛰어나갔다.

14

진실은 때론 가슴 아프다

"너… 넌…!"

건우는 굳은 얼굴로 말을 하다 말았다. 아랑은 그의 입에서 어떤 말이 나올지 기다렸다. 저 굳은 얼굴, 화가 단단히 난 게 분명했다.

"어떻게 날 감쪽같이 속일 수가 있지?"

"네?"

'아니, 언제 속였다고?'

"여자인 걸 왜 말하지 않았어!"

그가 거칠게 아랑의 멱살을 잡아 올렸다.

"몇 번이나 말씀드리려고 했었는데요…."

아랑은 주눅이 들어 기어들어 가는 목소리로 답했다. 하지만 한 번도 먼저 남자라고 한 적은 없지 않은가? 그가 혼자 오해하고 그렇게 대해 놓고선.

"날 속여? 난 그것도 모르고 남자인 널…!"

"아… 아니요. 그런 게 아니라."

"넌 당장 해고야! 끝이야!"

건우는 화가 머리끝까지 났는지 마구 고함을 쳐댔다.

"해고요?"

"그래, 너 잘렸다고. 이제 앞으로 두 번 다시 내 앞에 나타나지 마!"

건우는 그제야 아랑의 멱살을 놓고 거만하게 턱을 추켜세우고 있었다.

"아니 진짜 보자 보자 하니까 사람을 보자기로 봤나?"

'어차피 해고라니까. 이제 나도 이판사판이다!'

"야! 네가 부모 잘 만나서 금수저 좀 물고 태어났으면 다냐? 어디서 사람 무시하고 네 멋대로 몰아가?"

아랑은 아예 대 놓고 삿대질을 해 대며 일장연설을 시작했다. 그래, 그동안 쌓인 거나 확 풀어 놓고 그만두련다.

"내가 언제 남자랬어? 어? 말은 바른 말이지. 입이 달렸으면 말은 똑바로 해! 이력서에 여자라고 분명히 써 놓았고, 네 아빠인가 뭔가라는 그 능구렁이 할아버지도 나 여자인 거 알고 있었거든! 세상천지 다 알고 있었는데, 지 혼자 착각하고서는."

삐딱선 탄 거 화끈하게 다 토해 냈다.

"그래도 네가 고용주라고 내가 그간 남자라고 생각하는 거 같길래 장단에 맞춰 준 거뿐이야. 그리고 너 그렇게 살지 마라! 인간이 제 잘난 거밖에 모르고, 세상에 무서운 게 없어요. 경호원이랍시고 네 옆에서 참아 주는 것도 하루 이틀이지. 나니까 이 정도 참은 거로 알아."

생각해 보면 저 밴댕이 소갈딱지 밑에서 아랑은 잘 버틴 셈이었다. 그리고 솔직하게 틀린 말은 하나도 없었다. 다만 최근 그에게 쌓인 게 크다 보니 막말을 한 게 없잖아 있지만.

"저… 저게…!"

건우는 기가 찼는지 말문이 막혔는지 계속 웅얼댈 뿐이었다. 아랑은 휙 몸을 돌렸다. 그리고 성큼성큼 레스토랑 입구를 걸어 나왔다. 이제 폼 나고 멋지게 사라져 주지… 라고 씩 웃으며 돌아섰지만, 머릿속은 복잡했다.

'아씨, 일자리 구하려면 다시 용역사무소 가서 쌍칼 아저씨랑 얘기해야 하는 건가? 미안해서 어쩌지.'

그리고 당장은 우선 사장 집에 가서 짐을 챙겨서 나와야 하니 또 얼굴을 봐야 할지도 모른다.

"아랑아! 데려다줄게."

지금까지 뒤쪽에서 모든 이야기를 다 듣고 있던 민호가 달려 나왔다.

"가자. 내가 데려왔으니까 도로 태워다 줘야지."

민호는 웃으며 차 문을 열어 줬다. 아랑은 괜히 민망하고 쑥스러웠지만 냉큼 차에 올라탔다. 그러고 보니 여기서 돌아가는 길도 전혀 알지 못했다.

"어차피 일 그만둘 거면, 내 밑에서 일하는 건 어때?"

"그건…."

아랑은 아무래도 아까 이상한? 고백을 들은 터라 좋은 제안이었지만 답하기가 어려웠다.

"일자리 준다는 거는 내 마음과는 별개로 네 능력을 인정해서 제안하는 거야. 당장은 어려우면 생각할 시간을 줄게."

민호는 아랑의 마음을 아는지 일자리는 아까 자신이 한 말과는 상관이 없다는 말을 덧붙였다.

"그럼 생각해 볼게요."

아랑은 웃으며 답했다. 사실 일자리가 급하기도 했고, 민호라면 믿을 만하니까 말이다.

"건우 녀석이 평소 안 저런데 뭔가 심사가 꼬인 일이 있었던 모양이야. 그리고 녀석이 원래 맹한 구석이 있어서 덤벙거릴 때가 있어. 아마 그래서 네가 남자라고 착각했던 걸 거야."

민호는 운전하면서 건우의 입장을 변명하는 듯한 말을 해 줬다. 사실 그는 속으로 조금 미안한 맘도 없잖아 있었다. 이력서를 봤을 때 민호는 아랑이 여자인 걸 알았고, 아랑을 처음 보고도 알아봤는데…. 장난삼아 말해 주지 않았던 게 이렇게 일이 커질 줄 몰랐다.

"너무 신경 쓰지 마. 매사에 제멋대로인 녀석이니까. 며칠 뒤면 까맣게 잊고 살아갈걸."

아랑은 민호의 말을 묵묵히 듣고 있었다. 그의 말처럼 모든 게 건우의 잘못이고 오해였다고 하지만, 그래도 씁쓸했다. 그리고 얼마간의 침묵 속에서 건우의 저택에 도착했다.

"어디로 가는데? 태워다 줄게."

"아니에요. 짐 다 정리하고 나오려면 시간이 꽤 걸려요."

"그래? 그럼 내가 연락할 테니까 아까 말한 거 생각해 봐."

"네, 고마워요."

그렇게 대충 둘러대서 민호를 보내고, 아랑은 재빨리 짐을 챙겨서 나왔다. 아까는 짐이 많은 거처럼 이야기했지만, 실제는 가방 하나에 다 들어가는 양이다. 처음부터 거의 짐이랄 게 없었으니까 당연한 건가? 건우가 사줬던 것들은 죄다 그대로 두고 나왔다.

'그런데 어디로 가지?'

터벅터벅 지하철로 향하면서 머릿속으로 어디로 갈지를 고민했다. 갈 곳은 외삼촌 댁뿐이지만 거길 들어갈 수는 없었다. 숙모나 사촌의 반응을 생각해 볼 때, 그건 좋은 선택이 아니었다. 그간 모은 돈도 꽤 돼서 월세방을 얻을 수도 있겠지만, 당장 하루는 잠을 자야 하니….

그렇게 선택한 게 외삼촌 댁에서 가까운 곳에 있는 고시텔이었다. 며칠 간도 받는다고 하길래 들어간 거였다. 모텔보다는 저렴하고 시설도 마음에 들었다.

“이쪽 방을 쓰시면 돼요.”

“네, 감사합니다.”

“화장실과 세탁실, 주방은 공용이고, 전기세와 기타 비용은 포함되어 있어요. 그 밖에 문의사항이나 궁금한 게 있으면 언제든 물어보세요.”

“네.”

아랑은 몇 번이나 반복해서 설명해 주는 총무라는 사람의 안내로 방을 배정받았다. 방 안은 작은 침상, 테이블과 의자, TV가 나온다는 벽에 걸린 모니터, 그게 전부였다. 이 정도면 훌륭하지…가 아니라 좁고 누추했다. 아무래도 지금까지 지내던 초호화판 집과 비교하니 좀 그랬다.

‘그래도 한 몸 누울 공간이 있는 게 어디야?’

아랑은 과거 할아버지와 살던 거적때기 같은 집을 떠올렸다.

‘그래, 이 정도면 좋은 거야.’

그렇게 위안하면서 가방을 옆 테이블에 던져 놓고 침상에 벌렁 누웠다.

‘이제 일자리를 새로 구해야 하는구나.’

서울에 올라와 지낸 몇 개월이 아랑은 꿈처럼 느껴졌다. 건우를 경호한답시고 보냈던 시간이 주마등처럼 스쳐 지나갔다.

‘세월 참 빠르네. 벌써 한겨울인데 말이야….’

그런데 순간 아랑은 왜 건우와 입맞춤을 했던 일이 떠오르는 건지 알 수 없었다.

‘에잇! 다 잊자. 새로 시작하는 마음으로 하면 되지 뭐.’

아랑은 자꾸 떠오르는 건우에 대한 생각이나 추억들을 다 지워버리고 싶지만, 지우려 하면 할수록 선명해지는 기억에 자꾸 좁은 침상에서 뒤척였다.

드르륵드르륵.

벌써 몇 번째 휴대폰이 울렸다.

'그러고 보니 저걸 그냥 가지고 나왔네.'

아랑은 그렇다고 이 비싼 걸 새로 사자니 그렇고, 연락을 받으려면 꼭 필요한 거라 어쩔 수 없이 핸드폰을 들고 나왔다. 화면에 뜨는 이름은 '밴댕이'였다. 어제부로 샌님에서 밴댕이 소갈딱지로 갈아탄 전 고용주의 전화다. 건우는 뭐 때문인지 종일 전화를 해 오고 있었다. 물론 받기 싫으니까 안 받을 거다.

'나쁜 놈! 그렇게 열심히 일해 줬는데, 지가 혼자서 착각해 놓고 사람을 잘라?'

아랑은 구시렁거리면서 침상 위를 뒹굴었다. 잠시 후 또 진동이 울리자 전화기를 순간 던질까 싶었다. 그런데 민호의 번호였다.

"여보세요."

"어, 아랑아. 어제 말했던 일자리 이야기 내일 시간 되면 만나서 이야기하자."

"아직 생각해 보는 중인데요."

"생각은 무슨, 만나서 이야기 듣고 생각해 봐. 그리고 어제 내 이야기 진심이었으니까 그에 대해서도 고민 좀 해 보고…."

민호의 웃는 소리가 휴대폰 너머로 들려왔다.

"아, 네. 알겠습니다."

아랑은 약속을 잡고 전화를 끊었다.

'그러고 보니 중요한 걸 잊고 있었네?'

그제야 아랑은 어제 민호가 고백한 일이 생각났다. 어제 해고라는 너무 충격적인 일이 있어서 그랬는지 그에 대해서는 잠시 잊고 있었다. 하지만 아무리 생각해도 그건 장난이 아닌가 싶었다. 가질 거 다 가진 잘나가는 집안 도련님께서 왜 나 같은 배운 거 없고 가진 거 없는, 경호 일하는 사람에게…? 물론 평소 과할 정도로 잘해 줬다는 건 알지만, 이해가 안 되었다. 그건 그냥 불쌍한 동생쯤으로 봐준 거 아니었을까?

'에잇, 아무리 쌍구를 굴려 봐야 알 수 있는 게 아니지. 남의 머릿속 일을 어찌 알겠어.'

그렇잖아도 복잡한 거 아랑은 그쪽으로는 잠시 고민하지 않기로 했다. 내일 나가서 일자리 제안이나 잘 들어 보기로 마음먹었다. 아랑은 옆으로 돌아누워 벽을 바라봤다. 그런데 사실 지금 가장 큰 문제는 종일 그 샌님 같고, 밴댕이 소갈딱지인 못난 전 고용주 생각이 나는 거였다. 왜? 왜? 수 없이 반문해도 알 수 없는 일이었다. 왜 이렇게 그에 대해 신경이 쓰이고, 화가 나고, 짜증이 나는 건지.

'에잇, 나쁜 놈!'

아랑은 다시 똑바로 누워 속으로 욕을 실컷 퍼부어 줬다.

◆◆◆

"전화를 안 받네. 도대체 왜 안 받아!"

건우는 혼잣말로 화를 내면서 전화기를 소파에 던졌다. 어제 이후 계속 아랑에게 연락을 넣었지만, 받지를 않자 화가 치밀었다. 자존심이 상하고 화가 나 성급하게 굴었던 게 후회가 되었다. 민호가 아랑에게 고백하는 걸 듣는 순간 건우는 이성적인 생각을 할 수 없었다. 더욱이 아랑이 여자라는 걸 알게 되고선 세상이 온통 하얘졌었다.

솔직히 건우 자신의 실수였다. 그 후 받은 이력서를 꺼내서 확인해 보니 성별에 떡하니 여자라고 적혀 있었다. 아직 아버지에게 제대로 보고도 하지 않은 상태였다. 아랑일 해고했다는 게 아버지 귀에 들어가면 불호령을 내리실 거다. 지난번 사고도 그렇고 아버지는 그녀를 무척 마음에 들어 하는 눈치였다. 다시 휴대폰을 들어서 전화를 걸었다.

고객님께서는 전화를 받을 수 없는….

또 안 받는다. 아마 화가 났겠지. 생각해 보면 속였다는, 말도 안 되는 누명을 씌워서 자르지 않았던가?

처음에는 화가 났고 그다음에는 복잡한 감정이 되더니, 나중에는 안도감과 함께 기쁜 마음도 없잖아 있었다.

'꼬맹이가 여자라면 내가 좋아하는 게 정상인 거잖아?'

건우는 괜히 실실 미소가 지어졌다. 하지만 어떻게 다시 데려오고, 고백할 것인가의 문제가 남아 있었다. 막상 아랑이 여자라고 생각하니 모든 게 쉬워졌다. 자신의 마음도 쉽게 인정이 되었다.

"도대체 어디가 있는 거야?"

건우는 혹시 녀석이 자신을 두 번 다시 보지 않겠다고 할까 봐 겁이 났다. 빨리 만나서 솔직하게 모든 걸 고백하고 싶었다. 그런데 고백이라는 단어를 생각하니 어제 민호의 일이 다시 떠올랐다. 어쩌면 민호와는 연락이 닿을지도 모르겠다는 생각이 들었다. 그리고 설마 꼬맹이도 민호를 좋아하는 건 아닌지 걱정이 되었다. 그러고 보면 평소 민호와 꼬맹이가 죽이 얼마나 잘 맞았던가?

건우는 갑자기 초조해졌다. 그리고 자존심이 상하지만 민호에게 전화를 걸었다.

"건우구나. 왜?"

"어, 다른 게 아니라….."

건우는 막상 말을 하려니 많이 망설여져 뜸을 들였다.

"혹시 꼬맹이랑 연락돼? 전화를 안 받아서."

"연락은 하는데, 아랑이가 너 싫다고 전화 안 받는 거면 나도 별로 연락해 주고 싶지 않은데."

"그러지 말고. 어제 해고한 건 우발적인 일이었어."

건우는 사과하려고 한다는 말은 차마 꺼내지 못했다. 그녀를 좋아한다는 말도…. 그리고 민호가 설마 꼬맹이에게 진심은 아닐 거라 생각했다. 평소 여자가 많은 녀석이었다. 건우가 서희 하나만을 바라보는 해바라기였다면, 민호는 사방팔방 정을 뿌리고 다니는 타입에 한 여자와 한 달을 넘기는 걸 본 적이 없었다.

"일 때문에 그래. 미처 처리하지 못한 일도 있고, 월급 정산 문제도 있고…."

건우는 괜히 일 핑계를 댔다.

"그래? 내일 만나기로 했는데, 봐서 연락받으라고 해 줄게. 그런데 너 또 마음 상하게 하면 안 된다. 이제는 고용관계도 아닌 타인이잖아."

"아, 알았어."

건우는 둘이 내일 만난다는 말에 내심 기분이 상했다. 그렇지만 우선은 이렇게라도 연락이 되면 다행이었다.

'설마 민호가 진짜 진심인가?'

무식하지, 가난하고 가진 건 하나도 없지, 그리고 선머슴 같은 외모에? 물론 꾸미면 예쁠 것 같긴 하지만….

'아!'

순간 지난번 파티장에 왔던 서사라라는 여자와 아랑이 겹쳐졌다! 설마!

이제야 민호가 데려왔던 그 여자가 꼬맹이라는 걸 알 수 있었다. 남자라고 생각했기에 꿈에도 생각하지 못했었는데, 지금 보니 바로 녀석이었다. 붉은 드레스를 입었던 아름다운 여인이 떠올랐다.

'눈을 뗄 수 없었던 그녀가 바로 꼬맹이였어!'

건우의 심장이 터질 것처럼 거칠게 뛰었다. 당장에라도 녀석을 보고 싶었다.

"그래, 생각은 좀 해 봤어?"

민호는 자리에 앉자마자 바로 질문을 해 왔다.

"일자리에 대한 건 들어보고 결정하려고요."

"일자리 말고, 난 그것보다 어제 내가 했던 다른 말에 대한 대답이 더 중요한데."

"아… 그건…."

아랑은 부끄러워서 머뭇거리면서 답을 찾았다.

"당장 답하라는 건 아니야. 다만 진심이라는 건 알아주면 좋겠다. 그리고 일자리 이야기는 그것과는 별개로 말하는 건데, 지금까지 건우 밑에서 일했던 것처럼 개인 경호해 줘도 좋고…."

그런데 말을 하다말고 민호의 얼굴이 굳어졌다. 또각또각 요란한 힐 소리와 함께 누군가 테이블로 다가오고 있었다. 아랑이 슬쩍 고개를 돌려 보니 낯이 익은 얼굴이었다.

'민호의 엄마였던가?'

"여기 앉아도 되지?"

혜란은 답이 없어도 신경 쓰지 않는 듯 냉랭한 표정으로 자리에 앉았다.

"넌 도대체 생각이 있는 거냐? 어디서 굴러먹었는지 출신도 알 수 없는 계집애와 왜 만나고 다니는 거니?"

혜란은 자리에 앉자마자 다짜고짜 아들을 향해 따지면서 테이블 위로 가져온 사진들을 뿌리듯 던졌다. 거기에는 그간 민호와 아랑이 같이 있던 모습들, 그리고 어제 만났던 사진까지 있었다. 누군가 사람을 써서 찍은 게 분명했다.

"어머니, 이건 너무 무례하시잖아요?"

민호는 앞에 당사자가 있는데도 예의 같은 건 깡그리 무시하는 그녀의 태도에 화를 냈다.

"지금 예의를 따질 때니? 저 계집애가 누군지 알아? 어느 집 애인 줄이나 알고 만나고 있니? 뭐? 진지하게 생각하는 사람이 있다고 하더니 저런 물건이니?"

"물건이라니요!"

민호가 격하게 화를 냈지만, 혜란은 멈출 기색이 없었다.

"네 아버지가 사랑이니 뭐니 그놈의 불장난으로 놀아났던 그 집안 딸이란다. 알고는 있었니? 아니면 너 일부러 이러는 거니? 나 죽는 꼴을 보려고?"

"네?"

민호는 아버지의 과거 이야기가 나오자 순간 당황했다. 그런 생각은 꿈에도 하지 못했었다. 아버지가 한때 사랑했던 여자가 있었다는 건 잘 알고 있었다. 어머니 혜란이 늘 써먹는 대표적인 구박 거리였기 때문이다.

그리고 민호 또한 그 일로 아버지에 대한 원망이 컸다. 부모님의 사이가 원만하지 못한 건, 모두 그것이 원인이라고 생각했기 때문이다. 그런데 아랑이 그 집안사람이라니. 민호가 충격으로 굳어 있는 동안 혜란은 쉴 새 없이 쏟아 냈다.

"그 여자만 아니었다면, 네 아버지가 그렇게 밖으로 돌 일은 없었을 거다. 어디서 몸을 함부로 굴려서 남자를 가로채 가로채긴. 그런데 그 집안의 딸을 버젓이 만나겠다고? 정말 제정신이니?"

"저… 저기요. 죄송한데요. 아드님하고 저는 아무 사이도 아닙니다. 걱정하시는 그런 관계가 아닌데요."

아랑은 심호흡을 하고 말을 꺼냈다. 지금까지는 갑자기 나타난 민호의 어머니가 쏟아 내는 말들에 정신이 없었다. 그런데 아랑이 가만히 듣고 있자니 아마 자신의 집안 누군가가 민호의 아버지와 불륜관계였던 모양이었다. 아랑은 세상이 참 좁다는 생각도 들고, 그리고 그 상대가 누구였을까도 궁금했다. 물론 민호의 어머니 입장에서는 화가 나는 게 당연하리라. 그렇다고 이러는 건 많이 예의가 없는 일 아닌가? 게다가 크게 오해하고 있는 건, 그와 자신은 아무 사이도 아니라는 거였다. 정말 어이없는 상황이었다.

"뭐? 이렇게 증거가 있는데 발뺌하는 거니?"

"이건 그냥 친구 밑에서 일하는 절 불쌍하게 보고 잘해 주신 거지. 연인 관계나 그런 게 아닙니다."

아랑은 또박또박 설명했다. 거짓말도 아니고 두려울 게 없었다.

‘과거 집안의 누군가가 그쪽 남편과 외도를 했다고 해도 그건 나와는 관계가 없는 일이잖아?’

아랑은 짜증이 밀려왔다.

“그만들 하지. 모든 건 내 책임이니.”

갑자기 들려온 중저음 목소리에 아랑은 뒤를 돌아봤다.

‘엥? 오늘 민호네 가족 모임을 하는 건가?’

“당신이 여길 어떻게?”

혜란은 지금까지와 달리 당황한 표정이 되었다.

“당신이 그렇게 여기저기 캐고 다녔는데, 나라고 가만히 있었겠소?”

철호는 침울한 음성으로 말했다. 갑자기 연락을 받고 급히 달려온 참이었다. 뭔 사달이 나도 날 거라는 말에 전력을 다해 왔건만, 예상대로였다. 철호는 겨우 생사를 알아낸 딸의 거취를 찾았는데, 부인인 혜란이 그 뒤를 캐고 있다는 소식을 들었을 때, 충격이었다.

“어차피 이렇게 되었으니 여기에서 말하겠소.”

철호는 잠시 뜸을 들였다. 이걸 이 자리에서 이렇게 밝히고 싶지는 않았다.

“정아랑은 내 딸이오. 과거 당신이 그렇게 죽음으로 몰고 간 정희수, 그녀의 아이란 말이오.”

그의 폭탄 발언에 다들 입을 다물지 못했다. 아랑 또한 멍하니 이철호를 바라보며 넋이 나가 있었다.

‘저… 정말 아빠라고? 내 아빠?’

아랑은 충격도 이런 충격이 없었다.

‘그러니까 엄마가 저 사람과 바람 핀 상대고, 내가 그 결과물이라고?’

아까 핏대 세우면서 민호의 엄마가 말한 여자가 바로 아랑의 엄마였다는 결론이다. 아무리 그래도 아랑은 지금 이 상황이 믿어지지 않았다.

'이게 무슨 막장 드라마야? 세상에 이런 일이….'

그렇게 궁금했던, 그리고 보고 싶었던 아빠라는 존재가 지금 떡하니 바로 옆에 있다니.

'잠깐만, 그럼 민호는 이복오빠인가?'

모든 게 어지러웠다. 다들 각자의 생각을 정리하는지 복잡한 표정인 가운데, 이철호가 결심한 듯 무겁게 한숨을 내쉬고 통보하듯 혜란을 향해 다시 입을 열었다.

"어차피 모든 재산과 권리를 당신과 자식들에게 넘겨주지 않았소? 당신 소원대로 다 되었으니. 이제는 그만 나와 이 아이를 놔 주구려. 그리고 이 아이는 그간 고생이 정말 많았소. 내가 아버지 노릇을 제대로 해 주고 싶은 마음이 있소."

철호는 아내에게 전부터 하고 싶었던 말들을 전하고 나자 아들 민호를 바라봤다.

"민호야, 내가 과거에 한 잘못으로 가족에게 상처를 준 건 미안한 일이다. 정말 백 번 사과해 마땅하지. 하지만 이 아이에게 무슨 잘못이 있겠니? 당장 동생으로 인정해 달라는 말은 하지 않으마. 그래도 미워하지는 않았으면 좋겠구나."

모든 건 한낮에 폭풍우처럼 일어났다. 아랑은 그냥 룰루랄라 민호를 만나서 일자리 이야기나 하려고 나왔는데…. 엄마와 민호의 아버지라는 사람이 서로 불륜 상대에, 자신이 그 집 딸이란다. 졸지에 가족이 생겼지만, 아랑은 기쁘기보다는 어리둥절하고 화가 났다. 그리고 하필 불륜의 결과로 생긴 게 자신이었다는 게 씁쓸했다. 뭔가 답답하고 이 자리를 뛰쳐나가고 싶었다.

"이만 저는 가보겠습니다."

아랑은 감정이 시키는 대로 벌떡 일어나 밖으로 향했다. 머릿속이 온통 복잡했다. 그러나 혼란스러운 건, 혼자만이 아니듯 싶었다. 다들 예상하지 못한 일로 충격에 빠져 허우적대는 모습이었다. 건우의 밑에서 경호원을 하는 가난한 여자라고 생각했던 민호의 생각이나, 정씨 집안의 아이라고만 생각했던 혜란의 생각과는 달리, 전혀 예상 밖으로 그들의 또 다른 가족이 나타난 셈이니 그럴 만했다.

"잠깐 기다려라."

철호는 나가려는 아랑을 붙잡았다.

"여기에서 이러지 말고 집에 돌아가서 이야기하기로 합시다. 아랑이는 내 차에 타고 가자."

아랑은 얼결에 시키는 대로 차에 올라타고 있었다. 오늘 처음 만난 생면부지나 다름없는 사람이 아버지라니 당황스럽지만, 그래도 상대의 청을 거절할 수 없었다.

'아빠라니….'

아랑은 충격에서 빠져나오는 데 한참이 걸렸다. 차에 타고 한동안은 어색한 침묵이 흘렀다. 이런 상황에서는 뭐라고 말을 꺼내야 하는지 알 수 없었다. 흘끔 아빠라고 주장하는 사람을 훔쳐봤다. 한눈에도 고급스러워 보이는 정장에 점잖게 생긴 외모. 이미 노년기에 가까운 나이지만 젊었을 때 외모를 짐작하게 해 주었다. 하긴 민호와 서희 남매가 그렇게 잘난 것도 유전 탓이겠지. 그때 이철호가 먼저 입을 열었다.

"미안하다. 이런 식으로 알리고 싶지는 않았는데…."

철호는 무안한 마음에 말끝을 흐렸다. 사실 조금 더 시간을 두고 알릴 계획이었다. 그러나 부인인 혜란이 아랑의 뒤를 캐고 있다는 보고를 받은 게 바로 어제. 그리고 오늘 무슨 일이 터질 것 같다면서 붙여 둔 사람에게서 급히 연락이 온 거였다.

"내게 아버지로서 기회를 주지 않겠니? 이십 년이나 잃어버린 시간을 보충하고 싶구나."

철호는 조심스럽게 간절한 마음을 담아서 말했다.

"그… 그게…."

아랑은 쉽게 답할 수 없었다.

'쉬운 일이 아니잖아?'

갑자기 나타난 아버지라는 존재를 받아들이는 일이나 지금의 모든 상황이 복잡하기만 했다.

"불편할 수도 있겠지만, 집에 들어와서 함께 사는 게 어떻겠니?"

아랑은 화들짝 놀랐다.

'같이 살자고? 여기서 더 문제를 만들자는 이야기인가?'

"지금 갈 곳이 없다고 들었는데… 챙겨 줄 수 있는 게 그리 많지는 않다만. 집에 같이 가 준다면 정말 고맙겠구나."

현재 그가 가진 건 정말 별로 없었다. 하지만 딸아이 하나 뒤를 봐줄 힘은 아직 있었다. 이때를 생각해서 숨겨 둔 자금이 해외 계좌에 소량이지만 있기도 했고, 집에 대한 명의만은 온전히 자신의 것이었다.

"집에요? 가족들이 불편해하지 않으시겠어요?"

아랑은 당연한 질문을 먼저 했다.

"내 가족이지만, 너에게도 가족이라고 생각해 주면 고맙겠구나. 너무 과도한 부탁일지도 모르겠구나."

철호의 얼굴에는 미안함이 가득했다. 하지만 조금이라도 함께하는 시간을 가지고 싶었다. 민호나 서희는 둘째 치고 부인인 혜란의 반응이 그리 좋진 않겠지만. 어차피 앞으로 쭉 함께 살 생각을 한 것도 아니었다. 이미 한집에 살지만, 별거 상태나 다름없는 게 이십 년이었다. 딱 한 번의 외도를 제외하고는, 근면 성실하게 가족에게 충실한 그의 삶이었다. 그러니 이제 버려두었던 딸아이에게 아버지의 역할을 제대로 해 주는 정도는 양보받을 수 있으리라 생각했다.

"생각할 시간은 얼마라도 줄 테니까. 고려해 보려무나. 그리고 네가 궁금한 건 뭐든지 물어봐라."

철호는 혹시 거부당할까 싶어 급히 뒷말을 덧붙이고, 죄를 달게 받을 심정으로 딸아이를 바라보며 질문을 기다렸다. 그 어떤 질문도 받을 각오가 되어 있었다.

"엄마랑은 어떻게 만나셨어요?"

아랑은 조심스럽게 질문을 던졌다. 엄마랑은 진짜 그런 관계였는지, 진짜 아빠인지 아직도 조금은 의심스럽기도 하고, 그 긴 시간 왜 찾지 않았는지 궁금했다. 진짜 궁금했던 걸 하나씩 물어보기 시작했다. 그렇게 차 안에서는 이십 년 만의 부녀 대화가 오랜 시간 이어졌다.

15
미움받을 용기

"안녕하세요."

아랑은 애써 웃으며 큰소리로 인사를 하고 안으로 들어섰다. 짐이라고
는 달랑 가방 하나를 메고 들어가자니 조금 민망했다.

"어서 오너라."

역시 들려오는 답은 아버지뿐이었다. 노려보는 어머니 혜란과 이복자매
가 되는 서희, 그리고 저쪽에서 차가운 표정으로 굳어 있는 이복오라버니
민호까지 아무 말이 없었다.

'뭐, 어쩔 수 없겠지. 나라도 싫겠다.'

아랑은 속으로 작게 한숨을 내쉬었다. 하지만 호기심과 애정결핍의 승
리였다. 한 번도 가져 보지 못했던 아버지라는 존재, 그 애정을 조금이라
도 받아 보고 싶은 마음이 가장 컸으려나?

인정하긴 싫지만, 그래도 가족이 생겼다는 게 내심 기뻤다. 그 복잡한
사건이 바로 어제의 일이었지만, 아랑은 결단을 내리고 아버지의 집으로
들어왔다.

"따라오너라. 짐부터 풀고 나오자."

철호는 뭐가 그리 기쁜지 입이 귀에 걸렸다. 그는 아랑을 안내해 이 층
으로 향했다. 어제 딸아이 방을 급하게 준비해 둔 참이었다.

"여기를 쓰면 된다. 마음에 들면 좋겠구나. 내가 이런 걸 잘 몰라서 아랫
사람을 시켰다만…"

아랑은 쑥스럽게 웃는 아버지를 바라보며 활짝 웃어 줬다.

"너무 좋은데요. 감사합니다."

넙죽 고개를 숙여 감사의 인사를 올렸다. 그런데 진짜 좋은 방이었다. 건우의 저택에서 배정받았던 규모의 몇 배 크기에 거대한 개인 욕실까지 딸려 있었다.

"고맙다는 인사는 하지 말거라. 이제 가족인데⋯. 짐 풀고 나면 내려와라. 배고프지? 저녁을 먹도록 하자."

철호는 감사하다는 딸아이의 인사가 마음에 걸려 안쓰러웠다.

"네, 알겠습니다."

아랑은 문을 닫고 나가는 아버지라는 사람의 뒷모습을 보면서 새삼 이제야 실감이 되었다. 가족이라는 건 미안하다거나 고맙다는 말을 하는 게 아니라던 할아버지와 똑같은 말을 하는 사람이 있다는 게⋯.

'아-씨, 왜 또 갑자기 눈물이 나올 것 같지.'

그나저나 이제 전쟁이 시작된 거 아닌지 몰랐다. 아랑은 각오를 단단히 하고 온 참이었다.

'엄마가 외도의 대상이었다는 건 슬픈 일이지만, 그렇다고 기죽을 이유는 없지. 암 없고말고.'

아랑은 결의를 다시 다졌다. 어차피 이 집안의 그 무엇도 원하지 않았다. 그저 아버지라는 존재 하나만 바라보고 온 것이었다. 혹시나 이상한 시선으로 자신을 재단한다면 당당히 응해 줄 요량이었다. 아직 아버지라고, 아빠라고 부르지도 못하지만, 그래도 그의 쓸쓸해 보이는 모습이 신경 쓰이고 마음이 아픈 건 핏줄이라서 그럴까?

'에-휴, 머리 복잡하다. 생각하지 말자. 직접 부딪혀 봐야 알지.'

아랑은 재빨리 짐을 풀었다. 그런데 옷장과 서랍장을 열어 보다 깜짝 놀랐다. 모든 곳에 새 옷으로 보이는 게 꽉꽉 차 있었다. 이런 것까지 배려해 줬다는 사실에 잠시 놀랐다. 그때 아래층에서 뭔가 웅얼대는 대화 소리가 났다. 내공을 끌어 올려 청력을 높이자 자세한 대화 내용이 들려왔다. 방음이 잘된 편이라 웅얼대는 걸로 들렸지만, 실제는 다투는 소리였다.

"당신 진짜 미쳤어요? 쟤를 어디라고 들여요? 내 눈에 흙이 들어가기 전에는 안 돼요!"

"그럼 당신이 이 집에서 나가. 여긴 엄연히 내 집이야. 이 집은 조상 대대로 우리 이 씨 가문 것이었으니까. 불만이라면 나가도 돼. 너희도 마찬가지다. 불만이라면 나가도 된다."

"지금 말이면 다예요?"

혜란은 핏대를 세웠다.

"어차피 전 재산 다 넘겨줬잖아? 애들한테도 다 줬고. 변호사에게도 다 물어봤어. 혹시 이혼하고 싶다고 하면 하자고."

이철호는 이미 다 알아본 상태였다. 이혼한다고 해도 무서울 게 없었다.

"당… 당신!"

혜란은 기가 막혀 더는 말을 잇지 못했다. 그리고 그대로 밖으로 나가 버렸다. 그러자 지금까지 옆에서 지켜보던 서희가 서슬 퍼런 얼굴로 나섰다.

"아빠! 도대체 왜 그러세요? 어떻게 저런 애를 데려와서 딸이라고 하실 수가 있어요?"

"말조심해라. 저런 애가 아니라 네 여동생이야."

"아빠!"

서희는 있는 대로 소리를 질렀다. 도저히 용납할 수 없는 일이 벌어진 거다. 그녀 인생에서 아빠란 존재는 항상 옳은 일만 하고 진중하며 조용한 사람이었다. 젊은 시절 불륜녀가 있었다는 건 잠시 실수였을 거라 여겼다. 그런데 딸이라니! 그것도 건우 밑에서 경호원을 하던 애다. 결국, 서희 또한 밖으로 나가 버렸다. 아랑은 이 모든 상황을 생생히 듣고 나자 '훗' 하고 헛웃음이 나왔다.

'첫날부터 모녀가 집을 나갔네. 아이고야. 시작부터 사이즈가 남다른데.'

하지만 이제부터가 시작이다. 그들이 결국 자신을 가족으로 인정하지 못해도 어쩔 수 없지만, 아버지라는 사람에게는 상처 주고 싶지 않았다. 그래도 딸로 인정하고 지금이라도 찾아 준 아빠니까…. 그나마 이복오라버니인 민호가 아무 소리도 안 하고 뛰쳐나가지 않은 걸 다행으로 여겨야 할 판이었다. 아, 그러고 보니 아랑은 아까 민호 얼굴을 똑바로 못 봤다. 민망하기도 하고, 미안하기도 하고 뭔가 그랬다.

'하루아침에 오빠라는 단어가 잘 나오려나 모르겠네.'

아랑은 심호흡을 하고 아래층으로 향했다.

◆◆◆

민호는 복잡한 표정으로 정원을 서성였다. 이제 겨울이라 제법 싸늘한 바람이 불었다.

'어떻게 이런 일이? 아랑이 동생이라고?'

아랑과 이복남매라니 충격이었다. 자신이 왜 그녀에게 끌렸는지, 첫눈에 그렇게 신경이 쓰였는지 이제야 알 수 있었다. 하지만 아랑을 인정하는 건 어려웠다. 어린 시절 아버지의 외도에 얼마나 분노했던가? 어머니의 비뚤어진 모습도 그때부터였다. 저녁 내내 집안에서 아랑과 마주치는 것을 피해 다녔다. 아직 어떻게 대해야 하는 건지 알 수 없었다.

"후우…."

민호는 저도 모르게 길게 한숨을 쉬었다.

"걱정하게 해서 미안하구나."

민호는 아버지 이철호의 목소리에 뒤를 돌아봤다.

"산책 나오셨어요?"

"그래, 네 엄마랑 서희는 호텔로 간 모양이구나. 그래서 너하고라도 이야기를 하고 싶어서 이렇게 나왔다."

이철호는 잠시 뜸을 들였다 말을 이었다.

"너도 반대인 거냐?"

"아니요. 그런 건 아니고요. 너무 갑작스러워서요."

민호는 아랑을 잘 아는 만큼 그녀를 미워할 수 없었다. 그것도 단지 과거 아버지 불륜녀의 자식이라는 이유 하나로 그럴 수는 없었다.

"아버지, 어머니나 서희 반응은 너무 당연한 거라고 생각하세요. 과거 일은 어머니에게는 정말 큰 상처였잖아요?"

민호는 어렵게 말을 꺼냈다. 아버지의 과거에 대해 자식으로 잘잘못을 따지는 건 쉽지 않은 일이었다. 그것도 재계에서 손가락 꼽히는 거대 기업을 운영해 온 아버지였다. 더욱이 매사에 성실하고 신중한, 나무랄 데 없는 기업인이자 어른이었다.

"그래, 그건 안다. 그래도 이십 년이나 부모 정을 못 받고 어렵게 자란 아이 하나 받아 주는 게 이리 힘들 줄은 몰랐다."

이철호는 낙담하듯 말했다. 당연히 반대는 클 수 있으리라 생각했지만, 그래도 불쌍한 아이지 않던가? 케케묵은 과거 일로 이렇게까지 한다는 게 조금 서글펐다.

"시간이 필요하다고 봐요. 저도 그렇고요."

민호는 씁쓸하게 웃으면서 아버지를 위로했다. 그게 정답이었다. 시간이 지나면 다 받아들일 수 있는 일이 아닐까 싶었다. 그래도 아버지와의 대화로 민호의 마음이 많이 정리되었다. 아랑은 동생이라는 것. 그리고 아직은 적응이 안 되지만 언제인가 그 사실을 받아들일 것이라는 거. 마지막으로 짧은 순간이지만 사랑하는 사람이라고 생각했던 만큼 동생으로 정말 아껴줄 수 있으리라는 결론이었다. 달밤에 부자의 대화는 더는 이어지지 않았지만, 말하지 않아도 서로 가족이라는 건 변함이 없었다. 이철호는 아들의 어깨를 툭툭 치며 다 컸다는 생각에 뿌듯했다.

멀리에서 이를 지켜보던 아랑은 슬며시 미소를 지었다. 왠지 콧등이 시큰해지는 장면이었다. 시간이 필요하다는 말에는 자신도 동감이었다. 그리고 민호의 그런 반응이 고맙기까지 했다. 아버지 가족들의 반응은 충분히 이해가 되는 일이었다. 아직 외도나 이런 것에 대해서는 잘 모르지만, 얼마나 상처를 받았겠는가? 그래도 자신을 미워하더라도… 역시 가족이라는 건 부러운 것이었다. 저렇게 멋진 부자의 모습이라니.

아랑은 가벼운 발걸음으로 집으로 쏙 들어왔다. 밤에 작은 소리에도 예민한 건 아직 경호를 서던 습관이 남아 있기 때문이었다. 아까 민호가 낸 소리에 쫓아 나간 참이었다. 침대에 누워서 잠을 청하려고 보니 갑자기 건우가 생각났다.

'우리 샌님에 밴댕이 사장은 잘 있나 몰라?'

오는 전화를 벌써 이틀째 안 받고 있었다. 개인사가 복잡하기도 하고, 아직은 용서(?)할 마음도 없었다. 하여튼 갑작스럽게 생긴 가족에 대한 일로 머릿속이 가득했다. 내일은 외삼촌도 찾아뵙고, 일자리부터 구해야지. 어제 외삼촌에게 전화를 넣어 상황을 대강 설명했지만, 난리가 아니었다. 과거 엄마를 잃은 게 모두 이 집안 때문이라고 생각하시는 듯했다.

다음 날, 오전부터 커다란 저택에 민호와 아랑 단둘이 남게 되었다. 이철호는 출근을 일찍 한 상태였다.

"아하하, 되게 어색하네."

민호는 거실에서 마주치자 드디어 말을 걸어 왔다.

"그렇죠."

아랑은 쑥스러워 머리를 긁적였다.

"아직은 적응이 안 되는지만, 가족이 된 걸 환영한다."

민호는 어제까지 할 수 없었던 인사를 했다. 그리고 손을 내밀어 악수를 청했다.

"네, 고마워요. 오라버니."

아랑은 장난스럽게 민호의 손을 맞잡으며 윙크를 날렸다.

"네게서 그 소릴 들으니 충격인데. 그런데 오라버니는 너무 구식이고, 그냥 오빠라고 불러라."

민호는 그리 기분이 나쁘지만은 않은지 웃으며 받아쳤다.

"그런데 오늘 약속은 없어? 종일 집에 있는 건가?"

"낮에 잠깐 외삼촌 뵈러 가 봐야 할 것 같아요."

"그래, 그럼 거긴 내가 데려다줄게. 그리고 나랑 남매간의 시간을 가져 보자. 아버지가 나가시면서 너 챙겨 주라고 단단히 부탁하고 가셨거든.
오늘 난 쉬는 날이니까."

"그렇게까지 안 하셔도 되는데…."

아랑은 신경 써 주는 사람이 있다는 게 뭔가 어색했다.

"무슨 이제 오빤데, 내가 제대로 오빠 역할 톡톡히 해 줄게."

민호는 아랑의 어깨를 툭툭 두드리면서 웃었다. 역시 평소에도 친절하
고 인간성이 좋은 사람이라 그런지 남다르다.

'그런데 생각해 보니 이런 잘생기고 멋진 사람이 오빠네.'

아랑은 갑자기 뿌듯해지고 막 어깨에 힘이 들어갔다.

◆◆◆

약속한 시간이 되자 민호의 차를 얻어 타고 외삼촌이 있는 구청 근처로
향했다.

"저기 카페에서 만나서 이야기하기로 했어요."

"그래, 그럼 갔다 와. 여기서 기다리고 있을게. 아무래도 네 외삼촌을 만
나 뵙는 건 다음이 좋겠다 싶으니까. 어른들의 이야기가 어느 정도 마무리
가 되면 정식으로 인사드려야겠지."

민호의 말에 아랑은 고개를 끄덕이며 알아들었다는 신호를 했다. 일리
가 있는 말이었다. 아직 서로 반감이 있는 상황인데, 찬찬히 설명하고 서
로 알아가는 게 좋을 거였다.

"그럼 갔다 올게요. 고마워요. 오빠."

차 문을 닫으며 오빠라는 말과 함께 씩 웃자 민호가 윙크로 답했다. 든

든한 느낌이다. 뒤에서 지켜봐 주는 누군가가 있다는 거. 카페에 들어가자 외삼촌이 벌써 나와 있었다.

"거기 앉아라. 어떻게 된 일이냐? 자세히 설명해 봐라."

정상수는 어제 아랑의 연락에 무척 당황한 상태였다. 갑자기 이철호가 찾아왔다는 것도, 그리고 그가 아버지라는 사실을 밝혔다는 것도…. 이미 다 알고 있었던 일이지만, 이렇게 대 놓고 나올 줄은 몰랐다.

"어제 갑자기 상황이 그렇게 돼서요. 이철호라는 분이 아버지라고…."

민호를 만나서 거기에 그의 어머니인 혜란이 찾아온 일이나 벌어진 모든 걸 설명하지는 않았다. 그저 기본적인 이야기와 현재 상황만을 전했다.

"널 그쪽에서 인정해 주겠다고 했다고?"

"네."

"그래…."

상수는 마음이 씁쓸했다. 과거 그렇게 난리를 치면서 절대 인정할 수 없다고 찾아왔던 게 어제 같았다. 심지어 희수를 핍박해서 결국 죽음까지 몰고 간 거나 다름없었다. 상수의 직장까지 위협하면서…. 그랬던 집안에서 아랑을 딸로 인정하고 잘해 주겠다는 게 믿기 어려웠다.

"혹시 말이다. 그쪽에서 뭔가 널 이용해 먹으려는 거거나 조금이라도 안 좋은 일이 있으면 당장 나와도 된다. 이 삼촌이 아무리 능력이 없다지만, 너 하나 도와주지 못하겠니?"

상수는 말을 하면서도 속이 상했다. 부인과 자식들 눈치 때문에 근 이십 년을 돌보지 못했던 게 사실이니. 집안과 의절했다는 거나 모든 게 핑계였기에 스스로를 자책했다. 이런 말을 할 자격이 없을지도 몰랐다.

"괜찮아요. 삼촌. 그런 거 아니고요. 정말 잘해 주세요. 그러잖아도 날 잡아서 삼촌 가족들하고 만나 뵙고 싶다고 연락하신다 하셨어요.”

“그럼 다행이다만.”

아랑은 외삼촌의 걱정스러운 표정을 지워 드리지는 못했지만, 안심시켜 드리려 노력했다.

“이만 가 볼게요. 바쁘실 텐데 들어가 보세요.”

꾸벅 인사를 올리고 한결 가벼워진 마음으로 자리에서 일어나 밖으로 나왔다. 외삼촌이 가졌을 책임감이나 죄책감은 익히 짐작되었다. 밤마다 숙모와 나누는 이야기를 엿들었기 때문이다.

아랑은 밖으로 나와 잠시 하늘을 올려다봤다. 겨울이라 바람이 쌩하니 불어오고 황량함이 가득하지만, 파란 하늘만큼이나 마음이 맑고 청량해진 느낌이었다.

“그래, 다 잘 될 거야.”

주문이라도 외우듯 혼잣말을 중얼거렸다. 그리고 민호가 있는 차로 재빨리 돌아가 올라탔다.

“다 끝났어?”

“네.”

“그럼 이제 가 볼까?”

“어디로 가는데요?”

“그건 비밀.”

민호는 뭔가 꿍꿍이가 있는 얼굴로 웃으며 차를 출발시켰다. 그리고 얼마 후, 아랑은 도착한 곳이 영 마음에 들지 않아 인상을 썼다.

'여긴!'

"왜 여길 왔어요?"

아랑이 뭐라고 하자 민호는 막 웃었다.

"남매간의 시간을 가져 보려는데, 며칠 전부터 난리법석인 친구가 있어서 말이야. 여동생 자랑도 좀 하고 교통정리도 할 게 있어서 들렀지. 걱정하지 마. 난 네 편이니까."

민호는 수십 통이 넘는 건우의 전화에 시달렸다. 그리고 오늘은 당장 집에 쫓아오겠다는 걸 말리고 아예 이쪽으로 온 참이었다.

"건우는 내게 형제나 다름없는 오랜 친구야. 성실하고 착한 놈이고. 그래서 서희를 짝지어주려고 했던 건데…. 남자 마음이 갈대라서 그런지."

민호는 아랑을 바라보며 장난스럽게 미소 지었다.

"꼭 네게 할 말이 있다고 하니까 말이야. 하여튼 잠시 들어가 봐. 혹시 문제 생기면 구조 신호는 크게 '오빠'를 부르고."

아랑은 민호의 구구절절한 긴 설명이 귀에 잘 안 들어왔다. 그보다 지금 저택 입구에 떡하니 서서 기다리는 건우의 모습이 눈에 들어와 박혔다.

"나가 봐."

민호의 반강제적인 명령에 아랑은 차 문을 열고 내렸다. 하지만 건우를 마주 보기가 싫어서 뭉그적거렸다. 그런데 뭐가 급한지 바로 건우가 크게 부르는 소리가 들렸다.

"꼬맹이! 당장 이리 와."

'여전히 꼬맹이라고 하네? 이제 고용주도 아니면서 사람을 왜 막 불러?'

심통이 났지만 겉으로 대놓고 말은 하지 않았다. 아랑은 괜히 딴청을 하며 시선을 다른 곳에 두고 천천히 걸어갔다. 그러자 건우가 성큼성큼 다가오더니 손을 확 잡아챘다.

"어, 어? 이거 놔요."

아랑은 막무가내로 끌고 가는 그에게 항의했다. 하지만 그렇게 전력으로 싫은 건 아니기에 가만히 있었다. 완력이야 당연히 아랑이 위일 거였다. 저택으로 들어가자마자 건우가 아랑을 돌려세웠다. 그리고 양팔을 잡더니 뚫어지라 바라보면서 가만히 그렇게 서 있었다. 아랑은 말도 없이 그냥 똑바로 자신을 주시하는 게 부담스러웠다.

'어, 진짜 왜 이래?'

아랑은 난감해져 그를 똑바로 보지 않고 발끝을 내려다봤다. 그런데 갑자기 와락 당겨서 껴안았다.

'헉!'

아랑은 놀라서 눈이 휘둥그레졌다.

"할… 할 말이 있다면서요?"

이게 잠시 후 아랑이 겨우 꺼낸 말이었다. 사람 무안하게 왜 갑자기 만나자마자 끌어안고 그러는 건지. 아랑은 당황해 얼굴이 화끈거렸다.

"우선 미안해. 그리고 나…."

건우는 작은 목소리로 사과했다. 자신도 이럴 줄은 몰랐다. 차에서 내리는 그녀를 보자마자 반사적인 행동이었다. 너무 보고 싶었다고, 그리고 거세게 뛰는 심장은 정말 널 사랑한다고 하는 그 말이 입밖에 나오지는 않았다.

“나 너 좋아한다.”

“?”

‘이게 무슨 마른하늘에 날벼락? 지금 다짜고짜 좋아한다고 말하는 거야? 뭐야? 뭐지?’

아랑은 혼란스러워 아무 생각도 할 수 없었다. 심장이 쿵쿵거리는 게 밖으로 터져 나올 것 같았다.

“무슨 여자가 좋아한다고 말했는데, 답이 없어?”

건우는 몸을 떼고, 아랑의 턱을 들어 올렸다.

“그… 그게….”

아랑은 당연히 지난번 해고에 대해 사과를 할 줄 알았지 이런 일이 벌어질 것은 상상도 못 했다.

‘그가 날 좋아한다고?’

그 사이 그가 얼굴을 가까이 가져왔다. 긴 속눈썹, 잘빠진 콧대. 잘생긴 외모가 선명하게 시야에 들어왔다. 코끝을 감도는 향기에 어질어질한 느낌이었다. 아랑은 자신도 모르게 눈을 감았다. 잠시 후 부드러운 입술이 닿는 게 느껴졌다. 따듯한 체온과 그의 호흡에 취했다. 건우의 손이 아랑의 머리를 단단히 고정하고 거칠고 깊은 키스가 이어졌다. 결국, 아랑은 그의 가슴에 기대서 매달렸다.

“사랑해.”

건우가 입술 위에 속삭이듯 말하자 아랑은 눈을 번쩍 떴다.

"네?"

아랑은 튕기듯 그에게서 떨어져 나왔다.

'사랑? 조금 전에 좋아한다지 않았나? 그런데 이젠 사랑한다고? 뭐야? 왜 그렇게 발전이 빠른 건데?'

"너도 방금 답했잖아?"

건우는 매우 뻔뻔한 표정으로 능구렁이처럼 답했다. 그리고 손을 뻗어 아랑의 뺨을 부드럽게 감쌌다.

"내…내가 언제요?"

어이가 없었다. 언제 사랑한다고 했단 말인가?

"키스하는 동안 그렇게 반응하면 당연히 예스라고 답한 거지. 뭔 말이 많아. 그런데 한 번 더 하자."

건우는 아랑의 항의 같은 건 신경도 쓰지 않고 얼굴을 또 들이댔다.

'이렇게 뻔뻔한 사람이었어?'

아랑은 그의 대담한 행동에 난처했다.

"잠… 잠시만요. 대화를 좀 하자고요."

아랑은 건우를 밀어내고, 거리를 벌렸다.

"그쪽은 거기 서서, 그리고 전 여기 서서 이야기를 좀 하죠."

소파 뒤쪽으로 돌아가서 그와의 사이에 공간을 확보했다. 그래, 이 정도 거리는 떨어져 있어야 접촉을 못 하지. 물론 무공을 사용하면 멀리 떨어지는 건 일도 아니겠지만, 이상하게도 그에게는 저항할 수 없었다.

"꼭 이렇게 멀리 떨어져서 이야기해야 해? 그럼 차라리 여기 앉아서 말하자."

건우는 소파에 앉아 옆자리를 탁탁 치며 앉으라는 신호를 했다.

“아, 아니요. 이쪽에 앉을게요.”

아랑은 최대한 떨어져 앉았다. 왜 오늘따라 건우가 이렇게 두려운 건지. 꼭 늑대 앞에 새끼 양이 된 기분이다. 그에게 잡히면 벗어날 수 없을 것 같다. 그리고 이제야 이런 기분이 드는지 모르겠지만, 그는 정말 멋졌다. 짙은 고수머리와 진한 눈동자, 조각 같은 콧대와 턱선. 그리고 방금까지 키스했던 그의 입술. 거기에 약간 풀어헤친 셔츠 사이로 보이는 단단한 가슴. 소파에 살짝 기댄 모습이 유혹적이었다.

“그럼 이야기를 해 봐.”

건우는 뭐가 좋은지 부드럽게 미소를 지었다.

“우선 해고했던 일이요. 사과를 제대로 해 주세요.”

“아까 그건 사과했잖아?”

“제대로 해달라고요. 제대로….”

‘그래, 공과 사는 구분을 해야 하는 법. 사과할 일은 제대로 해 달라고. 솔직히 그때 얼마나 속상하고 분했는데.’

“알았어. 미안해. 미안하다는 말 열 번, 백 번이라도 할 수 있는데. 그거면 될까? 아니면 보상해 줄게.”

“보상이요?”

“몸으로도 가능하고, 아니면 아까 하던 거 수백 번이나 수천 번 하는 걸로도 가능한데. 골라 봐.”

건우의 장난스럽게 하는 말에 아랑은 얼굴이 확 붉어졌다.

‘아 진짜 언제 저렇게 느글느글해졌어?’

아랑은 뭔가 주객이 전도된 느낌이었다. 건우의 적극적인 대시에 어떻게 대처해야하는 건지 알 수 없었다. 하긴 연애를 해봤어야 알 거 아닌가?

"아, 아니요. 됐어요."

아랑은 손사래를 하며 거절했다.

"그보다 네가 알아 둬야 할 게 있어. 내가 얼마나 힘들었는지 알아? 네가 남자라고 생각해서… 정말 커밍아웃을 해야 되나 고민했었다고."

건우는 심각한 얼굴이었다. 진짜 심각해서 고민했던 일이었다.

"커밍아웃이요? 그게 뭐예요?"

처음 듣는 용어에 의아했다. 자신을 남자로 알았다고 하자고, 그런데 그거랑 커밍아웃인가 뭔가는 무슨 관계인데?

"하하하, 꼬맹이는 정말….“

건우의 진지한 표정이 한순간에 무너졌다. 그리고 배꼽을 잡고 웃었다.

"넌 어떻게 그것도 몰라?"

"그… 그러니까 그게 뭔데요?"

아랑은 괜히 무안해졌다.

'사람이 모르니까 물어보는데 뭐 저렇게 웃어대? 아이-씨!'

"그냥 모르는 게 좋겠다. 하여튼 이제부터 넌 내 거니까 그런 줄 알고….“

"어이가 없어서 제가 왜 그쪽 거예요?"

"그쪽이라고 하지 말고 앞으로 건우 씨, 아니다 자기야는 어때?"

건우는 아랑의 말에는 요만큼도 신경 쓰지 않는다는 표정이었다. 그리고 어느새 그녀의 곁에 다가와 머리를 쓰다듬고 있었다.

"어, 어? 지금 뭐… 뭐하는 거예요?"

아랑은 뭐라고 항의를 했지만 그건 말뿐이었다. 머리를 쓰다듬던 손이 뺨을 감싸자 이내 다시 기대감으로 온몸이 짜릿해졌다. 그가 다시 키스를 해 오자 그대로 녹아내릴 것 같았다.

◆◆◆

그 후 둘은 서로 속에 있던 감정들을 꺼내서 대화를 나눴다. 할 이야기들이 산더미 같았지만, 밖에서 기다리던 민호가 현관으로 들어왔다.

"도대체 언제 끝나는 거야? 그리고 건우, 너 내 동생 울리면 알지? 진짜 죽는다."

이미 분위기 파악이 다 끝난 민호는 농담 반 진담 반의 협박을 날리며 안으로 들어섰다.

"오늘은 그만하고, 내 동생 바쁘고 귀하신 몸이거든."

"쳇, 너 처남이 될 사이라고 벌써 유세 떠는 거냐?"

"허, 어디서 처남이야 처남이? 너 김칫국을 너무 빨리 드링킹 한다."

"김칫국이라니. 솔직히 나 정도 사윗감이 어디 있냐?"

"홍, 그래 봤자 오성 그룹 후계자 정도가 전부잖아?"

"야, 이민호! 너 이러기냐? 예전에 서희 때랑은 왜 태도가 다른데? 팍팍 밀어줘야지."

아랑은 둘의 대화에 어이가 없었다. 당사자인 자신은 아직 아무 소리도 안 했는데. 처남? 생쇼를 한다. 그렇게 호들갑스럽게 둘이 유치하게 떠들고 한동안 난리였다.

17

사랑할 때 비로소 보이는 것들

“엄마! 왜 허락을 하신 거예요?”

서희는 혜란을 향해 대들었다.

“그 애로 오성 그룹을 얻는다면 나쁜 조건은 아니니까 맘대로 하라고 했다. 허락한 게 아니라 나와는 상관없다는 거뿐이야.”

“그럼 그 계집애가 건우 씨와 결혼을 하잖아요?”

“너 그런 별 볼 일 없는 집안 녀석에게 관심이 있었니?”

서희는 막상 대 놓고 물어보는 엄마의 질문에 답할 수 없었다. 어릴 적 쫓아다니는 그가 그렇게 싫었는데… 최근에서야 알 수 있었다. 자신이 건우를 좋아한다는 걸.

“넌 제발 속 썩이지 말고, 엄마 말 좀 들어라. 지금은 네 아빠 문제만으로도 머리가 아프니까.”

서희는 더는 뭐라 말하지 못하고 인상을 구겼다. 그리고 또각또각 화난 걸음으로 자신의 방으로 들어가 버렸다. 벌써 몇 달째 엄마와 둘이 호텔 생활을 하는 중이었다. 처음에는 어느 정도 시간이 흐르면 아랑을 내보내지 않을까 싶었는데, 아예 들어앉은 걸로도 모자라 이제는 오성 그룹의 후계자와 약혼을 하다니…!

서희는 안절부절 방을 서성였다. 엄마는 이번 결혼으로 아랑을 치우고 오성 그룹과의 연도 얻는다며, 오히려 내심 좋아하는 모양새였다.

‘그에 대한 마음을 조금이라도 일찍 알았더라면 좋았을 텐데….’

서희는 조금은 후회가 되었다. 하지만 그보다는 자신의 것이라고 생각했던 것들이 그 계집애에게 넘어가는 것 같아서 자존심이 상하고 화가 났다.

'아빠도, 오빠도… 이제 건우까지.'

그래도 이제 서희가 할 수 있는 건 없었다.

◆◆◆

"약혼식이 일주일 뒤입니다."

"그래, 준비하란 물건들은 다 준비했어?"

양성혁은 이 실장에게 낮은 목소리로 물었다.

"네, 이미 다 만들어 두었습니다."

이 실장은 절로 긴장된 표정이 되었다. 아무리 원수지간이라고 하지만 폭탄을 실전에 사용하는 건 처음이었다. 사제폭탄의 대가랄 수 있는 일본인까지 초빙한 상황이 조금 두려웠다.

"그런데 사장님, 정말 괜찮겠습니까? 아무래도 일이 너무 크게 벌어지면…."

"확실한 방법을 쓰기로 한 거야. 납치해서 협박하는 것보다 확실하게 먹히지 않겠어?"

양성혁도 폭탄을 실제 터트릴 생각은 없었다. 그저 협박 수단으로 사용하려는 것이었다. 그러나 막상 닥치면 어떤 일이 벌어질지 모르는 게 사실이었다.

"그래도 위험부담이 너무 큽니다."

폭탄의 경우에는 단순한 폭력 사건이 아닌 테러로 취급받아 공권력에 심하게 쫓기게 될 위험이 있었다.

"언제부터 우리가 안전한 일만 했다고 그래?"

양성혁은 비릿하게 웃었다.

"그리고 계획대로 되면 아무 일 없던 것처럼 잘 풀릴 거야."

폭탄을 설치하고 협박하는 것으로 차노형에게 받을 걸 제대로 받아 낼 수 있으리라 기대했다.

◆◆◆

"하하하, 잘 되었구나."

차 회장은 기분이 좋은지 앞에 나란히 앉은 건우와 아랑을 바라보며 계속 껄껄 웃었다.

"쇠뿔도 단김에 빼랬다고 결혼식을 아예 바로 다음 달에 하면 어떻겠냐?"

차 회장은 당장에라도 식을 올려 주고 싶은 눈치였다.

"아버지, 저도 그러고 싶은데… 이 녀석이 싫다네요."

건우가 아랑의 옆구리를 쿡 찔렀다.

"넌 신부 될 사람에게 이 녀석이 뭐냐? 말투 좀 바꿔야겠구나."

"그게 아무래도 경호를 서던 때 입에 붙어서…."

건우는 민망한지 말끝을 흐렸다. 아랑은 괜히 고소해서 씩 웃었다.

'거 봐? 혼날 줄 알았다. 뻑하면 꼬맹이니 녀석이니… 제대로 이름을 불러주질 않으니.'

"난 집안이나 대단한 배경, 이런 것보다 스스로 능력 있는 여성이 더 좋다고 생각한다. 사람들이 그런 외적인 것들로 시끄럽고 뭐라고 한다고 해도. 건우 넌 절대 아랑을 무시하면 안 된다."

차 회장은 갑자기 진지한 얼굴로 아들에게 설교했다. 혹시나 아랑이 그런 것들로 상처받을까 싶어 염려해 주는 게 느껴져 고마웠다. 보통은 그런 것들로 반대하는 경우가 더 많겠지만. 그건 아마 조폭이었다는 뼈아픈 과거 때문인지도 모른다 짐작했다. 그러기에 사람의 배경이 아닌 가진 능력을 더 중시하는 거고. 그런 면에서 아랑의 능력을 시아버지 될 사람은 진짜 높이 사고 있는 듯싶었다.

'물론 더는 오성 그룹이 폭력적인 것과 관여될 일은 없지만, 그래도 아들쯤은 든든히 지켜줄 게 마음에 드셨나?'

"여전히 은성파 놈들이 자꾸 걸리적거린다지? 흠, 정말 걱정이구나. 너희가 가정을 꾸리게 되어도 계속 그런다면…."

차 회장은 무거운 표정이었다.

"아버님, 그에 대해서 자세히 설명해 주시면 안 되나요?"

아랑은 어렵게 말을 꺼냈다. 그간 그저 선대의 원수라 들었을 뿐 자세한 내막을 몰랐지만, 그렇게 생각하기에는 뭔가 이상했다. 너무 끈질겼다. 더욱이 물불 안 가리는 방법도 그렇고. 매번 아랑이 해결한다지만, 그것도 한계가 있지 않겠는가?

"그… 그래, 이제 너희도 알아야 할지도 모르겠구나."

차 회장은 한숨을 크게 내쉬었다. 무덤까지 가져갈 생각이었지만 어둠 속의 과거가 그를 쉽게 놔주지를 않았다.

"벌써 삼십 년이 넘어가는 이야기구나."

차 회장은 흐릿하게 떠오르는 예전 일을 천천히 풀어 갔다. 과거 젊은 시절 차 회장은 한 여자를 사랑했었다. 그러나 그녀는 이미 어릴 적에 양성혁과 결혼하기로 정해진 상태였다.

"모든 게 운명의 장난이라고 생각했었다. 그렇지만 그녀가 그와 결혼할 때 난 속으로 축복해 줬단다."

어린 나이 죽도록 사랑하는 사이였지만, 그게 그녀의 행복이라 생각했기에 보내 준 거였다.

"하지만 결혼한 지 얼마 안 돼서 그녀가 찾아왔지. 그녀는 내 아이를 임신 중이었다."

차 회장도 몰랐던 일이었고, 양성혁은 자신의 아이라 생각하고 있을 터였다.

"그녀는 애절하게 매달렸다. 지금도 늦지 않았으니 둘이 도망이라도 가자고. 그러나 난 그럴 수 없었다. 책임져야 할 집안이라는 게 뭔지…."

차 회장은 씁쓸하게 혼잣말을 하듯 말했다.

"문제가 더 커진 건, 하필 두 파벌이 한참 사이가 좋지 않은 상태에서 일이 벌어졌다. 그녀는 계속 찾아와 매달렸지. 뱃속 아이도 내 아이라며 더는 양성혁과 살 수 없다는 말을 했어…."

자신의 아이라는 사실에 놀랐지만, 차 회장은 차마 그렇게 비겁한 짓은 할 수 없다며 돌아가라고 했었다.

"돌아가라는 말에 그녀는 그 길로 뛰쳐나가 투신을 했단다."

차 회장은 더는 말을 잇지 못하고 한참을 침묵했다. 그리고 긴 한숨과 함께 다시 입을 열었다.

"이제 와 그녀가 죽은 건 내 책임이 아니라고 말한다고 한들 믿어줄지 모르겠구나. 그리고 그 아이가 내 아이였다고 말하면 오히려 상처가 될까 싶었다.”

아랑은 그제야 조금이나마 이해가 되었다. 그리고 그 슬픈 이야기에 뭐라 위로의 말을 해야 할지 알 수 없었다.

‘그런 사연이 있었구나…’

자신의 부인과 아이가 죽은 게 이쪽 탓이라고만 오해하고 있는 거라면 충분히 복수심을 불태울 만했다. 그러나 엄연히 따지고 보자면 처음에 사랑했던 연인 사이를 갈라놓고 결혼한 쪽에도 책임이 있다고 생각되었다. 얼마나 힘들었으면 옛 연인을 찾아와 도망치자는 말을 했겠는가? 옆의 건우를 흘끗 바라보니 그 또한 충격을 받은 듯 놀란 눈치였다. 아마 아버지의 러브스토리 같은 건, 아들이 들을 기회가 없었겠지.

‘그런데 이런 오해는 대화로 풀면 되지 않을까? 라는 건 너무 순진한 생각인가?’

아랑은 그 뒤 집으로 돌아와서도 한동안 그 문제를 곰곰이 생각했다.

“똑똑. 들어왔어.”

“무슨 노크를 이미 들어와서 입으로 해요?”

아랑은 이미 방에 들어와서 실실 쪼개는 그를 노려봤다. 약혼을 앞두고 현재 건우의 저택으로 돌아와 있었다. 경호에 대한 걱정도 있었지만, 집을 나가 호텔에서 생활하는 혜란과 서희를 위한 배려였다. 아버지는 말렸지만 그래도 어차피 결혼하면 나갈 집이고, 자신 하나 때문에 피해를 보는 사람이 많은 건 사절이었다.

“나가자. 약혼식에 입을 옷을 보러 가기로 했잖아.”

“알았어요.”

건우는 이제 매사에 껌딱지처럼 붙어 다녔다.

“나가 있어요. 내려갈게요.”

“왜?”

“왜라니요? 전 화장실도 못 가요?”

“그럼 같이 들어갈까?”

‘으이구. 저 주책!’

속으로 꽥하고 소리를 질렀다. 그렇지만 나름 행복한 비명이었다.

◆◆◆

‘자고 있지?’

아랑은 청력을 높여 건우의 숨소리를 체크했다. 그래도 밤이 되면, 최소한 결혼 전까지 각방을 쓴다는 약속을 해 놓은 상태였다. 살금살금 고양이 마냥 조용히 밖으로 향했다. 다른 게 아니라 며칠 전 시아버지 될 사람에게 들은 이야기가 아무래도 걸렸다. 그리고 이제는 앞으로 함께할 걸 생각하면 꼭 해결해야 하는 문제였다. 어두운 정원을 가로질러 잽싸게 알아둔 루트로 저택을 빠져나왔다. 그리고 주머니에 적어둔 쪽지를 꺼내 목적지를 확인했다. 미리 적어 둔 은성파의 아지트였다.

‘쌍칼 아저씨가 이런 건 기가 막히다니까.’

결심한 이상 행동에 옮기기로 했다.

‘오늘 밤, 모든 은원을 깨끗이 털어 버리고 두 발 뻗고 자도록 하자!’

내공을 끌어올려 경공을 쓰기 시작하자 신형이 흐릿해졌다. 스스슥― 사람들의 눈에 띄지 않게 건물 위와 지붕을 나는 듯 달렸다. 아래쪽으로 현란한 도시의 불빛들이 가득했다.

‘이렇게 밤에 달려보는 건 또 처음이네.’

그렇게 한 시간쯤을 지나 도착한 곳은 10층 정도의 작은 빌딩이었다.

‘저기다!’

그러나 덜컥덜컥 문고리를 돌려봤지만, 옥상에서 아래로 내려가는 문이 잠겨 있었다.

‘쳇! 어쩔 수 없지.’

아랑은 주머니에서 만능열쇠를 꺼냈다. 항상 가지고 다니는 것이었다.

‘명수 삼촌에게 배운 열쇠 따는 실력이 녹슬진 않았겠지?’

그러고 보니 약혼한다고 연락을 하고 싶어도 연락이 되지를 않으니. 딸깍. 문이 열리자 절로 미소가 지어졌다.

‘실력이 아직 짱짱하네. 다행이다.’

물론 삼촌처럼 금고털이할 것도 아니고 쓸 일이 별로 없겠지만 이럴 땐 요긴했다. 하여튼 이제 본격적으로 청력을 높여 인기척을 확인했다. 양성혁이라는 사람은 이 건물 10층에 있다고 했으니. 바로 아래였다.

‘아무 소리도 들리지 않는 게 이상하네?’

하긴 새벽 세 시다. 누가 깨어 있다고 해도 그리 큰 소리를 내지는 않으리라. 그러나 기대를 저버리지 않고, 도란도란 대화 소리가 들렸다.

“다 준비는 되었지?”

“네, 오늘 물건도 다 완성이 되었습니다.”

“식장에는 내일 들어가서 설치를 해 두도록 해. 내부에 몇이나 심어 뒀어?”

“계약직으로 뽑는 웨이트리스와 청소용역으로 몇 집어넣었습니다.”

“그럼 충분하겠군.”

아랑은 이게 뭔 소린가 듣다가 깜짝 놀랐다. 아무리 들어 봐도 자신의 약혼식장 이야기 같았다.

'그럼 그렇지. 오늘 오길 잘했네. 그래, 손을 봐서 다시는 이런 일은 꿈도 꾸지 않게 해 주마!'

순간 아랑은 화가 나 그대로 당장 쳐들어갈까 하다가 숨을 골랐다. 원래 온 목적은 그게 아니었다. 오해를 풀고, 앞으로 서로 얼굴 붉히지 않고 살도록 하는 게 더 큰 목적인데 이렇게 열을 내서는 곤란하다.

"그런데 시험으로 사용은 해 봐야 하지 않을까?"

"시험이요?"

"아무리 일본에서 전문가를 데려왔다고 하지만, 제대로 작동하는지는 확인해야지."

"그건 그런데요. 폭탄을 어디서 시험을 해 봅니까?"

"경기도에 창고나 공장들 많잖아. 내일 시험을 해 봐."

아랑은 폭탄이라는 말에 황당했다.

'아무리 원수라고 하지만. 포, 폭탄? 어 아저씨 진짜 안 되겠네!'

쾅! 쿠쿵! 조용히 들어가 처리하려고 했던 생각을 바꿨다. 내공을 실은 발로 문을 걷어찼다. 파공음과 함께 문짝이 날아가면서 먼지가 날렸다.

"누구냐?"

"누구야!"

안에 있던 양성혁과 이 실장은 소리쳤다. 그와 동시에 주변에 있던 놈들까지 시커멓게 몰려왔다.

"어이, 아저씨. 좀 적당히 하죠?"

"뭐야? 저 새끼 뭐야?"

"새끼라뇨? 저 이름 있어요. 그리고 처음 보는 사람에게 왜 반말이에요."

아랑은 날아가 떨어진 문짝 앞으로 성큼성큼 다가가 발을 떡 올리고 빈정거렸다. 그리고 주변을 슬쩍 돌아봤다.

'총 열 명인가? 아마 다른 층에 있는 놈들이 달려오면 더 번잡해지겠지. 그나저나 칼 들고 설치거나 총 쏘는 녀석들도 있다던데, 조심해야지. 경찰의 말로는 사제권총이라고 하는데, 그건 아무리 날고 기는 실력자라고 해도 조심해야 하겠지.'

"할 말이 있어서 왔어요. 양성혁이 아저씨죠?"

아랑은 딱 봐도 대빵 냄새 폴폴 나는 아저씨를 콕 집었다.

"그래, 내가 양성혁이다. 머리에 피도 안 마른 녀석이 무슨 볼일이냐?"

"사장님!"

주변에 서 있는 이들이 말렸지만, 양성혁은 앞으로 나섰다. 고작 피라미 같은 녀석 하나 때문에 쫀다는 건, 그의 위신에 말이 안 되는 이야기였다.

"오호~ 그래도 패기는 있네. 그럼 애들 다 손봐주고 말할까요? 아니면 곱게 말할까요? 그 식장에 설치한다는 폭탄 그만두시죠."

"뭐?"

양성혁은 어처구니가 없었다. 근본도 알 수 없는 애송이가 폭탄에 대한 이야기는 어찌 알고 저런 소리를 한단 말인가?

"말로 할 때 들으시죠? 그리고 그쪽과 긴밀히 할 이야기도 있는데, 여기 애들은 다 치우시죠."

아랑은 삐딱하게 팔짱을 꼈다. 만약 수가 틀어지면 실력을 제대로 보여줄 생각이었다. 그래도 소망은 그냥 대화로 되면 좋겠다는 거였지만, 쉽게 들어주지 않을 모양이었다. 양성혁의 눈빛이 심상치 않게 변하더니 둘러싼 공기에 팽팽한 긴장감이 흘렀다.

"얘들아!"

신호와 동시에 시커먼 사내들이 사방에서 들이닥쳤다.

"에잇!"

아랑은 황급히 내공을 끌어 올렸다. 쥐어짜듯 끌어올려 팔을 휘감자 주변에 기파가 퍼져나갔다.

스스스슥— 다가오던 이들의 얼굴에 경악이 이는 게 슬로모션처럼 보였다. 모았던 내공을 손바닥을 양쪽으로 뻗으면서 내뿜었다.

퍼퍼퍼펑! 쿠쿵! 몇 미터에 달하는 강력한 원형의 기파가 뻗어 나갔다.

"윽!"

"아악!"

사내들은 죄다 벽으로 가 처박히고, 주변의 모든 물건은 부서졌다. 실내에는 신음소리만 가득했다.

"이… 이런!"

가장 뒤쪽에 있던 양성혁은 눈이 왕방울만 해졌다. 그리고 제대로 말을 잇지 못하고 아랑을 가리키고 있었다.

"어때? 그만 하자니까. 이것도 힘 조절을 해 준 거야. 아니면 다 가루로 만들어 줄 수 있어."

아랑의 말은 과장이 아니라 진심이었다. 양성혁을 뚫어져라 쳐다보면서 말을 이었다.

"거기 양성혁 아저씨, 대장이고 사나이라면 둘이 이야기하자고."

그래도 알아준다는 조직의 보스쯤 되면 그 정도 패기는 있어야 맞다. 그리고 그런 배포가 없다면 무리를 통솔한 자격도 없는 셈이고.

"다들 나가라. 아래층으로 내려가 있어!"

양성혁은 무겁게 입을 뗐다. 그러자 사내들은 부상당한 이들을 부축하고 우르르 물 빠지듯 빠져나갔다.

"그래, 이야기를 원한다니 해 보지."

양성혁은 부하들이 모두 사라지자 털썩 소파에 앉았다. 아랑은 씩 웃으며 상대의 앞으로 다가갔다. 그리고 들었던 이야기들을 하나씩 풀어 놓았다.

"그… 아이가… 차 씨 집안 아이였다고?"

"마음 아프시겠지만, 원래 아저씨와 결혼하기 전에 연애하던 사이였다면서요? 모르셨어요?"

"그, 그럴 리가…."

양성혁은 믿고 싶지 않은 듯 실성한 사람처럼 고개를 가로저었다.

"서로 사랑하는 사이를 갈라놓고 강제로 결혼하셨다면서요? 그럼 여자가 당연히 힘들죠. 그러니까 그건 아저씨 책임도 얼마간 있는 거예요."

아랑은 최대한 잘 구슬리듯 말했다. 사실을 전해주되 되도록 충격이 덜 가게. 가장 중요한 포인트는 양성혁이라는 사람에게도 책임이 있다는 걸 알게 해 주는 것과 차 씨 집안의 잘못은 아니라는 걸 알려주는 것이었다.

"투신자살한 거지. 절대 차 씨 집안의 그 누구도 해를 끼친 적이 없다고 하더라고요."

양성혁의 오해였다. 차 씨 집안의 건물에서 죽은 그녀를 제대로 사연도 말해 주지 않고 시체를 넘겨줬으니 그렇게 오해할 수밖에….

"그러니 오해하지 마시고 앞으로 더는 서로 불편한 일이 없기를 바랍니다. 가 볼게요."

아랑은 더는 이야기를 해도 상대의 귀에 들리지 않으리라는 생각에 자리를 떴다. 양성혁이라는 사람은 매우 비참하고 불쌍해 보였다. 아마 정말 그 여자를 사랑했던 것이리라. 자신의 아이라 생각하며….

양성혁은 아랑이 자리를 뜨는 것도 인지하지 못했다. 그의 뺨을 타고 눈물이 흘러내렸다.

"네… 네가 어떻게…."

오랜 회한과 슬픔이 밀려왔다. 그녀가 놈을 사랑한다는 건 알고 있었지만, 결혼하게 되었을 때 다 포기하고 잊었을 거라 생각했었다. 그런데 뱃속의 아이는 놈의 아이였고, 그녀가 매달린 거였다. 제발 헤어져 달라는 그녀의 말은 빈말이 아니었던 거다.

"모든 건 내 오해였던 건가?"

양성혁은 혼잣말을 중얼댔다. 수십 년을 복수심에 미쳐 살았던 게 후회되었다. 어찌 보면 놈은 자신의 체면을 세워 주려고, 아니 그녀의 체면을 세워 주려고 말하지 않은 거였다. 모든 게 허망했다.

18
행복은 바로 내 곁에

"축하합니다."

"축하해요."

아랑은 수많은 이들의 축복 속에 부끄러워 얼굴을 들지 못했다.

"왜 내 생일 파티에서…."

서희가 중얼대는 소리가 귀에 들렸다. 아랑의 의도는 아니었지만 미안했다.

'아이, 창피하게시리….'

아랑은 쥐구멍에라도 숨고 싶은 심정이었다. 지금 건우는 입이 귀에 걸려 돌아다니면서 임신 소식을 퍼뜨리고 있었다.

"벌써 삼 개월이래."

"이야, 그럼 허니문 베이비야?"

"그럼 내가 힘 좀 제대로 쓰지 않냐?"

건우와 민호는 뭐가 좋은지 맞장구를 치며 웃어 댔다.

'저게 지금 자랑할 거냐?'

마음 같아서는 당장 가서 확 때려 주고 싶은 걸 참았다. 지금은 많은 이들의 눈이 있으니.

아랑은 건우를 천천히 뜯어봤다. 잘빠진 몸매에 잘생긴 외모. 여전히 파티장에서 많은 여자들의 시선을 한 몸에 받는다. 그러나 이제는 유부남이라 감히 넘볼 수 없겠지만.

‘멋진 남자다. 그리고 내 남자다.’

아랑은 피식 웃음이 나왔다. 약혼식이 어제 같은데, 결혼한 지 삼 개월이 지난 상태였다. 시간이 흘렀다는 건, 주변을 둘러봐도 느껴졌다. 평생 얼굴을 안 보고 살 것 같던 혜란은 저쪽에서 손님들과 수다스러운 대화중이었다. 그리고 건우를 뺏어 갔다면서 화를 있는 대로 내던 서희는 지금 옆에 서 있는 잘난 정치인 지망생과 열애 중이고….

‘물론 아직 둘 다 날 싫어하는 건 맞지만, 그래도 이 정도면 장족의 발전이다. 언젠가 같이 마주 보고 웃을 수 있는 날도 오지 않을까?’

“꼬맹아, 이리 와 봐.”

건우가 아랑의 팔을 잡아끌었다. 아마 또 자랑할 곳이 있나 보다.

“에잇, 꼬맹이라고 하지 말라니까요.”

아랑은 작게 귓가에 속삭였다.

“왜 난 좋은데. 애칭이잖아. 이참에 바꿀까? 뭐로 할까? 허니? 여보야? 이런 건 어때?”

“아, 아니. 됐어요.”

‘허니? 여보야?’

순간 닭살이 밀려왔다. 차라리 꼬맹이가 좋은 걸로 하자.

“꼬맹이가 좋지.”

건우는 아랑의 허리를 끌어당겨 이마에 부드럽게 키스를 했다.

“사람들이 봐요.”

“보면 어때? 내 여잔데.”

주변 사람들의 야유에도 불구하고 건우는 제멋대로였다. 그런데 건우의 눈빛이 뭔가 은밀하고 은근하게 변했다.

"나갈까? 몸이 안 좋다고 그러고 집에 일찍 가자."

"당신 진짜!"

아랑은 작게 항의를 했다. 하지만 행복한 비명이었다.

◆◆◆

아랑은 납골당으로 들어가 자리를 찾았다. 아무래도 지난번 이장 이후 처음이라 익숙지 않았다.

"여기네. 이리 와."

건우의 목소리에 그쪽으로 발걸음을 옮겼다. 할아버지와 엄마, 이모를 모두 이쪽으로 옮겨 왔었다. 오늘은 할아버지의 기일이기도 했다. 유리 너머로 친숙한 얼굴들이 보였다.

'다 잘 계시죠? 저 잘살아요.'

아랑은 속으로 인사를 전했다. 그리고 할아버지의 사진에 시선이 이르자 마음에 담았던 이야기들을 천천히 풀어 놓았다.

'아버지는 손주 빨리 보고 싶다고 성화고요. 큰삼촌 식구들은 다들 잘 있어요. 아… 그리고 둘째 삼촌요, 이제 열쇠 수리점 내셨어요. 더는 빵 같은 데는 안 가신대요… 잘됐죠? 할아버지 또 택견 걱정하시면서 잔소리하실 거죠? 걱정하지 마세요. 제가 또 아이에게 잘 전수할게요. 할아버지…'

정말 불러 보고 싶었다. 그런데 자꾸 코끝이 시큰거리고 목이 멨다.

건우가 부드럽게 아랑의 어깨를 감싸 안았다.

"다들 잘 계실 거야."

그래, 이제 행복했다. 그리고 앞으로도 영원히 행복할 거였다. 순간 뱃속 아이의 발길질이 느껴졌다. 엄마에게 힘내라는 말을 전하는 것 같았다.

정아랑, 그 누구보다도 행복한 사람이라고 자신할 수 있다. 그건 세상에서 가장 소중한 이들이 함께하기 때문이다. 아랑은 미소 지으며 건우의 품에 기댔다.